Het kind van de president

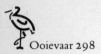 Ooievaar 298

Vertaald door Yvonne Wiewel

Fay Weldon

Het kind van de presi‹

vertaling Yvonne Wiewel
The President's Child
d Werken Design

nber 1992

1 ───────────

Op zondagmiddag, wanneer de wereld stilhoudt en de volgende grote gebeurtenis afwacht, wanneer de straten leeg en onnatuurlijk rustig zijn en de zwaarte van verplichting boven het land hangt, komen de bewoners van Wincaster Row bij me langs. Ze komen uit vriendelijkheid omdat ik blind ben. En uit vriendelijkheid voor hen raap ik, op zo'n troosteloze zondag, heden en verleden bijeen en vertel mijn bezoekers verhalen.

Vandaag vertel ik ze over Isabel, die verliefd werd en daarmee de hele wereld aan het wankelen bracht en een andere draai gaf.

Tik-tik, spetter-de-spet. Hoor! Hoe de regen tegen het vensterraam slaat! Op zo'n dag en in zo'n oord krijg je al gauw het gevoel dat grote gebeurtenissen niets met ons te maken hebben, dat we afgesneden zijn van de bronnen van wereldse energie, dat mensen en politiek volkomen los van elkaar staan. Kortom, dat de hoofdstroom van het leven een heel eind verderop is.

'Maar niet heus,' vertel ik ze. 'Isabel woonde hiernaast. Die rivier stroomt daar achter in de tuin. En dat niet alleen, het water is ook nog diep, breed, troebel en verraderlijk. Niet het kalm stromende beekje waar je misschien op hoopte. Isabel is bijna verdronken!'

Tik-tik, spetter-de-spet. Aan het eind weten we allemaal meer dan tevoren. Zou dat niet genoeg moeten zijn om een leven op te bouwen?

De vrouwen van Wincaster Row vinden natuurlijk van niet.
    Het streven naar kennis is duidelijk niet genoeg voor hen. Ze

willen geluk, liefde, sex, uitgelezen dineetjes, geld, huishoudelijke apparaten die een leven lang meegaan, bewondering, lachende kinderen en God weet wat verder nog meer. Hun leven speelt zich nog altijd in de werkelijke wereld af, en niet in hun hoofd.

We zijn alleen met vrouwen vandaag. Oliver de architect van nummer 13 kon niet komen, evenmin als Ivor de alcoholist van nummer 17. Ze hadden huiselijke verplichtingen. Dus hebben we oermoeder Jennifer, net weer zwanger, van nummer 9 en dwarse Hilary, in functionele jeans en op stamplaarzen, van nummer 11. En mooie, kleine, pientere Hope van nummer 25, jachterig door gebrek aan seksuele opwinding die ze even hard nodig heeft, dat verzucht Hilary tenminste, als een heroïneverslaafde haar shot.

Wincaster Row heeft geen even nummers. De slopers waren al aan die kant van de straat voor het actiecomité kans zag er een stokje voor te steken. Of zelf voor de bulldozers te gaan liggen eigenlijk. Hilary hinkt nog steeds, op natte dagen, en nu wrijft ze onder het luisteren haar beschadigde knie.

'Is het waar van Isabel?' vraagt Hilary. 'Of ga je het verzinnen?'

Hilary, Jennifer en Hope verwachten dat de waarheid exact en begrensd is. Ik weet dat de waarheid meer weg heeft van een berg die beklommen moet worden. De piek steekt door de wolken en is alleen heel af en toe zichtbaar en nog nooit bereikt. En wat je ervan ziet is bovendien afhankelijk van de helling waarop je staat, en hoe uitgeput je zelfs van dat kleine stukje klimmen al bent. Deugd is een kwestie van naar boven kijken, naar boven zwoegen en soms luchthartig van de ene hachelijke rotspunt van feiten en gevoelens naar de volgende springen.

'Min of meer waar', zeg ik.

Isabel was mijn buurvrouw. Ze woonde in het huis hiernaast en vulde mijn wereld met leven en energie en bedrijvigheid. Nu staat het huis leeg en schiet er onkruid op tussen het plaveisel van het pad in de voortuin waar ooit Jason, Isabels zoon, speelde en jengelde en de wereld zijn weerspannige wil oplegde. Het hek hangt uit zijn voegen en kraakt. Makelaars hebben een bordje 'Te koop' tussen het onkruid geplant: het staat er als een soort vijandelijke boom die onverwacht uit de grond geschoten is.

Tik-tik, spetter-de-spet. De rivier is vlakbij, ze stroomt net voor de deur. Houd de zandzakken gereed. Wie weet wanneer het water zal stijgen? Hoor! Het regent harder dan ooit.

'Het zou me niets verbazen als het waar was,' zegt Jennifer. 'Isabel was altijd al een buitenbeentje in de straat.'

'Ze was te volmaakt,' zegt Hope, 'als je dat bedoelt. Ze had het helemaal voor elkaar, kom daar bij ons maar eens om. Het volmaakte kameraadschapshuwelijk. De ideale, nieuwe manier van alles delen.'

Evengoed vinden sommigen van ons dat Hope degene is die het helemaal voor elkaar heeft: ongetrouwd en onafhankelijk en zonder kinderen, en nog geen dertig, en vaak verliefd op iemand, en vaak iemand verliefd op haar. Zo dartelt ze, licht en luchtig, heel Wincaster Row door en laat zich van tijd tot tijd ontvallen: 'Als sex zo leuk is, begrijp ik niet waarom mensen überhaupt nog iets anders doen.'

Wincaster Row ligt in Camden Town, aan de rand van Londen. Het is een eiland van voorrechten in een onbevoorrechte huizenzee. 's Zomers stromen uit de open ramen de klanken van Bach en Vivaldi over gazons en bloemperken en houden het geluid van politie en ambulancesirenes op afstand. 's Winters, hoewel de ramen dan gesloten zijn, komen de alarmsignalen dichterbij. Er is een plantsoen opgetrokken uit stof en puin. Oliver de architect en Jennifer, die dol op tuinen is, hebben een niet weg te cijferen rol bij de totstandkoming gespeeld, evenals het gemeentebestuur van Camden, dat als een soort lichtgeraakte, monolithische god over deze contreien waakt.

We zijn niet volmaakt, hier in Wincaster Row. We zijn niet uitsluitend rationeel of uitsluitend edelmoedig of uitsluitend vergevingsgezind. We hebben zo onze angsten en onze gevoeligheden en onze obsessies, net als iedereen. Maar we zijn vriendelijk tegen onze kinderen en elkaar. We zijn de strijd voor de verbetering van onszelf aangegaan en daarmee voor de verbetering van de wereld. Ik vind ons de kwaadsten nog niet.

Tik-tik, spetter-de-spet. Stoor je niet aan de regen. De boeren kunnen niet zonder. Bid dat hij niet radioactief is.

We zijn niet zozeer het zout der aarde – zout is niets bijzonders meer tegenwoordig – als wel het handjevol gemengde kruiden waar de maaltijd niet buiten kan. De meesten van ons zitten in de communicatie: we geven les, we werken bij de televisie of de film of een uitgeverij, we hebben iets met theater te maken, of vinden onszelf daar in ieder geval erg geknipt voor. We zijn maatschappelijke werkers en diplomaten en ambtenaren. De waarheid is ons doel. We rennen kwiek de berg rond, een fractie hoger dan de rest van de mensen. We kunnen flink zijn als dat moet: we zullen, desgewenst, het algemeen belang voor ons persoonlijk profijt laten gaan. We zijn zelfs bereid voor een principe te sterven, behalve als de kinderen er de dupe van worden.

We hebben ons naar dit eiland van beschaving toegewerkt en hadden vaak, zonder precies te weten waarom, het getij mee. Nu hebben we het beter dan we ooit hadden kunnen denken.

Over de hele wereld zijn er mensen zoals wij, enclaves van aspiratie in New Delhi, Sydney, Helsinki, Houston, in alle grote steden van de wereld. En overal vind je in stadjes en dorpjes kleine kolonies van ons soort mensen: in Blandford, Dorset, Moose Jaw, Saskatchewan, Tasjkent, Georgia. Onze welwillendheid overschrijdt taalgrenzen en maatschappelijke barrières: één grote uitwas van de vriendelijkheidscultuur. We lezen elkaars boeken, luisteren naar elkaars gedichten. Wanneer we, op zondagmorgen of zo rond borreltijd, bij elkaar komen, misdragen onze kinderen zich steevast en volgen de ouders met bezorgde ogen hun luidruchtige gang door de kamer, terwijl ze zich afvragen waar de fout ligt en waarom kinderen veel vaker de onzekerheden dan de zekerheden van hun ouders weerspiegelen. Net zo goed als onze aspiraties, hebben we onze twijfels.

Op iedere bijeenkomst in Wincaster Row waarbij ook kinderen van de partij waren, was Jason van Isabel steeds het lawaaierigst en het wildst en het ongehoorzaamst van allemaal. Het was een blond, gedrongen kind met stevige, mollige ledematen, een fris, blozend gezicht en ver uit elkaar staande, loensende blauwe ogen, die tijdelijk, tegen het loensen, een bril nodig hadden met één van de glazen afgeplakt. Als baby had hij veel gehuild en erg weinig geslapen. Tegen de tijd dat hij een jaar oud was, kon hij op zijn benen staan en dingen breken en drie maanden later praatte hij al, om beter nee te kunnen zeggen. Op tweejarige leeftijd kon hij spellen, maar op zijn zesde wilde hij nog steeds niet lezen. Hij ontwikkelde een huilerige brul die hij liet horen als hij zijn zin niet kreeg, en een aanhoudende jengel vol zelfbeklag voor als hij zich verveelde of onbehaaglijk voelde. Hij eiste en hij kreeg, en was erg bemind.

Tik-tik, spetter-de-spet. Niet alle kinderen zijn even onhandelbaar. De lastigste kinderen groeien uiteindelijk op tot de meest meegaande en goedwillende volwassenen. Dat is wijsheid uit Wincaster Row. Als niemand je drilt, dan dril je vroeg of laat jezelf. Kropotkin zei het al, lang geleden.

Isabel en Homer zeiden het tegen hun buren en tegen elkaar. Ze deelden de lasten en triomfen van hun overtuigingen, net als ze hun leven, hun inkomen en de huishoudelijke beslommeringen deelden. Ze waren partners in een Nieuw Huwelijk, waarin al deze dingen gedeeld en alle dingen besproken werden. In de hele straat beschouwden we Isabel en Homer als ons goede voorbeeld en maakten we ons zorgen omdat ze niet helemaal op hun plaats leken. Hij kwam uit Amerika, zij uit Australië, uit Queensland.

Tik-tik, spetter-de-spet. Bij regen lopen blinden nog eens extra gevaar. Met een stok kun je wel voelen waar de stoeprand is, maar over de diepte van de plas erachter word je niet veel wijzer. Wanneer het regent, blijf ik binnen. Ik heb goede vrienden, een zorgzame man en zo'n apparaat dat, als je er tegen praat, je woorden een keer in gewoon schrift uittikt voor zienden, en een keer in braille voor persoonlijk gebruik van degene die het apparaat bedient. God zij dank voor de vooruitgang, de siliciumchip en geld.

De regen slaat harder tegen het vensterglas. Hilary zet mijn centrale verwarming aan. Het is midzomer, maar koud. Voorboden van wat komen gaat! Man en vrouw kunnen toch zeker tegelijk vrienden en geliefden zijn? Zowel ouders als partners?

Homer en Isabel trouwden omdat Jason onderweg was. Dat heeft Isabel me verteld, zoals ze me zoveel persoonlijke dingen vertelde. Ze was een goede vriendin. Toen ik net mijn gezichtsvermogen verloren had, was het Isabel die zich om me bekommerde. Mijn man, Laurence, moest vaak weg. Hij is onderzoeksjournalist, hij vult de achterpagina van diverse dagbladen en is vaak weg. Isabel leidde me door het nieuwe, beangstigende duister, tot ik eraan gewend raakte. Ze was een goede gids: ze begreep niet wat angst was, al is haar dat later nog wel bijgebracht. Ze kon zich geen voorstelling maken van de verschrikkingen van mijn nieuwe omgeving. Ze stapte luchtig over praktische struikelblokken heen, waarschuwde me voor concrete obstakels – hier een stoel, daar een afstapje – en verklaarbare zaken – de telefoonrekening kun je niet lezen, maar je kunt wel even bellen om te vragen hoeveel het is – en negeerde alles wat abstract, gruwelijk en ontredderend was: het stemloze gekrijs en geschrei en gekreun in mijn hoofd. Ze bezat een soort onverzettelijkheid, een ontstellende nuchterheid die me hielp. Bijna alsof ze weigerde te geloven dat blind worden iets belangrijks was. Ze had geen oog voor mijn blindheid, in alles behalve in praktische zin.

En maar goed ook, want het verlies van mijn gezichtsvermogen kwam mijn man in het begin als zoiets belangrijks voor en zijn eigen ogen waren zo verblind door tranen van schuldgevoel, berouw en medelijden, dat hij een tijd lang nauwelijks in staat was zijn eigen weg te vinden, laat staan de mijne.

'Ga alsjeblieft weer terug naar de kroeg, Laurence,' zei Isabel dan, waarop hij, ongeschoren en zwartgallig, terugstommelde naar van waar hij gekomen was en het aan Isabel overliet om me te leren op het gevoel mijn haar te kammen en op de tast mijn kleren in de kast uit elkaar te houden. Maar ik miste de troost van Laurences aanwezigheid, al was hij nog zo vermoeiend en grienerig en zat hij voortdurend maar te zeggen: 'Wat een uitzichtloze ellende. Dit is niet eens het begin van het einde, het is het einde zelf. We kunnen het maar beter gewoon opgeven en samen sterven.'

Nu ik de mensen niet langer kan zien, bewaar ik in mijn herinnering beelden van hun verschijning. Ze tekenen zich af op het bleke vel van mijn geheugen: zwartomlijnde, uitgeknipte figuren, ieder weer anders. Laurence staat groot en dreigend in een deuropening, omlijst door het licht, dat hij wegneemt. Een solide gedaante van vlees en bloed, die me pal aankijkt. Dan draait hij zijn hoofd af zodat het licht op zijn gezicht valt, en zijn ogen zijn zo wijd opengesperd en zijn wangen zo teer als van een meisje.

Isabel ligt met de handen in gebed gevouwen op een stenen plaat, als een gebeeldhouwde heilige die bij zijn leven grote glorie verwierf en in de dood herdacht wordt. Licht valt door glas-in-loodramen op haar onvolmaakte profiel en schampt over haar lange lichaam met de brede heupen, de borsten onbetamelijk plat na de geboorte van Jason. Dan gaat ze in mijn visioen overeind zitten, draait zich om en lacht naar me, staat vervolgens op en rekt zich uit, vrijmoedig en trots op haar lichaam, en slentert dan weg, op zo'n moderne en zorgeloze manier dat het alle gedachten aan statige ridders en heiligheid uit mijn hoofd zet.

Als ze weg is, is de kerk kil en leeg en tast ik weer in het duister.

Isabels profiel is onvolmaakt, omdat ze toen ze negen was een trap tegen haar kaak kreeg van een paard waar haar moeder dol op was.
'Maak er geen drama van,' zei haar moeder.

De vliegende dokter deed dat echter wel. Isabel en haar moeder woonden diep in de Australische bush-bush en waren op nogal provisorische medische voorzieningen aangewezen. De dokter landde, kramde en hechtte en zette losse tanden vast, en alles was nog goed gekomen als het paard haar niet voor een tweede keer tegen de kaak had getrapt, nauwelijks een week later.
'Jezus,' zei haar moeder, 'wat doe je toch met dat paard?'

Hier en nu, zusters. Hier en nu. Bouw je huis stevig en solide, houd van je kinderen en sterf voor hen als dat moet, en probeer van je moeder te houden die niet voor jou stierf.
'Ik heb klopjes op zijn bips gegeven,' zei Isabel, 'zoals jij me gezegd had.' Maar haar moeder luisterde niet. Ze was aan de telefoon en probeerde de vliegende dokter te bereiken.
'Ik voel me een ongelofelijke idioot,' zei ze.

Harriët en Isabel zaten toen midden in het natte seizoen. De helikopter waarmee de vliegende dokter terugvloog, maakte een noodlanding en de dokter werd gewond. Overal spatte de gele modder op. Je kreeg pijn aan je hoofd als je in de regen naar buiten ging. Met dit alles raakten de nieuwe verwondingen aan Isabels kaak vergeten: van toen af stak haar kin te ver naar voren, was haar mond geplet en stonden haar tanden naar binnen, schots en scheef door elkaar. De dokter verloor een oog en een been. Isabel voelde de volle verantwoordelijkheid voor dit alles, maar toen ze die eenmaal overleefd had, deinsde ze voor geen enkele verantwoordelijkheid meer terug. En de onvolmaaktheid van de onderste helft van haar gezicht, in vergelijking met de koele, bevallige, wijdogige volmaaktheid van de rest, gaf haar een spitse charme toen ze jong was en een intelligent uiterlijk toen ze ouder werd. Ze wekte evenzeer lust als liefde op in de harten van de Australische jongens, die bij bosjes tegelijk door de woestijn zwierven in dat grotendeels liefdeloze land.

Tik-tik, spetter-de-spet. Regen in Londen is veilig en mild voor iedereen, behalve voor blinden dan. De regen klettert op harde bestrating, kolkt weg door riolen en verdrinkt de wereld niet in gele modder.

'Dit is voor jou geen leven hier,' zei Isabels moeder toen haar dochter vijftien was. 'Niet voor iemand als jij. Je kunt maar beter het huis uit gaan.'
    'Ga met me mee,' zei Isabel. Ze hadden alleen elkaar.
    'De paarden zijn er ook nog,' zei Isabels moeder. 'Ik kan die niet achterlaten.'

Natuurlijk. Isabel was, eventjes maar, vergeten dat haar moeder die paarden had. Het waren geen prijsdieren, maar nogal ruige, mottige, ziekelijke beesten die door honderd en één insektenplagen geteisterd werden en niets anders deden dan verwijtend op een veldje staan en het restant van Isabels vaderlijke erfdeel opsouperen in de vorm van zakken voeder en rekeningen van de veearts. 's Zomers wierpen ze met hun hoeven het stof op en 's winters wroetten ze in de modder.

Isabels moeder hield van haar paarden en omwille van haar moeder probeerde Isabel ook van ze te houden, zonder succes. Chatto, Windus, Heineman, Warburg, Herbert, Jenkins, (Secker was aan een slangebeet gestorven): allemaal herinneringen aan het verleden van Isabels moeder. Isabels moeder was opgegroeid in Londense literaire kringen en met een forse zwaai weggeplukt en in hartje Australië neergepoot door Isabels vader, die *farmer* en Australiër was. Kort daarop trok hij de oorlog in om nooit weer terug te keren, aangezien hij aan het leven in een biezen hut met een Maleis meisje de voorkeur gaf boven een leven met Isabels moeder en Isabel. Moeder en kind bleven waar ze waren en verkochten stukken land, bij duizenden hectares tegelijk, tot er niets meer over was, behalve het wormstekige houten huis met het wrakkige balkon, de zes paarden op een enkel veldje, de slangen die in het kreupelhout sliepen en Isabels moeder, stoffig en gelig, met het landschap vergroeid.

Waar kon ze anders heen, wat kon ze anders doen? Vastgepind door de oorlog, wereldgebeurtenissen, haar eigen koppige aard en een kind? Wanneer het regende was het alsof ze de hemelen aanriep om haar te wreken en als ze daarbij zelf verdronk, dan verdronk ze maar. *Tik-tik, spetter-de-spet.*

'Maar wat ga jij dan doen?' vroeg Isabel aan haar moeder, 'als ik weg ben?'
   'Wat ik altijd al doe,' zei haar moeder. 'Naar de horizon kijken.'

Isabel had het idee dat haar moeder blij zou zijn als ze vertrokken was, dat haar moeder haar plicht tegenover haar wel gedaan had. Dat zij, Isabel, zich veel nauwer met haar moeder verbonden voelde dan haar moeder met haar. Het kind is bijkomstig voor de moeder. De moeder is essentieel voor het kind. Dat is een pijnlijke les die het kind moet leren.

Seckers lichaam was naar de paardenvilder gebracht, met uitzondering van het hoofd dat Isabels moeder had laten opzetten en een plaatsje in de hal gegeven had. Het rolde, omzwermd door zoemende vliegen, zijn glazen ogen naar Isabel op de dag dat ze het huis uit ging. Secker was het paard waaraan Isabel haar uit het lood geslagen kaak te danken had. Haar moeder had gehuild toen hij, in afzichtelijk opgezwollen toestand, stierf.

'Waarom huil je?' vroeg Isabel indertijd. Ze had haar moeder nog nooit eerder zien huilen.

'Alles is misgelopen,' zei haar moeder. 'Het kwam door de oorlog. Hoe kon ik daarna nog teruggaan? Iedereen zou "Zie je nou wel" gezegd hebben. Ze vonden allemaal dat ik niet met je vader moest trouwen. Iedereen zei dat het niet zou gaan.'
   'Welke iedereen?'
   'Iedereen,' zei haar moeder, troosteloos.

Wie was inderdaad die iedereen? De vrienden en familie van Harriët waren uiteengedreven. Dat was het werk van de oorlog, die hele gezinnen bij de lurven pakte, ze uitschudde en de lucht in slingerde zonder ook maar de moeite te nemen om te kijken waar ze terechtkwamen, zoals hofhonden met ratten deden.

Maar Isabels moeder was er natuurlijk niet bij geweest en had geen oorlog meegemaakt. De oorlog rolde over verre continenten en liet niets op zijn weg in leven. Isabels moeder zat alleen maar voor zich uit te staren naar een onveranderlijke, gele horizon waarboven een rode zon rees en daalde, en de mensen uit haar verleden waren in haar gedachten verstard, in hun veroordelende houding vereeuwigd. Zou iemand de moeite nemen om 'Zie je nou wel' te zeggen? Natuurlijk niet. Was er überhaupt nog wel iemand om het te zeggen? Isabels moeder kon het nauwelijks meer weten. Ze beantwoordde nooit brieven en al gauw bleven ze uit.

Nu treurde ze om Secker, die het gezicht van haar dochter geruïneerd, maar haar karakter gered had.

'Mooi zijn brengt geen geluk,' zei Harriët op een keer tegen Isabel. 'Als je mooi bent, komt er op een dag een man voorbij die met je trouwt en een eind aan je eigen leven maakt.'

De hete zon en de felle regen hadden Harriëts huid in leer veranderd, koppigheid had haar mond vertrokken en haar ogen waren roodomrand van het staren naar de horizon. Maar ooit was ze mooi geweest. Isabel vond haar nog steeds mooi. En dat had, lang geleden, Isabels vader ongetwijfeld ook gevonden.

Isabels moeder sprak nooit over Isabels vader. 'Hij deed waar hij zin in had,' was haar uitvoerigste commentaar, 'net als alle mannen.'

Volgens Isabel moest hij wel sterk geweest zijn om zoveel hectares grond in zijn eentje te bebouwen, en machtig om de leiding erover te hebben. Ze stelde zich hem voor als een van die geboren heersers van dat land: lange, lenige, gebronsde, schrale mannen met scherpe gelaatstrekken van de hete wind en een meute honden, paarden en knechtvolk in hun kielzog. De knechten hadden rode gezichten van het Fosterbier en waren volledig afgestompt, voor zover ze dat niet altijd al geweest waren, door de lompheid en stompzinnigheid waarin ze handeldreven. Ze konden geen bloem zien zonder die onder luid gelach te vertrappen. Ze konden geen hond zien zonder hem een schop te geven. Daarom gromden en beten de honden zo.

Ze kon zich haar moeder niet met zo'n soort man voorstellen. Haar moeder had ook visioenen, daarvan was Isabel zeker. Haar moeder zag iets van de oneindigheid in het gele stof, of in de roestkleurige wolken die over het vlakke land joegen, iets waardoor ze soms begon te stralen en intens tevreden zuchtte.

'Wat is er?' vroeg Isabel als klein meisje. 'Is er iets daarbuiten?'
  'Meer dan ik zeggen kan,' zei Isabels moeder. Ze wendde haar blik van de horizon af en schuurde verwoed op de dunne bodems van aangebrande steelpannen.

Isabel rukte haar lievelingspop een been uit, smeerde het in met schapevet en gaf het als kluif aan de honden.

Dat heeft Isabel me verteld. Ze heeft het nooit aan iemand anders bekend. Niet aan Homer haar man en zeker niet aan Jason haar zoon. Ik ben blind en zal niet licht veroordelen.

Tik-tik, spetter-de-spet. Jennifer heeft thee gezet. Hilary houdt me een schaal met koekjes voor.

'Chocoladebiskwietjes van zes tot twaalf, citroenwafeltjes van twaalf tot zes,' beschrijft ze de schaal voor me.

Ik neem het chocoladebiskwietje van negen uur. Citroenwafeltjes kruimelen vreselijk over het tapijt en hoewel blinden kunnen stofzuigen, gaat het toch niet echt efficiënt. Hope heeft ze meegenomen. Ze had beter moeten weten.

Ik ben nu al twee jaar blind. Ik ben zonder te kijken een weg overgestoken. Een auto schepte me van achteren in de knieën. Ik stuiterde de motorkap op en af en knalde met mijn hoofd tegen de stoeprand aan. De klap bracht ergens links van het verlengde merg, in het gebied dat het gezichtsvermogen regelt, niet nader geïdentificeerd letsel toe, hetgeen inhoudt dat mijn ogen eenvoudigweg niet registreren wat ze zien. Dit gegeven intrigeert chirurgen, oogspecialisten en zowaar psychiaters en ik woon zowat in het ziekenhuis waar ze begluren en betasten en inspuiten en insluipen. Ze hebben een operatie uitgevoerd die de linkerzijde van mijn rechterhand ongevoelig voor warm en koud heeft gemaakt, maar me verder alleen pijn, paniek en een gevoel van vernedering bezorgde. Van tijd tot tijd ziet zo'n prikkelbare arts zich weer geroepen om te zeggen: 'Ik weet zeker dat als u maar wilt, u weer kunt zien.'

Blindheid kent uiteraard, zoals alles, verschillende rangen. Omdat mijn toestand iets geheimzinnigs, bijna iets moedwilligs heeft en mijn ogen haast niet van gewone mensenogen te onderscheiden zijn, sta ik hoog genoteerd. Een nobele blindheid. Blind geboren zijn, of blind geworden zijn door ziekte staat lager aangeschreven. Een beklagenswaardige, bestraffende blindheid. Het besef leeft sterk dat God ons bij onze geboorte treft omdat we niet beter verdienen. De miljoenen mensen in India baseren per slot hun bestaan op dat idee.

Nee, dan een ongeval! Dat kan de beste overkomen. Ongelukken zijn dramatisch en opwindend en, net als de pleister die de rampspoed symboliseert, zeer geliefd bij kinderen. Ik rende de straat op omdat ik ruzie met mijn man Laurence had, en ik zag die auto niet aankomen omdat ik huilde, of misschien omdat ik hem niet wilde zien.

Hoor de regen tegen het raam! Zomerregen. Iedere druppel is een

verdwaalde mensenziel, voortgedreven door stormen die zijn
verstand te boven gaan, die probeert hier binnen te komen, waar
het warm en veilig is, waar we onze gebreken bijeenrapen en het
beste maken van wat we hebben. Wees dankbaar voor het glas dat
je tegen het geweld van zoveel woestheid en onbehagen be-
schermt. Hang er gordijnen voor, poets het als de zon schijnt.
Probeer niet te veel te zien, maar juist genoeg om te overleven.
Bewaar je gemoedsrust. Er is niet veel tijd, alles eindigt in de
dood. Betreur het verleden niet te veel, vrees de toekomst niet te
hevig, verspil niet te veel energie aan de kommer van andere
mensen, voor het geval het heden helemaal oplost in het niets.

Deze dingen heeft Isabel me ondanks zichzelf geleerd. Beetje bij
beetje heeft ze zichzelf en haar geschiedenis aan me onthuld. *Tik-
tik, spetter-de-spet*. Trek het gordijn dicht.

2

Op de dag dat Jason zes werd, ontwaakte Isabel met het gevoel dat er iets mis was. Ze kwam plotseling bij bewustzijn, het ene moment lag ze nog in dromen verzonken, het volgende moment was ze klaarwakker en waakzaam. Even dacht ze dat er zich misschien een insluiper in de kamer bevond, maar natuurlijk was er geen. Homer lag als altijd vredig en ontspannen op zijn zij naast haar in het koperen bed: haar wettige, toegewijde echtgenoot. De tere huid van zijn oogleden spande fijntjes over zijn licht uitpuilende ogen. Zijn gezicht zag er kwetsbaar, enigszins onaf uit, zoals alle gezichten die overdag bebrild en 's nachts bloot zijn.

Hij sliep rustig. Homer sliep altijd rustig. Een man met een zuiver geweten, dacht Isabel. Iemand die niet ineengedoken ergens diep in het onderbewuste wegschool, maar zich keurig netjes precies onder de oppervlakte ophield, nergens bang voor omdat hij niets had misdaan. Als Homer sliep, wat kon er dan loos zijn?

Toch was er iets. Jason? Nee. Wanneer ze zoals nu haar oren spitste, kon ze aan de ritmische verandering in de stilte horen dat ook Jason boven op zijn kamer vast in slaap was.

Buiten op straat was er ook niets ongewoons aan de hand. Het was half zeven, nog te vroeg voor de melkboer, de krantenjongen of de postbode: die rituele vroege bezoekers die, net als de zon, elk huishouden eraan komen herinneren dat het niet alleen staat, maar het aan de rest verplicht is om aan het leven deel te nemen, en gauw moet opstaan om de kost te verdienen. Nou ja, alles op zijn tijd.

De angst waarmee Isabel wakker geworden was, werd niet minder met de ontdekking dat er geen reden voor was, maar verdiepte zich juist tot een intensere vrees: het bange voorgevoel dat er iets vreselijks te gebeuren stond.

Haar werk? Maar wat kon daar nou gebeuren? Ze had tot nu toe voor de BBC vier avondprogramma's gepresenteerd en die waren succesvol verlopen. Ze had een nieuw contract voor twee jaar. Het werk was betrekkelijk eenvoudig. Okee, ze moest iedere maandagavond haar eigen ik professionaliseren, aan miljoenen mensen haar persona ter consumptie overhandigen, maar dat ging haar goed af en ze was het tegen donderdagmiddag alweer vergeten. Zelfs als haar contract opgezegd werd en ze met oneervol ontslag op straat kwam te staan, zou ze dat niet als een ramp beschouwen, maar als een probleem van praktische aard. Deze plotselinge, ongekende angst, die nu zo hevig was dat ze naar adem snakte en haar armen over haar borst klemde, had niets met praktische zaken van doen.

Jasons verjaardag dan? Die middag stond er een uitje naar de bioscoop met vijf vriendjes van school op het programma. Dat was, hoewel bepaald niet iets om naar uit te kijken, ook niets om bang voor te zijn. Ze hadden bovendien afgesproken dat Homer vroeg uit zijn werk kwam om ze mee naar de film te nemen, terwijl zij thuisbleef om de taart te glaceren en de boterhammen in dierfiguren te snijden. De arbeidsverdeling was eerlijk en, zoals gewoonlijk, zonder bakkeleien tot stand gekomen.

'Okee,' zei Homer, 'ik krijg de film te zien en jij niet. Maar kijken naar *Superman II* met vijf jochies van zes is een twijfelachtig genoegen. Je wilt het echt niet liever andersom?'
'Nee,' zei Isabel. 'Jij zou trouwens bruinbrood nemen voor de boterhammen, ondanks dat het Jasons verjaardag is.'
'Jasons spijsvertering weet niet dat het zijn verjaardag is,' zei Homer.

Geen reden toch zeker om nu in paniek overeind in haar witkanten bed te zitten, veilig tussen de donkere muren met het groene behangselpapier en de vergulde spiegels, die alleen vertrouwde en geliefde beelden weerkaatsten.

Isabel stapte uit bed en ging de trap op naar Jasons slaapkamer. Zij, die eens in haar blootje sliep, sliep nu in een nachthemd – zoals alle moeders met kinderen die vaak wakker worden – dat ook als kamerjas dienst deed.

Jason sliep op zijn rug, met zijn armen wijd uitgestrekt en een uitdrukking van serene rust op zijn gezicht. Aan het voeteneind van zijn bed lag een stapel cadeautjes, die Homer en zij de avond tevoren hadden ingepakt.

Jasons grootouders in Amerika hadden een cowboypak van echt leer gestuurd, en bijbehorende holsters met zilverbeslag en pistolen.

'Moet dat?' zei Homer. 'Pistolen?'
'Hij is jarig,' zei Isabel. 'En iedereen doet het. En uit onderzoek blijkt dat kinderen die verstoken worden van geformaliseerde manieren om aan hun agressie uitdrukking te geven langs de weg van de verbeelding, vaker agressief gedrag vertonen dan andere kinderen.'
'Komt dat even goed uit,' zei Homer. Maar de pistolen waren van prachtige makelij, licht, met fijn filigrainwerk en Jason zou er zeker verguld mee zijn. Dus zuchtte Homer en voegde ze bij de stapel.

Er was geen pakje van Harriët uit Australië. Nooit, trouwens.

'Ik geloof dat mijn moeder eigenlijk helemaal geen vrouw is,' had Isabel de vorige avond tegen Homer gezegd. 'Niet meer tenminste. Vroeger wel, maar nu heeft ze zichzelf in de stam van een oude gomboom veranderd en is ze dichtgeslibd met zand.' Homer had Isabel gekust en haar hand vastgehouden en niets gezegd, omdat er niets te zeggen viel.

Harriët! Dat was het natuurlijk. Iets mis! Isabel ging de trap af naar de huiskamer – de twee samengetrokken benedenvertrekken – waar de jaloezieën nog naar beneden waren, de twee glazen van de vorige avond gebroederlijk bij elkaar stonden en drie halfopgerookte sigaretten lagen, die getuigden van Homers pogingen om met roken te stoppen volgens de hoogst persoonlijke en prijzige methode steeds minder van iedere aangestoken sigaret op te roken. Ze belde naar Australië. Tegenwoordig kon ze rechtstreeks, zonder tussenkomst van een telefoniste, verbinding krijgen. Twaalf cijfers, en ze had haar moeder en haar verleden aan de lijn.

De telefoon rinkelde en rinkelde in haar moeders huis en werd maar niet opgenomen. Het toestel stond in de vensterbank bij de veranda aan de voorkant van het huis, en telkens wanneer de telefoon ging, sprongen de zandkorrels rondom het apparaat op en neer in een dans van verwondering. Isabel had er vaak naar gekeken. Misschien ligt mijn moeder daar aan de andere kant van de hordeur op de keukenvloer en neemt ze daarom niet op. Ze is dood, of ze heeft een beroerte gehad, of een hartaanval. Of ze hebben haar verkracht en beroofd. Of misschien heeft ze dan eindelijk een vaste vriend en komt ze 's nachts niet thuis.

Er speelde een wijsje door haar hoofd. Iemand had het vorige week in het programma gezongen:

> 'Slecht nieuws in de stad,
> Slecht nieuws doet de ronde,
> Mijn lief is dood, zeggen ze,
> Of heeft een ander gevonden.'

Of misschien neemt ze gewoon de telefoon niet meer aan. Alweer acht jaar geleden dat ik haar voor het laatst heb gezien. Ze heeft zich nu voorgoed in zichzelf teruggetrokken en laat mij haar leven voor haar leven.

Het rinkelen hield op. Haar moeder zei hallo.

'Hallo, moeder.'
'O, ben jij het, Isabel. Hoe is het met je?'
'Prima.'
'Alles okee? Man, koter, enzovoort?'
'Ja, prima.'
Stilte. Toen:
'Het is erg laat op de avond. Ik lag al in bed.'
'Het spijt me, mam. Ik wilde alleen even weten of alles goed met je was.'
'Waarom niet? Hier verandert er nooit iets. Hoe is het aan jouw kant?'
'Ik heb een eigen televisieprogramma. Eens in de week. Gewoon een praatprogramma, maar niet gek om mee te beginnen.'
'Leuk voor je, meid. Kreeg je genoeg van de journalistiek? Of had die genoeg van jou?'
'Het is hetzelfde werk eigenlijk.'
'O ja? Ik kijk niet zoveel tv, ik zou niet weten. Ik vind het nogal platvloers allemaal. Maar we zitten hier natuurlijk in Australië. Achtergebleven gebied dus. Je hebt er wel plezier in?'
'Ja.'
'Daar gaat het om. Homer heeft er niks op tegen?'
'Nee. Waarom zou hij?'
'Je weet hoe mannen zijn. Ze willen nooit wat jij wil. Hoor eens, meisje, ik wil niet onaardig zijn, maar een of andere rottige horzel heeft zich door het gat in de hordeur naar binnen gewerkt. De hele boel roest weg hier. Ik moet ophangen.'
'Natuurlijk, moeder. Is het een grote?'
'Een hele grote.'
'Jason is vandaag jarig.'
'Jason? O, je zoontje. Die moet nu al, laat eens kijken – Is hij geen vier, of vijf? Doe hem de hartelijke groeten van me. Ik stel niet veel voor als oma, maar ik besta tenminste.'
'Je bestaat tenminste. Dag mam.'
'Waarom noem je me niet gewoon Harriët? Dag liefje.'

Isabel kroop weer terug in bed, met een droog gevoel en de smaak van stof en as in haar mond. Alles was mogelijk en tegelijk ook weer niet. Ze kon wat ze maar wilde uit de wereld wringen – succes en rijkdom en persoonlijk geluk – en het zou haar niet baten. Altijd zou haar moeder ergens aan de rand van haar blikveld staan, buiten bereik maar nooit helemaal uit het zicht, en met een lachje op het gezicht haar inspanningen gadeslaan en zo de kennis doorgeven die de ouderen maar liever voor zich moesten houden: dat uiteindelijk al het goede zinloos en al het zoete smaakloos was. Je kunt beter doof, lam en blind zijn, dan deze dingen te jong al weten.

Homer draaide zich naar haar toe in bed. 'Wat is er?'
  'Weet ik niet.'
  'Hoe laat is het?'
  'Vroeg.'
  'Waar ben je geweest?'
  'Mijn moeder gebeld.'
  'Waar was dat nou weer goed voor?'
  'Jason is vandaag jarig.'
  'Wat zei ze?'
  'Niet wat ik wilde.'
  'En dat was?'
  'Goed zo. Gefeliciteerd. Ik mis je. Waarom kom je niet naar me toe gevlogen. De dingen die jouw moeder tegen jou zegt.'

Homer omvatte haar lichaam zoals hij ook haar geest omvatte, om de twijfels beter te kunnen verjagen. Hij sloot haar in lenige, geoefende armen. Jaar in, jaar uit woog hij precies zoveel als de tabel bij de huisarts voorschreef en desgewenst vermeerderde of verminderde hij het aantal calorieën dat hij dagelijks tot zich nam. Iedere werkdag fietste hij 's ochtends naar kantoor en kwam hij 's avonds op de fiets weer terug. Twee keer in de week, op dinsdag en donderdag, stond hij vroeg op en rende bijna heel Regents Park rond.

'Ik zou wel eeuwig willen leven als dat kon,' zei hij altijd. 'Nu probeer ik het in ieder geval zo lang mogelijk te rekken.'

Een gelukkig mens, meende Isabel, dat kan niet anders. Ze vroeg zich af hoe het moest zijn om zo van het leven te houden, en wanneer ze vrijden, probeerde ze iets van zijn levenslust over te nemen. Maar juist het evenwichtige van zijn temperament belette dat er van hem iets overschoot. Hij hield alles voor zich, werkte lichamelijk en ritmisch op haar in en liet het aan haar over om voor de bijpassende hoogte- en dieptepunten te zorgen, wat ze dan zowaar ook deed. Ze voelde zich niet in hem teleurgesteld en wanneer iemand zo vrijpostig was om naar bijzonderheden over haar liefdesleven te vragen, kon ze naar waarheid antwoorden: 'Ja hoor, erg goed. Geen van ons tweeën zoekt tenminste naar een partner buiten de deur.'

Homers lichaam was even netjes en ordelijk als zijn geest. Het rook lekker. Haar reactie erop was altijd gewillig en prompt. Ze vertrouwde hem. Homer deed steeds één ding tegelijk. Dat beviel haar. In bed bundelde hij zijn krachten en concentreerde zich op de bewegingen van het ene lichaam tegen het andere, alsof het minste dat hij voor zijn partner kon doen was het rommeltje van emoties erbuiten te houden en zichzelf als een schoon, onvermoeid en onverward geheel te presenteren. Gevoel, genegenheid betoonde je van tevoren en achteraf. Het lag in Isabels aard om alles tegelijk te doen, om de emoties van de dag, hoe onbekookt, problematisch en chaotisch ook, in zichzelf te concentreren en 's nachts haar benen te openen en zich met lichaam en ziel te geven. En omdat zij allebei aanbood, nam hij ook allebei, maar hijzelf gaf haar of het één of het ander. Lichaam eerst – dit zus en dat zo, resoluut en doortastend – daarna ziel, als iets te dun uitgevallen glazuur op een taart: een glibberig goedje dat er aan alle kanten afglijdt. 'Was dat okee, Isabel?' Ja, ja, natuurlijk, zei ze dan, maar kon het tussen twee nachten in nooit helemaal verwerken dat hij het nodig vond om zoiets te vragen. Het was niet anders.

Hij schreeuwde nooit hardop bij een orgasme. Het geluid werd gesmoord, alsof er altijd toehoorders, toeschouwers waren. 'Stil toch,' zei hij tegen haar, als ze ergens logeerden en het bed kraakte. Of zelfs thuis, wanneer ze er niet aan dacht, wanneer er iets was

– misschien alleen alle opgekropte emoties van de dag – dat om een heftiger protest, een luidruchtiger ontlading vroeg. Aangezien het geen gevoelens waren die hij, Homer, had opgewekt, had ze er op zo'n moment ook niet echt recht op en liet ze zich gedwee tot stilte manen.

Soms huilde ze na het vrijen, zonder te weten waarom.
   'Wat is er?' vroeg hij dan.
   'Weet ik niet.'
   'Heb ik het niet goed gedaan?' vroeg hij dan verder, wegglibberend in onzekerheid, en dan moest ze lachen, omdat hij het zo overduidelijk wel goed deed en haar zoveel bevrediging schonk.
   'Natuurlijk doe je het goed,' zei ze.
   'Wat heb je dan?'

Maar ze kon het niet zeggen. Misschien huilde ze wel om het verdriet van de wereld, of omdat alles in de dood eindigt, of omdat ze geen plezier kon ondervinden zonder ook pijn te voelen, in de wetenschap dat het niet zou duren. Of misschien huilde ze omdat Homer nooit huilde.

Vandaag had ze tenminste een antwoord klaar.
   'Ik huil omdat mijn moeder me van streek heeft gemaakt,' zei ze. 'Ik wou dat ze meer van me hield.'
   'Ik wou dat mijn moeder minder van me hield,' zei Homer. 'Dan voelde ik me niet zo verantwoordelijk voor haar.'
   'We hebben allebei onze moeder in de steek gelaten.'
   'In de steek?' zei Homer verbaasd. 'Met rust, zou ik zeggen.'

Soms maakten onaangename mensen tegen Homer de opmerking dat hij zijn land in de steek had gelaten. Zijn stellingname tegen Vietnam had hem anti-Amerikaans gemaakt en in Europa wonen was een vorm van verraad aan het land waarin hij was opgegroeid.

'Best mogelijk,' zei Homer dan, vlotjes. 'Je zult wel gelijk hebben. Ik heb liever de hele wereld als speeltoneel dan alleen Amerika, zoals de stemming daar nu is. Ik doe niets illegaals. Ik betaal trouw belasting. Ik vind het hier gewoon leuk.'

Maar nu de Amerikanen net zoveel last kregen van nationaal schuldbesef en twijfel aan zichzelf als de mensen in Europa, stak Homer wat gemakkelijker de Atlantische Oceaan over. Hij ging zo'n drie à vier keer per jaar naar de States, voor zijn werk of om Jason bij zijn grootouders te brengen.

'Ik weet dat ze de actiegroep voor particulier wapenbezit steunen,' zei hij, 'enzovoorts, enzovoorts, maar een zuchtje airconditioning en algehele efficiëntie is op zijn tijd heel verfrissend.'

Isabel, niet zeker of ze welkom was, ging nooit terug naar Australië. Soms vroeg ze zich af of Harriët niet meer belangstelling voor haar kleinkind had gehad als Jason een meisje was geweest.

'Wat zou het,' zei Homer dan. 'We hebben van Londen ons thuis gemaakt, laten we het daarbij houden. We laten onze dynastie bij ons beginnen en vergeten wat ervoor was. Ons verleden zit in onze genen, dat lijkt me meer dan genoeg.'

Jason, het kind van de continenten, speelde heerlijk in Wincaster Row en verlangde geen ander leven.

Jasons verjaardag. Boven werd Jason wakker en schreeuwde zijn groet aan de wereld. Het was niet zijn gewoonte om de dag met rustige geluidjes en zacht gekreun tegemoet te treden, zoals naar verluidde de kinderen van Homer en Isabels vrienden deden. Hij begroette de dag liever met een schreeuw, die een mengeling van opgetogenheid en verwijt was. Wanneer hij dan, als het ware, de opgekropte geluiden en hartstocht van de nacht had geuit, viel hij weer in slaap om vijf minuten later voor de tweede keer, en nu definitief, wakker te worden. Zijn schreeuw vroeg dan om gehoor en hield aan tot een van zijn ouders in zijn kamer verscheen.

'Ik denk dat hij wel kalmeert als hij in de puberteit komt,' was

Homers idee, 'en de nacht en zijn energie voor iets anders kan gebruiken.'

'Vijf minuten genade,' zei hij deze morgen, bezig Isabels tranen weg te vegen.

Het was Homers beurt om bij Jason te gaan kijken, maar ter ere van zijn verjaardag gingen beide ouders. Isabel stapte aan haar kant uit bed, Homer aan de zijne. Ze trokken spijkerbroek, T-shirt en gympen aan. De telefoon ging. Het was een van Isabels assistentes, die zich verontschuldigde voor het vroege tijdstip van haar telefoontje en toestemming wilde hebben om contact op te nemen met een Noorse architect die die dag zijn reis om de wereld voor een bezoek aan Londen onderbrak. Isabels ongerustheid verdween. De wereld was weer in zijn normale doen. Ze moest beslissingen nemen, geld verdienen, de wereld bedwingen.

Homer deed de deur van Jasons kamer open. 'Ratatatata,' knetterde Jason en vuurde met zijn nieuwe, fijnbewerkte pistool op zijn ouders alsof hij een mitrailleur bediende. 'Ik ben zes, ik ben bijna zeven, ik hoef niet naar school vandaag.'
'Jawel, je moet,' zeiden ze. Jason gilde en krijste en stampte. Zijn ouders redeneerden en argumenteerden en paaiden.

Homer bracht Jason op maandag en woensdag naar school en haalde hem op dinsdag en donderdag. Isabel bracht hem op dinsdag en donderdag en haalde hem op maandag en woensdag. Op vrijdag werd Jason door beide ouders gebracht en gehaald. Deze vaste regelmaat was iedereen naar de zin.

Als het mooi weer was, ging Jason bij Homer achterop de fiets. Vandaag was het een fietsdag. Jason, nog vlekkerig van de tranen, draaide zich bij het wegrijden om en lachte naar zijn moeder. Het was het lachje van een prins tegen een lid van de hofhouding, oneindig goedgunstig en oneindig minzaam. Een allesvergevende glimlach. Het was Isabel duidelijk dat het geen moment echt zijn bedoeling was geweest om te spijbelen.

Isabel ging terug naar de keuken voor een kop koffie. De radio stond aan, met de nieuwsberichten. Isabel luisterde half professioneel, half als onschuldige burger. Ze kende voldoende journalisten, had genoeg redacteuren ontmoet en met genoeg nieuwsdiensten te maken gehad om te weten hoe de berichtgeving gekleurd werd, hoe er half toevallig, half opzettelijk vooroordelen in het leven werden geroepen. Voor de zoveelste keer was de waarheid dan tussen je vingers door geglipt en niet meer te achterhalen, als een druppel kwik die op de vloer uit elkaar spat: eerst alleen vluchtig, nu voorgoed weg. Over sommige dingen hoefde je je tegenwoordig geen illusies meer te maken.

De lange procedure van de Amerikaanse presidentsverkiezingen was in gang gezet. Ze waren nu met de voorverkiezingen bezig. Een buitenstaander, de jonge senator uit Maryland, maakte een goede kans om de Democratische kandidaat te worden. Hij heette Dandridge Ivel, in de wandeling Dandy Ivel. Via een krakende verbinding speculeerde de commentator over de voordelen van weer een jong iemand aan het Amerikaanse roer, en greep daarbij terug op het Kennedytijdperk, de dagen van Koning Arthur en de gouden eeuw van de Verenigde Staten, de tijd voordat iedereen de mond vol kreeg over het nationaal schaamtegevoel, de crisis, monetaire politiek, inflatie, werkloosheid en relletjes op straat. Het tijdperk vóór de verantwoordelijkheid, de jonge jaren van een natie. Misschien dat Amerika weer jong en krachtig werd als Dandy Ivel de kar trok? De commentator, wiens enthousiasme met veel geknetter en gesputter via de slecht werkende satelliet doorkwam, maakte er geen geheim van dat hij een fan van Dandy Ivel was.

Isabel ging zitten. Het was stil in huis. De grote schoolklok aan de keukenmuur en de staande klok in de hal, trots temidden van de fietsen en jassen, tikten ieder in hun eigen ritme. De schoolklok moest elke dag opgewonden worden, de staande klok eens in de week. Isabel moest voor de keukenklok zorgen, omdat ze die andere zo gemakkelijk vergat. Homer dacht er altijd aan.

Ze maakte koffie voor zichzelf. Homer beperkte zich tot twee koppen per dag en dronk nooit poederkoffie. Hij was bang dat daar kankerverwekkende stoffen in zaten.

Hoe moest ze het ooit redden zonder Homer, die vorm aan haar leven en achtergrond aan haar persoonlijkheid gaf, en van haar hangerige, slaperige natuur zoiets degelijks en stabiels had gemaakt? Isabel klemde haar armen over haar borst. Ze had pijn. Ze wiegde heen en weer.

Natuurlijk had ze het geweten. Ze had de naam Dandy Ivel hier en daar zien staan of door iemand horen noemen, en zich ervoor afgesloten. Geen wonder dat ze angstig wakker was geworden, geen wonder dat ze haar moeder had gebeld, geen wonder dat ze had gehuild.

Dandy Ivel, president van Amerika.

Ooit, bedacht Isabel, geloofde ik dat alle gebeurtenissen stomtoevallig waren en niet met elkaar in verband stonden. Ik geloofde dat mensen bemind en weer verlaten konden worden en dat ieder voorval vroeg of laat tot het verleden ging behoren en afgedaan was, en dat pas met een huwelijk of een equivalent daarvan en met de geboorte van kinderen, het echte, gedenkwaardige en verantwoordelijke leven begon. Nu zag ze in dat het niet zo was. Niets ging er verloren, zelfs niet de dingen die je het liefste kwijt was. Alles schoof op naar een zeker punt in de tijd. Onze toekomst wordt door ons verleden bepaald. Ons hele verleden, en niet alleen de wegen die we zelf gekozen hebben, of waar we trots op zijn.

Ze hoefde niets anders te doen dan niets te zeggen, niets te doen en wat ze wist voor zich houden. Het kon nog allemaal goed gaan.

Na een aardbeving verandert een huis. Snuisterijen staan nauwelijks waarneembaar anders in de kast, boeken leunen net een tikje schuiner. De lamp hangt weer stil onderaan het koord, maar alle dingen hebben de beweging ontdekt: het vermogen om te handelen en om te vallen. Het huis lacht. Je dacht dat ik van jou, dat ik je vriend was. Je dacht dat je me kende, maar kijk, niks daarvan. Op een dag stort ik misschien in en verpletter ik je. Isabel had het gevoel dat het huis waar ze zo van hield, veranderd was. Het dreef de spot met haar en stond erbij te lachen.

Isabel ging bij haar buurvrouw Maia haar koffie opdrinken. Maia had ruzie gemaakt met haar echtgenoot en was met tranen in haar ogen de straat op gerend en onder een auto gelopen en had haar gezichtsvermogen verloren. Niets is veilig. Echtgenoten, tranen, auto's, ogen. Het zal ze niet spijten, jou des te meer.

Maia en Isabel praatten wat en zeiden niet veel bijzonders. In de loop van de dag ging Isabel naar de redactiekamer van de Dag-Goedenacht show. Alice, de assistente, had de Noorse architect te pakken gekregen, maar nu bleek opeens dat hij tegenwoordig geen vakantiebungalows met zonnepanelen maar ondergrondse huizen bouwde. In overleg met de producer, Andrew Elphick, werd overeengekomen dat noch de architect zelf, noch het programma met zijn optreden gebaat was.

'Onze show is informatief, maar het moet te verteren blijven,' zei Elphick. 'Onze kijkers willen niet na afloop van Dag-Goedenacht nucleaire nachtmerries over het einde van de wereld krijgen. Die hebben ze al genoeg, zonder dat wij nog een duit in het zakje doen. Vind je ook niet, Isabel? Ik vind het best dat we werk maken van feminisme, racisme, homoseksualiteit of een van de andere sociale randverschijnselen, maar ik ga niet 's avonds na negenen nog even de wereld op losse schroeven zetten.'

Isabel begreep wat hij bedoelde. Anders Alice wel, die tweeëndertig was en juist een promotie had afgeslagen om nog één keer, steeds weer, te kunnen samenwerken met Elphick, van wie ze hield. Elphick was lang en breed en droevig en pienter en had rood haar en een jongensachtige lach. Hij was veertig en getrouwd. Hij was niet erg geliefd bij de cameramensen en het studiopersoneel, tegen wie hij raasde en tierde of hij met hen getrouwd was.

'Isabel,' zei hij tegen haar toen ze het vertrek verliet, 'heb jij een sociaal geweten?'
'Natuurlijk,' antwoordde ze, verrast.
'Dat dacht ik al,' antwoordde hij. 'Je bent net als ik. Wij weten wat ons te doen staat. Zo mooi mogelijk fiedelen wanneer Rome in de fik staat, in de hoop dat Nero ons wat geldstukjes toewerpt.'

Hij zat al te drinken. Daar hield hij zich vijf dagen van de week mee bezig. De twee overige dagen, wanneer er opnamen of repetities waren, bleef hij nuchter. Zijn gezicht was gegroefd door littekens – een gevolg, naar men zei, van even te vaak met zijn hoofd door de voorruit slaan. Hij sliep alleen met Alice wanneer hij dronken was, en slaagde er op die manier in om met zijn nuchtere, zijn echte ik trouw aan zijn vrouw te blijven. Rechtschapenheid en onkreukbaarheid stonden bij hem hoog aangeschreven, en mensen die het met de wet of de zeden niet zo nauw namen, wilde hij niet in zijn programma hebben.

'Mensen die iets gepresteerd hebben,' zei hij altijd. 'Dat moet je de kijkers laten zien. Het vermogen van het individu om zelf zijn lot te bepalen.'

'Haar,' zei Isabel, plichtshalve.
'Of haar,' zei hij, verveeld.

Toen Isabel wegging, greep Elphick haar hand en drukte die tegen zijn koude lippen voor een kus. Ze voelde dat het meer uit wanhoop dan uit wellust was, en trok zachtjes haar hand terug.
'Je mag me niet zo, hè?' zei hij. 'Niemand die ik aardig vind, vindt mij aardig. Ze verdragen me, maar ze vinden me niet aardig.'

'Alice vindt je aardig,' zei Isabel.

Isabel ging bijtijds naar huis om Jason en zijn vriendjes te ontvangen. De televisie stond aan. De video spuide een eindeloze reeks tekenfilmpjes van Popeye. Ouders kwamen en verzuimden om weg te gaan. Isabel was per slot een beroemdheid. Homer was voor zijn doen laat. Het was één grote herrie. Jason liep te ijsberen op de manier die hij reserveerde voor als hij ongeduldig of uit zijn humeur was, het hoofd voorover, de handen op de rug, zoals een stereotiepe volwassene in een komische tekenfilm. De ouderen moesten erom lachen en dat bracht Jason nog verder uit zijn humeur.

'Pappa is laat,' zei hij. 'Direct missen we de film nog. Er valt hier niets te lachen.'

Daar moesten ze nog harder om lachen, om die grote-mensen-praat uit de mond van zo'n kind.

Jasons vriend Bobby, die niet te vertrouwen was in de buurt van apparaten, haalde een schakelaar op het videoapparaat over waardoor er weer gewoon televisie kwam. En daar, op het scherm, het hoofd voorover, de handen op de rug, met op de achtergrond de Amerikaanse vlag, liep Dandy Ivel te ijsberen.

'Sprekend Jason,' merkte Bobby's moeder op. 'Wat toevallig!'
   'Houd op met dat loopje, Jason,' zei Isabel.
   'Waarom?' vroeg haar zoon, zonder op te houden.
   'Het is bezopen,' zei Isabel.
   'Ik vind het juist erg geinig,' zei Bobby's moeder. Jasons moeder gaf haar zoon een draai om zijn oren net toen Homer binnenkwam.

'Isabel!' riep Homer geschokt.
   'Het spijt me,' zei Isabel, zowel tegen Jason als tegen Homer. Het was moeilijk te zeggen wie van de twee het pijnlijkst getroffen leek.

Homer zette de televisie uit en dirigeerde de kinderen naar de taxi die buiten stond te wachten. Isabel glaceerde de taart, onder kritisch toezicht van Bobby's moeder. Isabel wou dat Bobby's moeder eens naar huis ging, maar dat deed ze niet. Ze bleef om te helpen en sneed de boterhammen voor de olifantfiguren. Ze sneed ze veel te dik en verzuimde om de sneetjes tot in de hoeken te beboteren.

'Heb jij last van het premenstrueel syndroom?' vroeg Bobby's moeder.

Ze droeg een folkloristische blouse met kantjes en een omvangrijke katoenen plooirok in bloemdessin.

'Nee,' zei Isabel, kortaf.

'Ik heb je Jason nooit eerder zien slaan. En hij deed toch niks verkeerds? Ik dacht, dat kan best eens PMS zijn. Hadden mannen het maar, dan zou er wel gauw iets tegen gedaan worden. Ik sla Bobby soms, als ik het heb. Dat geldt vast voor de meeste vrouwen.'

'Lang zal Jason leven,' schreef Isabel in groen glazuur, met behulp van een opgerolde papieren tuit die met een veiligheidsspeld dicht zat.

'Jammer dat Jason niet wat ouder is. Dan had hij als Dandy Ivel mee kunnen doen aan een dubbelgangerswedstrijd.'

'Hij zou weinig kans maken,' zei Isabel. 'Zijn haar is licht en Dandy is lichtelijk donker zo te zien.'

'Jason heeft het soort haar dat later donkerder wordt,' zei Bobby's moeder, en verknalde een olifant. 'Deze boterhammen lijken, geloof ik, meer op egels dan op olifanten.'

'Trouwens,' zei Isabel, 'ik denk dat Ivel binnen de kortste keren weer in de anonimiteit verdwijnt. Ik kan me niet voorstellen dat ze hem als kandidaat kiezen.'

'Ik kan me dat heel goed voorstellen,' zei Bobby's moeder. 'Ik heb een avondcursus politieke sociologie gevolgd. Volgens mij hunkeren de Amerikaanse vrouwen naar een huisvaderfiguur. Die hebben ze sinds Kennedy niet meer gehad. Dandy Ivel ziet eruit als een man die goed voor je zal zorgen.'

Homer kwam thuis met zes afgepeigerde kinderen. Ze vielen aan op de boterhammen en keurden de taart geen blik waardig. Jason gooide drilpudding tegen de muur. Hij was door het dolle heen. De ouders kwamen al vroeg en stonden verspreid over de kamer sherry te drinken. De kinderen maakten ruzie over de geschenkjes die ze mee naar huis kregen. In de vestibule zette Bobby het op een brullen. 'Ik krijg sterk de indruk dat Jason hem gebeten heeft,' zei Homer, toen hij de kamer weer in kwam om verontschuldiging te vragen. Bobby's moeder nam, op hoge poten, haar zoontje mee naar huis en zei bij het weggaan dat zij altijd klappen uitdeelde voor bijten. Bobby had vroeger ook gebeten, maar hij had het gauw afgeleerd. Daar had ze wel voor gezorgd. Krabben was nog tot daar aan toe, bijten ging te ver.

'Er zit iets niet goed,' zei Homer, toen iedereen vertrokken, het eten genuttigd en de avond gevallen was. 'Jason is echt agressief.'

'Misschien komt het door het lood in het Londense leidingwater,' zei Isabel.

'Nee,' zei Homer. 'Geen uitvluchten. Volgens mij is hij emotioneel gestoord.'

'Emotioneel gestoord!' riep Isabel. 'Bespottelijk!'

'Isabel,' zei Homer, 'ik meen het. Hij heeft vanaf het gangpad naar *Superman II* zitten kijken, en toen de ouvreuse hem naar een zitplaats wilde brengen, beet hij in haar enkel. Het gaf een ontzettende consternatie.'

Isabel lachte.

'Er valt hier niets te lachen,' zei Homer. 'Ik vind dat hij eens naar een kinderpsycholoog moet.'

'Wat, Jason?'

'Het kan heus geen kwaad, Isabel.'

'Waarschijnlijk niet, nee,' zei Isabel, maar de angst had haar al te pakken.

Ze had Jason altijd als een verlengstuk van zichzelf beschouwd: vlees van haar vlees, geest van haar geest. Maar dat was hij natuurlijk niet. Jason, haar kind, was geen deel van haar. De navelstreng was een hele tijd terug doorgesneden, maar ze had het nauwelijks gemerkt. Hij sliep, at, lachte en voelde niet langer op haar verzoek. Hij deed die dingen uit eigen beweging, niet omdat zij ze voorschreef. Ze kon, in het geval er iets gebeurde, hem niet meer onder de arm nemen en wegrennen. Hij kon haar haar besluiten aanrekenen, haar daden afkeuren, haar zijn liefde onthouden. Iedere week werd hij minder en minder haar volmaakte kind en meer en meer zijn eigen onvolmaakte baas. En toch moest ook hij lijden, zoals alle kinderen, omdat de liefde van zijn moeder voor hem ook niet volmaakt was gebleven, maar, naarmate hij zijn eigen onafhankelijke wil had ontwikkeld, steeds verder was afgeraakt van dat ene moment van volkomenheid, ergens in het begin.

En nu zei Homer, die van Jason zou moeten houden, dat haar zoon onvolmaakt en emotioneel gestoord was, met de implicatie dat de schuld bij haar lag. Ze kon Jason niet beschermen, omdat het niet aan haar was om hem te beschermen. Hij was zes en iemand op zich. En zichzelf kon ze ook niet beschermen, omdat ze inderdaad schuldig was.

'Isabel,' zei Homer, gealarmeerd door de uitdrukking op haar gezicht, 'zo erg is het niet. Het leek me gewoon wel goed. Ik heb echt het idee dat Jason zich helemaal niet gelukkig voelt. We doen misschien wel iets verkeerd, wij samen. God mag weten wat het is. Misschien komt het doordat hij jou op het televisiescherm ziet wanneer je plaats hier in huis is.'

'Mijn plaats?'

'In Jasons ogen, verder niet. Jezus, Isabel, het is een jochie van vijf.'

'Zes.'

'Zes. En Isabel, je staat zelf ook onder spanning.'

'Ik?'

'Je hebt het arme joch een klap gegeven. Gewoon een klap! En waarvoor? Wat deed hij verkeerd?'

'Homer, ik zei hem iets niet te doen en hij ging er gewoon mee door. De kamer zat vol met krijsende kinderen en blèrende volwassenen. Ik gaf hem geen harde klap, alleen een tik dat hij moest luisteren.'

'Wat deed hij dan?'

'Ik kan het me niet eens meer herinneren. Daar ging het niet om. Homer, Jason en ik bevinden ons echt nog wel binnen de grenzen van wat toelaatbaar gedrag is voor moeder en kind. Bijna alle moeders geven hun kinderen zo nu en dan een mep.'

'Dat is volgens mij niet waar.'

'Bijna alle kinderen zijn wel eens onhebbelijk, agressief, ongehoorzaam en recalcitrant.'

'Dat is volgens mij ook niet waar. En er zijn ook weinig kinderen die weigeren om in de bioscoop op hun stoel te gaan zitten en vervolgens de ouvreuse in haar enkel bijten wanneer die ze probeert te verplaatsen. Je lacht er nog om ook! Ik heb de indruk dat jij Jason gebruikt om iets te bewijzen, Isabel, die indruk heb ik echt, en het doet Jason bepaald geen goed.'

'Zal ik maar in therapie dan?'

'Alsjeblieft niet,' zei Homer vermoeid, en Isabel voelde dat ze onredelijk was geweest.

'We kennen trouwens toch geen kindertherapeuten,' zei Isabel. 'Ze zijn uit de mode.'

'Ik kan altijd wel iets regelen via mijn werk,' zei Homer. 'Wat voor jullie televisiemensen al tien jaar passé is, daar beginnen wij uitgevers net de lucht van te krijgen.'

'Homer,' zei Isabel, 'ik krijg het gevoel dat jij iets tegen mijn baan hebt. Konden we het niet beter daar over hebben, in plaats van het hele probleem op die arme Jason af te schuiven?'

'Volgens mij,' zei Homer, 'zijn we nog nooit zo dicht bij een ruzie geweest als nu. Ga mee naar bed.'

Homer en Isabel gingen naar hun witkanten bed met het fragiele koperwerk aan hoofd en voeteneind, in een slaapkamer met donkergroene muren en purperen jaloezieën. Het vertrek was keurig opgeruimd, omdat Homer daarvoor zorgde. Isabel liet haar kleren altijd liggen waar ze terechtkwamen. Maar ze maakte wel iedere dag met liefde en zorg het bed op, en ging soms zelfs de katoenen lakens strijken als ze uit de wasmachine kwamen, omdat ze zo mooi waren.

Homer vergaf Isabel gauwer dan Isabel Homer. Zo leek het tenminste. Maar eigenlijk was het uit angst en helemaal niet uit kwaadheid dat Isabel als een plank op haar rug bleef liggen en voor de aanraking van haar man terugschrok. Hij mocht dat alleen niet weten. 'Wat is er?' zei Homer. 'Hoor eens, als het je zo van streek maakt, dan houd ik voortaan mijn mond over Jason en de therapeut.'

'Goed,' zei Isabel.

'Draai je dan om en kus me.'

'Nee, dat kan ik niet. Ik weet ook niet waarom.'

'Snap je,' zei Homer, 'het was niet alleen dat hij die ouvreuse beet en er zo'n toestand was, maar hij ontkende het later. Het leek wel of hij het zich eerlijk waar niet meer herinneren kon. Toen vond ik het echt zorgelijk worden. Ik geloof niet dat de andere kinderen veel in de gaten hadden. Het was dat stukje wanneer Superman de schurk door de Coca Cola reclame smijt. Eigenlijk was het een schokkend gewelddadige film, heel anders dan *Superman I*, dat was allemaal heel onschuldig.'

'Soms,' zei Isabel, 'krijg ik het gevoel dat we allemaal, volwassenen, kinderen, iedereen, murw gemaakt worden voor iets.'

'Als dat zo is,' zei Homer, 'kunnen we er toch niets aan doen, behalve dan maar zo goed mogelijk op onze eigen kinderen passen.'

Isabel ging slapen en droomde over het einde van de wereld. Raketten flitsten heen en weer boven haar hoofd, stuk voor stuk fallisch. Op het eind was er alleen nog puin.

Ze kreunde en opnieuw probeerde Homer haar in zijn armen te nemen en opnieuw weerde ze hem af. Was dat ooit eerder voorgekomen? Ze kon het zich niet herinneren, maar ze meende van niet. Ze wilde zijn vlees niet in haar vlees. Het was te riskant: een opening waar ze geen controle over had. Ze was half in slaap.

Boven werd Jason wakker en begon te huilen, in een soort van reactie op alle nachtelijke opschudding en verwarring. Isabel, voor deze ene keer blij dat ze helemaal uit haar slaap werd gehaald, kwam uit bed en ging naar boven om te kijken wat eraan scheelde. Jason was klaarwakker.

'Ik heb naar gedroomd,' zei hij.

'Waarover?'

'Bommen.'

'Je moet overdag niet zo stout zijn,' zei Isabel. 'Dan zou je jezelf 's nachts niet straffen. Het is je eigen droom, weet je. Hij is van jou.'

Ze verwachtte niet dat hij het zou begrijpen, maar hij maakte wel die indruk. Hij was open en ontvankelijk, een middernachtkind.

'Ik was niet erg stout.'

'Bijten is stout.'

'Ik was jarig. Bobby pakte mijn cadeautje af.'

'Nee. In de bioscoop. Daar heb je gebeten. En een groot mens nog wel.'

'Nee, nietes.'

'Papa zegt van wel.'

'Tis nietes.'

Ze ging er niet op door. Zijn blauwe ogen waren groot en helder. Ze volgden haar terwijl ze zich door de kamer bewoog. Precies zo hadden Dandy's ogen haar gevolgd. Iedere dag gaat hij meer op Dandy lijken. Ik heb daar nooit bij stil gestaan. Ik dacht dat als het kind al op iemand leek, het wel op mij zou lijken. Ik dacht dat je gewoon een kind aan een man kon ontfutselen en dat daarmee de kous af was. Ik dacht bovendien dat het een meisje werd. Dat ik een jongen zou krijgen, en voorgoed de vader met me mee zou dragen, daarvan had ik me nooit een voorstelling gemaakt.'

Ze kuste hem welterusten, stopte hem in en ging terug naar bed.

'Alles okee?' vroeg Homer.

'Prima,' zei Isabel.

3 ─────────

Nu dan. In Washington is het op de klok vijf uur vroeger dan in Londen. Het was zeven uur in de avond toen op de vierendertigste verdieping van het Evans-gebouw, dat boven het woelige en romantische water van de rivier de Potomac uittorent en als dépendance voor het senaatskantoor fungeert, Joe 'De Klus' Murphy en Pete 'Beertje' Sikorski besloten langer door te werken aan iets dat zojuist uit de computer gekomen was.

Joe en Pete hadden officieus toegang tot de grote CIA-computer aan de rivier. Allebei waren ze oudgediende. Nu maakten ze deel uit van het IFPC, het invloedrijke, nieuwe, dynamische team dat de verkiezingscampagne voor Dandy Ivel leidde. De tijd dat ze zich met illegale praktijken bezighielden, behoorde tot het verleden. Joe en Pete werkten onvermoeibaar en systematisch voor het IFPC en hielden zich, tot nog toe, netjes aan de regels. Ze bewaarden weliswaar vuurwapens in hun bureaula en nachtkastje, en droegen een holster onder hun linkerarm, maar daar hadden ze allebei een vergunning voor en het recht toe. Ze waren bondgenoten, zij samen gingen Ivel op de troon helpen. Toegewijd en loyaal, die twee. De Klus en Beertje! Joe en Pete hechtten meer aan hun bijnaam dan hun vrienden en bekenden, misschien omdat ze voelden dat ze wel wat sympathetische magie konden gebruiken om gewoon en aardig en meer als andere mannen over te komen.

'Godlof,' zei Joe 'De Klus' Murphy met zijn blik op de gecodeerde uitdraai. Hij legde graag de nadruk op zijn Ierse afkomst. Hij cultiveerde de twinkeling in zijn ogen en de schelmse charme van zijn optreden. Dergelijke dingen werkten ontwapenend op argeloze mensen.

'Daar heb je dat Australische mormel weer. De toestand is een graadje kritieker geworden. Wat zijn zoal onze alternatieven hier, Pete?'

Pete wikte en Joe beschikte. Pete had een tijdje economie gestudeerd en nog eens een tijdje rechten, en zijn bovenarmen vertoonden brandplekken op de plaatsen waar hij zich tegen pijn had zitten stalen.

'We laten niets los,' zei Pete, 'voor het geval we iets verknallen. Dit ligt heel gevoelig.'
'Het ligt misschien wel zo gevoelig dat we het niet langs legale weg kunnen opknappen,' zei Joe.
'Hou op,' zei Pete. 'Het is maar gewoon een vrouw.'
De vrouw van Pete was een rijzige, knappe blondine die zichzelf viermaal daags van top tot teen met deodorantsprays onderspoot, om maar vooral geen hinder te geven. Als ze stilstond, wat zelden voorkwam, zo druk was ze altijd in de weer met het streven naar hygiëne en lichamelijke perfectie, leek ze net een schilderij tegen de muur van de zitkamer, omlijst door draperieën. Dan bracht het stemgeluid van haar man haar weer tot leven en begonnen haar mooie handen te kloppen en te vouwen en te redderen en te schikken, scharnierden haar lange benen het huis rond en gingen haar gepedicuurde voeten in de glanzende schoentjes klepper-de-klep over de betegelde keukenvloer.

'Feministe en links radicaal,' waarschuwde Joe. 'En de vader een communist, op dit moment woonachtig in de Saigon. Ik kan dat niet zo gewoon vinden. Haar show wordt rechtstreeks uitgezonden en ze heeft een zes miljoen-koppig publiek dat aan haar lippen hangt. Dat geldt ook niet voor het gros van de mensen.'

'Aan die show kunnen we wel iets doen,' zei Pete.

'We hadden iets aan haar moeten doen,' zei Joe, 'een hele tijd terug al.'

'Joe,' zei Pete, 'houd daar eens over op. Ze is nu echtgenote en moeder van een kind. We voeren geen oorlog tegen vrouwen.'

'Het is gewoon een aanfluiting van de lieflijke naam "vrouw",' zei Joe, 'om haar zo te noemen. Feministe en links radicaal! En dat noem jij echtgenote! Een vrouw die haar man de afwas laat doen, verdient die de naam van echtgenote? Wat is dat voor moeder, die haar man de babyluiers laat verschonen? Ik geloof dat we even onze definities moeten bijstellen!'

'Ik hoor je wel, Joe, ik hoor je wel.'

Ze praatten zo nog een tijdje door en hoe meer woorden ze gebruikten, des te beter konden ze van iets onbeduidends een zaak van gewicht maken, en des te gemakkelijker werd het om chagrijn, frustratie en wrok te rechtvaardigen en zodoende een hoge dunk van zichzelf te houden. Vervolgens namen ze besluiten. Ze gingen de benodigde voorzorgsmaatregelen nemen, de veiligheidscirkel om haar heen versterken en verder maar rustig afwachten hoe de zaken zich ontwikkelden.

'Er zijn vele manieren,' zei Joe, 'om zo'n mokkeltje mores te leren.'

En getroost door de gedachte aan hun vele alternatieven gingen ze naar huis, naar hun vrouw, nadat ze eerst hun werkkamers, aan alle kanten voorzien van anti-afluisterapparatuur, terdege afgesloten en anderszins beveiligd hadden.

4

Zoem-zoem! Hoor die bijen eens! Er loopt een fuchsiaheg aan het begin van Wincaster Row, langs het hele stuk vanaf nummer 1 tot aan nummer 31. Zo'n fuchsia vind je verder nergens in Londen. Twee meter hoog, anderhalve meter breed en een massa vuurrode bloemen bijna de hele zomer lang. Welk samenspel van bodem- en weersgesteldheid en opzet hiervoor verantwoordelijk geweest is, weet ik niet.

Ik kan de heg niet zien nu, maar wel horen. De hele zomer door doen de bijen zich zoemend en gonzend te goed aan de bloemen, volkomen overweldigd door de ontdekking van zo'n overvloedige traktatie. Ik weet zeker dat ze van heel ver komen, uit Enfield, Richmond, Epping en Dulwich, de groene voorsteden helemaal buiten Londen. Want bijen moeten toch in korven wonen, en waar in de drukke binnenstad heeft er iemand de tijd en de ruimte om bijenkorven te houden? Je kreeg geheid last met de buren.

Hilary stelde de plantsoenendienst voor om de heg te laten weghalen, omdat ze meende dat de bijen gevaarlijk waren. Ze konden haar dochtertje Lucy wel eens steken. De plantsoenendienst zag haar in opperste verwondering aan en legde uit dat bijen nuttige dieren waren en onontbeerlijk voor de mens.

Dit speelde zich af toen ze voor de tweede keer zwanger was, na een heteroseksueel slippertje met een man die er helemaal naar uitzag dat hij haar slecht ging behandelen en in de steek zou laten. In de zesde maand van haar zwangerschap zag hij zijn kans schoon. Gedurende de zevende en achtste maand tobde Hilary toen over wat haar te doen stond als de baby van het mannelijk geslacht bleek te zijn, en als zodanig een potentiële vijand en voorbestemd om uitgespuugd te worden door haar lesbische vriendinnen, op wie ze nu aangewezen was voor hulp en steun, die ze haar met alle plezier maar niet zonder voorwaarden gaven. Hilary kon de gedachte niet verdragen dat ze het kind, als het een jongetje was, voor adoptie moest afstaan. Een blanke zuigeling van het mannelijk geslacht, een felbegeerd artikel in het wereldje van de babyhandel, zou aan het allerkeurigste burgerechtpaar worden overhandigd. En dan was zij, Hilary, er voor verantwoordelijk dat de wereld, die ze juist probeerde te hervormen, er weer een mannelijke onderdrukker van het ergste soort bij had. Ze kon ook moeilijk Lucy gaan blootstellen aan de bruutheid en agressie van een broer van de andere kunne. In de negende maand leek er niets anders op te zitten dan de baby, in geval het een jongen was, na de geboorte te laten inslapen. Hilary huilde en kermde en vertelde het aan Jennifer, en Jennifer wilde nooit meer met haar praten.

'Ze is slecht!' zei Jennifer. 'Puur slecht!'

'Ze is alleen maar knetter,' was Hopes enige commentaar. 'Ze knapt wel weer op als de baby er eenmaal is. Wat wil je ook, van iemand die er zo uitziet, zo bol dat ze bijna barst. Laten we hopen dat het weer overgaat.'

En Hope wuifde met haar vuurrode, perfecte vingernagels vaag in de richting van Hilary, die weigerde het soort van ruimvallende, bloezende kleding te dragen dat haar buitengewone omvang had kunnen verbergen. Het leek wel of ze geen vet had, en of de opgevouwen vorm van de baby binnenin haar vlak onder de huid van haar strakgespannen buik lag.

Toen de baby geboren was, moeiteloos op de wereld gefloept, bleek het zowaar een jongetje te zijn, en Hilary was dol op hem en Lucy beijverde zich om in al zijn mannelijke babybehoeften te voorzien. Hilary's vriendinnen hadden er inderdaad geen goed woord voor over dat het kind man was, en Hilary's minnaressen klaagden dat ze het 's nachts zoveel aandacht gaf. Dus besloot

Hilary maar helemaal niet meer lesbisch te zijn en moest zich vervolgens de nogal paternalistische vergevingsgezindheid van Jennifer en de zie-je-nou-wel houding van heel Wincaster Row laten welgevallen.

Zelfs de vader van de pasgeboren baby kwam zo af en toe, met de nodige reserve, terug om het kind op zijn knie te nemen. Hij ging ook met Lucy op stap.

'Je moet niet denken dat ik zo'n huismannetje ben,' zei hij erbij. 'Ik ben niet zo'n janhen die naar de pijpen van jullie feministen danst en het heerlijk vindt om geestelijk afgeranseld te worden, en bij vrouwenconferenties de crèche leidt in ruil voor een schop en een lachje. Ik heb gewoon te doen met dat arme stumpertje.'

Hilary trappelde van woede. Ze was een prachtige meid, op een bruinige, pezige manier, en probeerde volgens haar principes te leven. Zelfs Jennifer moest haar dat nageven.

'De wereld zit op zo'n manier in elkaar,' zei Jennifer, onverwacht, 'dat het bijna onmogelijk is om het goed te doen. Hilary doet tenminste nog pogingen.'

Jennifer geeft Hilary jurkjes en witte sokjes voor Lucy, maar Hilary brengt die gewoon naar de rommelmarkt en laat Lucy onveranderlijk in werkbroeken rondlopen. Lucy hunkert naar jurken en poppen, maar dat is misschien alleen omdat ze die niet mag.

Ik heb ook een keer een kind gehad, het was man noch vrouw. Een kind dat zonder voortplantingsorganen ter wereld was gekomen. Het stierf nog geen vijf minuten na de geboorte en dat was maar goed ook. Vrouwen krijgen soms de raarste dingen te baren, mutanten van een ander ras bijvoorbeeld, die niet levensvatbaar zijn. Probeer bij zoiets maar eens een gevoel van eigenwaarde te behouden. Een gevoel dat het ergens goed voor is. Ik heb de dokter gevraagd Laurence niet te vertellen wat er met de baby aan de hand was. (Kunnen we dit ding, mijn kind, nog wel een baby noemen?) Hoe kon ik tegen Laurence zeggen: dit hebben wij, jij en ik samen gemaakt. Niets. We hebben elkaar uitgevlakt. Ik heb de last hiervan alleen gedragen. Doodgeboren, zei ik, en Laurence vroeg niet verder. Nauwelijks een waarom of een waarvoor van hem, een onderzoeksjournalist nog wel en, zoals gewoonlijk, weg destijds.

Wat er in een ander land, op een verafgelegen plek gebeurt, is gemakkelijker uit te vinden en te veroordelen dan wat er zich in je eigen huis en je eigen hart afspeelt.

Ik heb het Isabel verteld. 'Ben je niet kwaad?' vroeg ze. 'Dat zou ik wel zijn, als het lot uitgerekend mij eruit pikte en me zo te grazen nam.'

Ik antwoordde dat ik mijn kwaadheid had opgebruikt. Maar dat is misschien niet waar. Misschien was het achteraf toch wel felle woede die mijn ogen uitbrandde. Of mogelijkerwijs wilde het lot alleen maar vriendelijk zijn en me een troef in handen geven. Zeker is dat ik Laurences vlindernatuur met mijn hulpeloosheid heb vastgeprikt. Hij heeft wat tegengestribbeld en protestacties ondernomen, dronken en ongeschoren in de kroeg, maar hij is nu uitgeraasd en houdt me in zijn armen, bezorgd en zorgzaam en eindelijk goed, en durft geen onverhoedse beweging te maken uit angst dat er misschien nog iets scheurt.

Je kunt van een blinde vrouw echt niet verwachten dat ze een kind krijgt. Het kan wel, maar je verwacht het niet. Binnenkort ben ik toch te oud en van alles verlost.

Zoem-zoem! Wat zijn we toch allemaal bezig in Wincaster Row. De bijen houden tenminste nog op 's nachts, wanneer de kou hun vleugelslag vertraagt en ze bijna bezwijken onder het gewicht van de honing die ze niet willen laten vallen. Ze gaan terug naar de korf als ze kunnen, en sterven als ze niet meer kunnen, plichtsgetrouw en zonder klagen. Net als een vlinder zou een bij zijn dagen kunnen doorbrengen met het verheerlijken van zijn schepper, dansen in de zon en zich verheugen in de Heer, maar nee hoor, de bij zwoegt liever. Toch zijn de bijen duidelijk wel in hun nopjes met de fuchsiaheg.

In Wincaster Row houdt het werk niet op wanneer de avond valt. Achter in de tuin laat de fuchsiastruik dan donker en stil zijn takken hangen. Ik weet het nog uit de tijd dat ik kon zien, hoe in het licht, dat vanuit de vensters viel en soms de hele nacht door bleef branden, de vorm van de heg zich aftekende. Het leek dan net een dreigende stormwolk, met bloedspatten bezaaid.

Oliver de architect werkt soms door tot twee of drie uur in de ochtend. Hij is bezig een gebouw voor gehandicapten te ontwerpen, voor niets. Anna, zijn vrouw, had liever dat hij het voor iets deed en meer tijd met haar en de kinderen doorbracht, maar geeft die wens zelden te kennen.

'Dat stomme gedoe ook,' zegt Hope wrevelig. 'Als iedereen nou maar gewoon voor zichzelf zorgde en de rest aan zijn laars lapte, dan was de wereld er heel wat beter aan toe.'

De minnaars van Hope komen altijd met chocolaatjes en bloemen aanzetten, in de hoop dat ze dan misschien iets meer dan alleen genegenheid voor hen gaat voelen. Ze zijn haar een raadsel. Wat willen ze nou eigenlijk? Sex begrijpt ze en geeft ze, maar het is ze om haar essentie, haar diepste wezen begonnen, en niet alleen om haar lichaam. Ze is bezig met een artikel over Thucydides. Ze krijgt er geen cent voor, zegt ze. Het zal in een of ander obscuur tijdschrift gepubliceerd en vervolgens vergeten worden. Maar het is een interessant onderwerp, over zulke dingen moet geschreven worden. Hope geeft op een kleine universiteit college Griekse poëzie aan ouderejaarsstudenten. Ze studeren voor de lol, niet met het oog op een baan in de toekomst. Eén cursist is de tachtig al gepasseerd.

Zoem-zoem! Het wordt dag. Dat weet ik, omdat ik de bijen hoor.

Op een keer is Hope halverwege de eikeboom in het plantsoen blijven steken. Ze probeerde een jong katje te redden. Hope huilde, het katje jammerde, de brandweer arriveerde. Ivor de alcoholist werd hopeloos verliefd op Hope, bleef dat zeker een maand lang en Ivors vrouw ging als een bezetene brood bakken, in de hoop dat hij oog kreeg voor haar ontegenzeglijke verdiensten en kwaliteiten op huishoudelijk gebied. Nu had hij daar heus wel oog voor, maar wat heeft liefde nu met zoiets banaals als toetjes te maken? Zij die de liefde niet verdienen, krijgen haar. Zij die de liefde het hardst nodig hebben, moeten haar meestal ontberen. Wie heeft, zoals Jezus eens opmerkte, tot schrik en ontzetting van alle omstanders, aan hem zal gegeven worden, maar wie niet heeft, hem zal ook het kleine beetje dat hij bezit ontnomen worden.

Hope was degene die de mannen die zich voor elektriciens uitgaven, binnenliet op nummer 3. Ze kwamen op een ochtend om zes uur voorrijden in een bestelauto van het Londense energiebedrijf, toen Homer, Isabel en Jason op bezoek waren bij vrienden in Wales. De mannen bleven een uur lang binnen om, volgens hun zeggen, het huis op ondeugdelijke bedrading te controleren.

Hope was al vroeg op pad om een katje te zoeken dat ze dacht te horen schreeuwen. *Zoem-zoem!* Ze klauterde voor de mannen van het energiebedrijf langs een regenpijp omhoog, klom verder naar het balkon, ging daar het raam binnen en de trap af naar de hal, tussen de jassen en de fietsen door en langs de staande klok, en deed de voordeur open nog voor je, bij wijze van spreken, met je ogen had kunnen knipperen.

'Bedankt, juf,' zeiden ze, met bewondering in hun stem. Ze had mooie benen, die des te voordeliger uitkwamen wanneer ze tegen de gevel van het huis als een gazelle van het ene punt naar het andere sprong. Hope liet altijd iedereen binnen, in de hele straat, als ze hun sleutel vergeten of verloren waren.

'Het was de moeite niet,' zei ze.

Ongetwijfeld hadden ze zich met minder omhaal zelf toegang tot het huis kunnen verschaffen, als Hope niet toevallig vroeg uit de veren was geweest, op zoek naar een verdwaald katje.

Nadat de elektriciens hun werk hadden gedaan en het pand weer verlaten hadden, was alles wat er op nummer 3 omging naar believen te beluisteren. Het IFPC had zijn afluisterapparatuur geïnstalleerd. *Zoem-zoem!*

5

Homer hield een dag of wat zijn mond over Jason en een kindertherapeut. Isabel deed zenuwachtig haar werk en andere bezigheden, en hield Jason in de gaten om te zien of hij tekenen van innerlijke stoornis vertoonde. Ieder kind dat nauwlettend en met wantrouwende ogen gadegeslagen wordt, loopt de kans een gestoorde en boosaardige indruk te maken. Naïviteit lijkt dan berekend, charme bestudeerd, het luidruchtig en direct vertoon van emotie een verkapte aanval op de volwassene. Isabel wist dit en stelde zichzelf gerust. Jason was een kind van zes dat zich gedroeg als een kind van zes, en hij was noch haar vervolger noch haar slachtoffer.

Wat maar goed was ook, want als Jason echt te kampen had met een innerlijke ontreddering, die alleen door de waarheid uit de weg geruimd kon worden, dan moest ze de fundamenten van haar leven met Homer gaan blootleggen, en daar paste ze voor. Naast moedertrots speelde ook eigenbelang een rol. Het was voor iedereen het beste als Jason in geen enkel opzicht iets mankeerde.

Dandy Ivel sprak over rechtschapenheid, integriteit, weerbaarheid en trouw. De toespraak werd op de Britse televisie uitgezonden. Homer zei: 'Die man deelt abstracte woorden uit alsof het karateslagen zijn, om maar flink verwarring en paniek te zaaien.'
Isabel zei: 'Nou, wat je zegt.'

Isabel, Homer en Jason gingen het weekend bij vrienden in Wales logeren. Ian en Doreen Humble hadden hun glamourleventje van (hij) kostuumontwerpen en (zij) films maken eraan gegeven en waren zich ergens tegen een helling in een Welse uithoek gaan toeleggen op de schapenteelt. Ze reden in een gebutste terreinwagen die was volgeplakt met anti-kernenergie stickers, en hun kinderen staken in stugge wollen kledingstukken, die handgesponnen, met natuurlijke verfstoffen gekleurd en op erg dikke naalden gebreid waren. Hun dunne, macrobiotisch lenige armpjes en beentjes konden ze in deze verpakking maar moeilijk bewegen. Ze zaten op de splinterige houten vloer van hun hoeve en jammerden. Dit hinderde Jason, en geen berisping of verklaring kon hem ervan weerhouden met zijn vuisten op ze in te timmeren.

'Jason, ze zijn nog maar klein. Houd alsjeblieft op.'
'Jason, het is hun huis, hun speelgoed. Ze begrijpen nog niks van samen delen. Ze gaan niet naar school zoals jij!'

Doreen gaf de kinderen thuis les, waarvoor ze een bevoegdheid had. Ze wilde hen niet blootstellen aan de brute kracht en verdorvenheid van kinderen als (denkelijk) Jason.

'Jason, als je zo blijft, ga je naar bed.'

Jason was bang van het donker en de stilte, en toen Isabel hem in bed wilde stoppen werd hij hysterisch en omstrengelde haar met tentakelachtige ledematen. Later, toen hij wat gekalmeerd was, nam Homer hem mee naar het bijgebouw om hem in bad te doen in een zinken teil, die je met de hand moest vullen met water uit een reservoir dat onvoldoende werd verwarmd door een zonnepaneel. Maar Jason vond de aanwezigheid van een broedse hen hinderlijk en eng (aldus Homer, achteraf) en tijdens het gevecht om niet in bad te hoeven beet hij zijn vader en ontkende dat vervolgens, hoewel Homers enkel onmiskenbare afdrukken vertoonde.

'Hij kan niet zo goed tegen reizen, dat is het enige,' zei Isabel luchtig en wees erop dat de dochtertjes van Ian en Doreen zich spastisch bewogen, nurks uit hun ogen keken en voortdurend aan het jengelen waren. Ze maakten dan misschien niet zoveel kabaal als Jason, maar ze waren minstens zo lastig, en mooi dat ze expres Jasons zilveren tractor hadden afgepakt en ergens verstopt.

'Maar ze hebben níet gebeten,' zei Homer. Zijn afschuw van bijten was irrationeel, dat gaf hij toe. Voor een kind was het waarschijnlijk helemaal niet gek om zijn tanden te gebruiken om, in iedere zin van het woord, indruk te maken, maar toch vond Homer het stuitend.

De eerste nacht dat ze weer terug in Londen waren, plaste Jason in bed. Homer haalde de lakens af en reinigde en keerde het matras.

'Isabel, het is nu toch wel duidelijk,' zei hij. 'Jason is van slag en ongelukkig en hij heeft hulp nodig. Waarom doe je daar zo moeilijk over? Voel je je soms schuldig? Ik snap er niets van. Zo ben je anders nooit.'

'Ik wil niet dat hij het etiket "emotioneel gestoord" krijgt opgeplakt,' zei ze. 'Ik wil niet dat ze hem pillen geven.'

'Daar hoef je niet over in te zitten,' zei Homer. 'Ben je soms bang dat jij kritiek krijgt? Dat er misschien gezegd wordt dat jouw werk de oorzaak van Jasons problemen is? We weten allebei wel beter. Dan kan je net zo goed zeggen dat Jason van streek is omdat ik werk. We hebben allebei een gelijkwaardig aandeel in zijn opvoeding gehad. Behalve dan, valt me op, dat ik degene ben die de lakens uitdeelt wanneer Jason in bed plast.'

Isabel capituleerde. Homer noemde haar de naam van dr. Gregory.

'Hoe kom je aan hem?'
'Via Colin Matthews.' Collin Matthews was éen van Homers auteurs. Hij schreef politieke bestsellers.

'Maar je hebt al zo je twijfels over zijn oordeelsvermogen en zijn politieke opvattingen en zijn stijl. Hoe kun je er zeker van zijn dat hij het met kinderpsychologen wel bij het rechte eind heeft?'

'Dr. Gregory heeft zijn dochter door een nare periode heen geholpen waarin ze voortdurend met haar hoofd zat te bonken. Antoniaatje. Weet je nog? We zijn op haar doopfeestje geweest.'

'We hadden beter thuis kunnen blijven. Schijnheilige bedoening. Dat kind haar hele leven is gebaseerd op schijnheiligheid. De vader is een fascist en de moeder een hyena, en het kind bezoekt de Vrije School. Dan ga je toch ook met je hoofd bonken.'

Isabel wist dat ze onredelijk en belachelijk deed. Ze voelde haar toch al zo dunne en misvormde onderlip almaar strakker en smaller worden. Op het laatst kreeg ze nog net zo'n lip als haar moeder.

'Misschien heeft dr. Gregory ze dat eens duidelijk gemaakt,' zei Homer geduldig.
'Ze was er waarschijnlijk uit zichzelf ook wel mee opgehouden,' zei Isabel. 'Zoveel volwassenen zie je niet die met hun hoofd bonken. Of andere mensen in hun enkel bijten, om maar eens wat te noemen.'
'Je moet eens een kijkje in een inrichting gaan nemen,' zei Homer. Het was het laatste protest dat Isabel maakte. Ze belde dr. Gregory. Hij kon alleen de volgende middag om drie uur nog een afspraak hebben. Isabel zei dat het goed was.

Ze had er natuurlijk niet aan gedacht dat ze Jason dan eerder uit school moest halen. Toen ze hem kwam ophalen, kreeg ze het met mevrouw Pelotti aan de stok.

'Jason? Eerder weg om naar de psychiater te gaan? Daar sta ik van te kijken. Waar is dat voor nodig? Heeft de school dat geadviseerd? Nee? Wat bent u dan met het kind van plan? Jason is voor ons allemaal een grote beproeving, maar hij is niet gestoord. Er mankeert Jason niets wat we niet allemaal moesten mankeren. Bent u een slappe dweil? Nee! Is uw man een slappe dweil? Ook al niet! Waarom dat onfortuinlijke kind van u dan wel?'

Mevrouw Pelotti had een lage dunk van ouders, die naar haar idee, gebaseerd op een jarenlange ervaring, het slechtste met hun kinderen voor hadden. In de betere milieus werden de kinderen veel te beschermd opgevoed. In arbeidersgezinnen had het kroost het meeste gevaar van de eigen ouders te vrezen. Alle kinderen van boven de drie werden zonder enige vorm van selectie door mevrouw Pelotti aangenomen, ze hoefden alleen maar binnen het rayon van de school te wonen. Achterlijk en briljant, ziekelijk en gezond, gestoord en normaal, arm en rijk, treiterkop en slachtoffer, ze nam ze allemaal aan. Zij zag alleen maar gezonde, verstandige en energieke leerlingen. In het roodstenen gebouw met de hoge, galmende lokalen klonk de muziek van kinderstemmen en schitterden de heldere kleuren van de kunstwerkjes die de kinderen maakten, en mevrouw Pelotti kwam op haar weg niets dan bloeiende, of door haar opgekweekte jeugd tegen. Als er ergens in de school een hoekje was waaraan ze voorbij zag of liep, als alle soorten van getreiter en narigheid en gemene praktijken met het vuil, op windvlagen van stedelijk ongenoegen, van de straat naar binnen werd geveegd, was dat niet haar schuld, noch de schuld van haar voorgangers, noch van degenen die na haar kwamen, wanneer ze ten laatste uitgeput neerzeeg en stierf.

Van mevrouw Pelotti's leerlingen kwam er één op de vijf uit een gezin waarvan de moeder thuis was en de vader werkte. De rest kwam na school in een leeg huis. Of werd door moeder of vader alleen opgevoed, of door grootouders, of oudere broers of zusters, of door pleegouders. Ze hadden allemaal een dak boven hun hoofd en schoenen, meestal gympen, aan hun voeten. Maar zelden het dak dat ze wilden, of schoenen die pasten.

Isabel en Homer hadden Jason op de school van mevrouw Pelotti gedaan omdat ze vonden dat dat moest, en omdat hij gelukkig was daar. Kennissen hadden kinderen die op scholen zaten waar schoolgeld werd betaald en blazers werden gedragen en voeten in glimmend gepoetste schoenen staken, en deze ouders verweten Isabel en Homer dat ze Jason op het altaar van hun socialistische, of wat dan ook voor principes offerden. Isabel en Homer zeiden dat ze niet wilden dat Jason als een bang mens opgroeide in een wereld waaraan hij geen deelnam. En hoe kon de samenleving ooit ten goede veranderen, was de vraag die ze zichzelf en elkaar stelden, als de beter gesitueerden bepaalde privileges alleen voor hun eigen kinderen reserveerden?

Mevrouw Pelotti, zo redeneerden ze, had hun hulp nodig.

Deze ochtend leek mevrouw Pelotti het heel goed alleen af te kunnen.

'Het zit zo,' zei Isabel, 'hij bijt!'
'Nou en?' zei mevrouw Pelotti. 'Dat zou ik ook doen als ik hem was. U praat te veel tegen hem. U vraagt hem om raad. U en uw man vergeten dat hij daarvoor te jong is. U behandelt hem als een volwassene. Hij is pas zes. Geen wonder dat hij bijt. Met praten legt hij het toch altijd af tegen jullie. Wat kan hij anders doen?'
'Nog meer dat we verkeerd doen?' vroeg Isabel.
'Ja,' zei mevrouw Pelotti, 'u bent steeds te laat. Breng hem op tijd en haal hem op tijd. U en uw man zijn altijd zo lang aan het overleggen wie er aan de beurt is, dat het kind vergeten wordt. Maar doet u hem vooral op therapie, als u daar aardigheid in heeft en het geld kunt missen. Het zal wel niet veel kwaad kunnen. Als u nog dingen heeft waar u van af wilt, er is een rommelmarkt volgende week. Ik houd me de laatste tijd meer met geldklopperij dan met onderwijs bezig. Ik heb geen keus.'
'Mevrouw Pelotti,' zei Isabel verbaasd, 'ik ben nooit te laat.'
'Het is één van u tweeën,' zei mevrouw Pelotti. 'Misschien uw man dan. U heeft het allebei zo druk dat u echt niks meer in de gaten heeft.'

Toen dat achter de rug was, ging Isabel naar haar werk. Mevrouw Pelotti was onredelijk geweest. Jason werd bijna altijd op tijd gebracht en gehaald, maar het behoorde tot mevrouw Pelotti's tactiek om ouders en kinderen op te juinen door de zaken schromelijk te overdrijven en ze dan met een uitvoerbare en praktische opdracht weg te sturen. Op je vijfde leerde je je schoenveters strikken, op je vijfendertigste trachtte je bijtijds op te staan.
'En geen zorgen,' riep mevrouw Pelotti haar na, 'er mankeert Jason niets. Echt helemaal niets.'

Isabel voelde zich minder bedreigd. Als dr. Gregory er alleen voor de franje was, kon ze met Jason naar hem toegaan om Homer gerust te stellen en zelf geen enkele confidentie doen. Het kon nog allemaal goed gaan.

Die avond gingen Isabel en Homer bij de buren eten en kregen op het televisiescherm Dandridge Ivel te zien, die maar liep te ijsberen, terwijl de last van wereldomvattende beslissingen moeiteloos, die indruk moest de kijker krijgen, gedragen werd door een paar geweldige schouders. Deze keer kon Isabel hem niet afzetten, aangezien Laurence onder geen beding het nieuws wilde missen. Dus moest ze Dandy wel zien. Hij staakte zijn geijsbeer, draaide zich om en keek de camera in.

Hij sprak, en zijn stem was laag en krachtig en afgemeten. Ze kreeg de indruk dat hij misschien wat zwaarder was geworden, maar vond dat het hem flatteerde. En als hij al roder in het gezicht zag dan ze zich herinnerde, kon dat evengoed aan de kwaliteit van de Amerikaanse filmband liggen, zoals die door de Britse televisie werd uitgezonden, en als het niet daardoor kwam, dan was het wat je van een politicus kon verwachten. Drukbezette mannen deden zich waarschijnlijk vaker te goed dan goed voor ze was. De donkere, intelligente ogen met die zweem van droefheid, van harde lessen die hij geleerd en verwerkt had, straalden nog altijd een wereldwijze charme uit. De vriendelijke mond krulde op de bekende, zinnelijke manier, maar Isabel voelde geen begeerte, en ook geen jaloezie dat zijn lippen zonder haar zo goed waren blijven functioneren. In Isabels ogen was hij nu als het schilderijtje aan de muur van de kinderkamer waar je als kind niet op uitgekeken raakte en waarvan je later ziet hoe onbeholpen en smakeloos het eigenlijk is. Maar omdat het aan een tijd van liefde en onschuld en verwondering herinnert, kun je er maar beter helemaal niet meer naar kijken. Draai het maar naar de muur toe. Ze wilde niet over hem nadenken. Anderen duidelijk wel. Het schilderijtje was van een primitief schilder en buitengewoon waardevol.

'De confrontatiepolitiek heeft haar tijd gehad,' zei Dandridge Ivel. 'Het tijdperk van alle -ismen, kapitalisme, communisme, socialisme, hebben we achter ons gelaten. We zijn allemaal van een en hetzelfde ras, het menselijk ras, en we moeten leren om elkaar vriendelijk te behandelen. Al onze betrekkingen met elkaar moeten doortrokken zijn van vriendelijkheid. Blank jegens zwart, natie jegens natie, staat jegens burger, man jegens vrouw, ouder jegens kind. We moeten een nieuw tijdperk van ontferming binnengaan. Ik bedoel daarmee geen zachtheid, of het soort van loze toegeeflijkheid dat tegenwoordig voor zorgzaamheid doorgaat, maar dezelfde ontferming die een vader voor zijn kind voelt, en die strengheid, discipline en bovenal liefde omvat.'

'Ik vraag me af wie zijn toespraken schrijft,' zei Laurence, geïmponeerd.

'Die schrijft hij zelf,' zei Isabel. 'Of dat heb ik tenminste ergens gelezen,' voegde ze eraan toe.

Dandy was verloofd met ene Pippa Dee, tenniskampioene en zwemster. Korte beelden gaven een knap, blakend, liefderijk en naar Europese smaak onerotisch meisje te zien. Ze was van Poolse afkomst en had een breed, boers gezicht dat zijn bekoorlijkheid dankte aan goede voeding, een gezonde levenswijze en een vakkundige tandarts. Grote ogen, een wipneus, hoge jukbeenderen en ingevallen wangen. Dandy Ivel en Pippa Dee! Het leek een lachertje in Londen. Maar juist die lachwekkendheid maakte zijn uiteindelijke verkiezing des te waarschijnlijker, daar was iedereen het over eens. Het was alsof macht bij voorkeur een onschuldig, glimlachend, alledaags gezicht liet zien, in afwachting van het moment waarop ze zich openbaarde, zich liet gelden.

'Jimmy Carter was ooit een lachertje,' zei Homer. 'Een pindaventer. En Ronald Reagan, de filmacteur, vonden veel mensen ook een giller. Uiteindelijk bleek het ze allebei diepe ernst te zijn. En veel mensen zullen bijzonder gecharmeerd zijn van Pippa Dee als First Lady. Jackie Kennedy bracht Franse menu's naar het Witte Huis. Pippa Dee zorgt misschien voor tennisbanen en zwembaden. Ik geef Ivel alle kans.'

'De mens staat voor gevaren die zijn bevattingsvermogen te boven gaan,' zei Dandridge Ivel. 'Het is onze plicht om tot het hart en de verbeelding van het Amerikaanse volk te spreken, om ervoor te zorgen dat het deze gevaren leert begrijpen en even weinig lust voelt om te vernietigen als om vernietigd te worden. We moeten oppassen dat we onszelf niet als een superieur ras gaan beschouwen. We moeten leren inzien dat we vóór alles mensen zijn, en daarna pas Amerikanen.'

'Dat is voor de Europese markt,' zei Homer. 'Die passage knippen ze er thuis netjes tussenuit.'

'Wat zijn we weer cynisch,' zei Laurence, tot ieders verbazing. Hij had juist de naam door de wol geverfd te zijn.

'Het zal iedereen duidelijk zijn,' zei de commentator, 'dat Dandridge Ivel, de senator uit Maryland, verweesde zoon van een winkelier uit een provinciestadje, die zich door zijn vastberadenheid, inzet en charme, en sommigen voegen daar zelfs eerlijkheid aan toe, een weg naar de politieke top heeft gebaand, een geheel eigen charisma heeft en een grote kanshebber is in de strijd om de presidentstitel. Zijn denkbeelden, zijn optreden, zijn hele persoon straalt een ongekende en zeer welkome vitaliteit uit. Als het hem lukt in de komende maanden zijn 'act' op te bouwen, als hij erin slaagt om zijn eigen speciale mélange van gewiekstheid, onconventionele moraal en ouderwetse degelijkheid iets homogener te maken, als hij het weet vol te houden om overal in de smaak te vallen en nergens uit de gratie te raken, zonder daarbij een grein geloofwaardigheid te verliezen, denk ik dat we gerust kunnen zeggen dat dit dan eindelijk de man is, voor heel Amerika. Een man die boven alle partijen staat. Dandridge Ivel.'

Dandy wendde zijn gezicht naar de camera. Hij lachte. Het was alsof hij zijn kijkers begreep. U en ik, leek hij te zeggen, wij hebben zware tijden gekend. Die moeten ons niet verbitteren, maar harden, zodat we net als staal sterk en tegelijk buigzaam worden.

'We moeten het verleden vergeten,' zei Dandy, tegen Isabel, en zo'n duizend miljoen anderen. 'Morgen is er weer een dag.'

Laurence zette hem af.

'Eindelijk,' zei Maia, en verontschuldigde zich tegenover haar gasten. 'Laurence is nu eenmaal onverzadigbaar wat nieuws betreft.'

'Je hebt er niets aan om net te doen of de buitenwereld niet bestaat,' zei Laurence. 'En een gewaarschuwd mens telt voor twee. Maar ik moet zeggen dat we in geen tijden zo goed nieuws uit de vs hebben gehad als Dandridge Ivel. Heb jij hem niet een keer geïnterviewd, Isabel, toen je pas in Londen was?'

Het diner bestond uit *boeuf Wellington* en aardappelsalade. Het eten was, koud, persoonlijk bezorgd door Laurences ex-minnares Helen, die in een delicatessenzaak werkte. De etenswaren kwamen verpakt in witte dozen, op zijn Frans met rood lint dichtgestrikt. Helen had het nare gevoel dat Maia's blindheid ergens ook haar schuld was, omdat de ruzie die de oorzaak was geweest van Maia's betraande ogen en aansluitend ongeluk, had gedraaid om Laurences scharrels, waarvan Helen er destijds één was geweest. Maia was zelf allesbehalve een scharrelaar en het was, die indruk had Homer vaak, juist haar intensiteit die Laurence van het ene bed naar het andere dreef, eerder belust op frivoliteit dan op seksuele bevrediging. Maar nu had Maia's blindheid haar intensiteit als het ware gelegaliseerd – blinden hebben permissie om doodernstig te zijn – en Laurence was een en al toewijding en trouw. En Helen, die zwaar gebukt ging onder Laurences afwijzende houding en haar verantwoordelijkheid voor Maia's droevig lot, zeulde iedere donderdagavond de heuvel op met zoenoffers van gerookte zalm, Italiaanse worst en *boeuf Wellington* en andere dingen die zich gemakkelijk lieten eten en geen rommel gaven op het bord. Helen koos de gerechten met angstvallige zorg.

'Het was de bedoeling dat ik Dandy Ivel zou interviewen,' verbeterde Isabel. 'Eeuwen en eeuwen geleden, toen hij nog senator was en in een commissie zat die onderzoek naar corruptie deed, en ik een schertsbaantje als internationaal correspondent had. Er was zelfs al een plaats voor me geboekt op de Concorde, maar ik miste het vliegtuig en verloor mijn baan. Ik praat er niet vaak over. Dat laat je wel, bij dat soort dingen.' Goed liegen, wist

Isabel, was een kwestie van zo dicht mogelijk bij de waarheid blijven. Dan waren er altijd wel een paar onderdelen van het verhaal die geloofwaardig klonken.

'Misschien krijg je Pippa Dee nog eens in je programma,' zei Laurence, 'als op één na beste!'

'Daar is weinig kans op,' zei Isabel. 'Elphick wil de politiek erbuiten houden.'

'Dat lijkt me zonde van de moeite, en helemaal van zo'n kneedbaar en ontvankelijk publiek,' zei Homer, die het niet zo op Elphick begrepen had. 'En bovendien lukt het toch niet. Zelfs persoonlijke dingen zijn tegenwoordig politiek.'

'Het lukt Elphick heel aardig,' zei Isabel. 'En wie ben ik om met Elphick te twisten? Hij is mijn broodwinning, mijn toekomst en mijn inkomen.'

'Ik dacht dat ik dat allemaal was,' zei Homer, en iedereen lachte.

'De morele kant van de zaak komt later wel,' zei Isabel. 'Als we het ons kunnen veroorloven. Op Dandy Ivel en Pippa Dee!'

De volgende dag gingen Isabel en Homer met Jason naar dr. Gregory. Zijn huis stond in het bladerrijker gedeelte van St. John's Wood. Dr. Gregory was een lange man, met een getaande, gelige huid en een gezicht dat iets arendsachtigs en ook iets uiligs had. Zijn manier van doen was zachtzinnig, hij boezemde vertrouwen in en sprak op trage toon, alsof er alle tijd van de wereld was. Isabel, die gewend was aan de snelle spreektrant en de nog snellere gedachtengangen van haar collega's, vond zijn traagheid enerverend. Ze had het gevoel dat hij een oordeel over haar ging vellen, dat hij op fundamentele waarheden uit was en geen belangstelling had voor het vluchtige soort waarheden waar zij aan gewend was.

'Hij zal ook inderdaad wel een oordeel over je vellen,' zei Homer. 'En over mij. Iedereen kan je vertellen dat de problemen van kinderen altijd de schuld van de ouders zijn.'

Dr. Gregory sprak met Isabel, Homer en Jason tegelijk, toen met Jason alleen, toen met Homer alleen, en toen met Isabel.

'Wat heeft hij tegen je gezegd?' vroeg Isabel aan Jason.
 'Niets,' zei Jason.
 'Wat hebben jullie gedaan dan?'
 'Niets.' Jason leek in zijn schik met zijn geheim, wat het ook zijn mocht. Isabel had het gevoel dat hij haar plotseling ontgroeid was. Wat eerst alleen een barstje was geweest, was nu een gapende kloof. Haar kind verwijderde zich van haar, werd haar ontfutseld. Haar armen strekten zich uit, maar zijn rug was onverschillig naar haar toegekeerd. Zijn leven begon net. Wat deed het hare er nog toe?

'Wat heeft hij tegen jou gezegd?' vroeg Isabel aan Homer.
 'Hij vroeg naar mijn kindertijd en mijn sexleven.'
 'Wat heb je gezegd?'
 'Niks bijzonders. Ik zei dat mijn ouders autoritair waren en mijn sexleven uitstekend.'
 'Dank je.'
 'Niets te danken.'

'Mijn sexleven?' herhaalde Isabel, toen ze alleen met dr. Gregory was. 'Wat een typische uitdrukking. Zo klinkt het net of dat los van de rest van mijn leven staat.'
 'De meeste van mijn patiënten weten wel wat ik bedoel,' zei hij, met een zachtzinnig lachje. Eén van zijn ogen loenste lichtelijk. Soms was het moeilijk uit te maken welke kant hij op keek.
 'Ik ben uw patiënt niet,' zei Isabel. 'Dat is Jason.'
 'Ik ben blij dat u het onderscheid maakt,' zei hij. 'Ik heb moeders die absoluut het verschil niet weten tussen zichzelf en hun kinderen, en dat heeft alle mogelijke ellende tot gevolg. Wat denkt ú dat er met Jason aan de hand is?'
 'Niets.'
 'Daar heeft u dan waarschijnlijk gelijk in. Hoe ís uw sexleven?'
 'Klote,' zei Isabel, zonder erbij na te denken, en toen ze het gezegd had, bedacht ze dat het best eens waar kon zijn. Sex met

Homer was een plezierig soort gymnastiek, maar niet het brandpunt of het centrum van hun huwelijksleven, wat vrijen toch zeker kon en moest zijn. Ze stond zichzelf toe te bedenken hoe sex ooit geweest was en misschien weer kon worden, en terwijl ze nog sprak, verruimde haar bewustzijn. Er kwam plaats voor gevoelens van onrust en verlies en angst, maar tegelijk ook voor een gevoel van verwachting: er daagde iets. Het was alsof ze weer achttien was. Ze beefde en had de neiging om te gaan huilen.

'Een bron van moeilijkheden tussen u en uw man?'
 'Nee. Een bron van niks.'
 'O. Waar moet het dan een bron van zijn?'
 'Meer kinderen.' Weer sprak ze zonder erbij na te denken. 'Maar dat gaat niet,' voegde ze eraan toe. 'We hebben met Jason al genoeg te stellen, en Homer en ik zijn allebei enig kind en ergens heb ik het idee dat we allebei vinden dat het zo hoort, één kind per gezin.'
 'Maar u heeft hierover nooit met Homer gepraat.'
 'Nee.'
 'Toch praten jullie over de meeste dingen wel.'
 'Tot in den treuren, ja. Er komt geen eind aan.'

En zo zouden we nog wel door kunnen gaan, tot in den treuren, en alles zeggen en geen steek opschieten. Mooi zo. Ze voelde zich weer zo oud als ze was. Zelfverzekerd en een beetje bazig, iemand die de regels kende.

'Ik krijg de indruk dat u iets achterhoudt,' zei hij. 'Iets heel belangrijks. Ik denk dat er onder de oppervlakte van jullie gezinsleven een onwaarheid schuilt en dat dat het is wat Jason zich zo aantrekt. Misschien heeft het iets te maken met de rolwisseling tussen u en uw man–'
 'Het is geen rolwisseling,' verbeterde Isabel, 'het is rolverdeling. U gaat toch hopelijk niet zeggen dat Jason emotioneel gestoord is omdat zijn vader en ik de zorg voor zijn opvoeding delen?'
 'Nee,' zei hij geduldig. 'Ik vraag me alleen af waarom jullie het

zo belangrijk vinden.'

'Jezus,' zei Isabel, 'omdat het belangrijk *is*. Hoe moet de Westerse samenleving ooit uit de huidige rotzooi komen, als het ouderschap niet tussen de vader en moeder verdeeld wordt? Hoe kunnen man en vrouw ooit gelijke rechten krijgen?'

'Gelijke rechten,' antwoordde hij, 'kon weleens een dwaallicht zijn. De acceptatie van de man als actief en de vrouw als receptief wezen vindt weerklank bij de meeste samenlevingen en de meeste religies, met inbegrip van die nieuwe Oosterse godsdiensten die bij de jongeren van tegenwoordig zo populair zijn.'

'Jezus!' zei Isabel die avond weer, hartgrondig. Ze sprak tegen Homer. 'Eén grote zak vol seksistische, Freudiaanse en Yin en Yang larie. Ga jij maar met Jason naar hem toe. Mij niet meer gezien.'

's Nachts hoorden ze Jason roepen. Homer ging naar boven om poolshoogte te nemen en Isabel kreunde. Jason had weer in bed geplast.

'Het eerstvolgende dat dr. Gregory zegt,' zei Isabel verslagen, toen ze de veters van haar gymschoenen strikte en aanstalten maakte om er weer heen te gaan, 'is dat feminisme een symptoom van een verziekte samenleving is. Wedden?'

'Feminisme is een volstrekt legitiem standpunt van waaruit een vrouw de wereld kan beschouwen,' zei dr. Gregory. 'Dank u feestelijk,' zei Isabel.

'Maar hoe kun je verwachten dat een jongen zij aan zij met zijn moeder staat en de wereld van haar standpunt beziet? Zijn zelfzucht komt in botsing met zijn liefde voor u. Jason is een kind met een helder verstand en een levendige verbeelding. U draagt op hem een wereldbeeld over dat niet overeenstemt met de werkelijkheid om hem heen.'

'Ik geloof niet dat het zo zit,' zei Isabel.

'Hoe zit het dan wel?'

Isabel staarde hem koppig aan en zei niets. Hij wachtte. Buiten klonk beleefd geroezemoes van het verkeer. Een opgewekte kinderstem zei iemand gedag. Een vijgeboom bewoog heen en weer en schraapte met zijn takken tegen het raam. De boom hoorde thuis in een andere eeuw en op een andere plek. Isabel kon bijna als een tastbaar voorwerp de psychische barrière voelen die tussen haar vroegere en haar tegenwoordige ik in stond. Hartstocht, respons en begrip zaten achter de scheidsmuur opgesloten, en zuchtten en steunden om vrijgelaten te worden. Wat tegenwoordig bij haar voor gevoel doorging, was een bedroevend surrogaat van wat ze ooit gekend had.

Geen wonder dat ze iedere maandagavond het miljoenkoppige kijkerspubliek met succes een gestileerd beeld van zichzelf kon presenteren. Geen wonder dat haar dat zo gemakkelijk afging. Ze was bij voorbaat, nog voor de camera's haar in ijle lucht omzetten, al een reproduktie. Het was weliswaar geen slechte reproduktie, en alleen experts, zoals dr. Gregory, konden zien dat ze niet echt was, maar het bleef nep, namaak en een belediging voor het origineel vanwege de pretentie die ervan uitging.

'Misschien vertel ik het u de volgende keer dat ik kom,' zei ze. 'Als ik kom. Jason is trouwens uw patiënt, niet ik.'

'U bent interessanter,' zei hij, en zijn loensende oog, het linker, registreerde haar opeens haarscherp en ze besefte dat dat het oog was waardoor hij keek, in ieder geval wanneer hij reprodukties beoordeelde.

'De heimelijke onwaarheid die iedere moeder in zich draagt!' schimpte en sneerde en raasde ze toen Homer biefstuk stond te bakken. Hij ging behoedzaam te werk, met de afzuigventilator aan. Isabel deed alles onbesuisder, liet het vlees boven een laaiend vuur aan de buitenkant verkolen en vulde de keuken met vettigheid en walmen. Dus deed Homer het de laatste tijd liever zelf. Ofschoon hij moest toegeven dat haar biefstuk beter smaakte dan die van hem, kon hij er niet tegen, zei hij, om na afloop de keuken schoon te maken.

'Ik vind dr. Gregory zo belegen! Adrian van Jennifer plast in bed en hij is twaalf en hoeft van niemand naar een dokter. Ze gaan er gewoon vanuit dat hij diep slaapt. Jennifer is een ideale binnenhuismoeder, zo vind je ze niet gauw, en toch plast Adrian in zijn bed.'

'Misschien krijgt hij niet genoeg aandacht van zijn vader,' zei Homer. 'Is er soms toch een leugen, Isabel? Een of andere onwaarheid? Je zit je zo kwaad te maken, dat ik het gevoel krijg dat dr. Gregory wel eens gelijk kon hebben.'

'Er is geen leugen,' zei Isabel. 'Maar ik verzon er geheid éen als ik kon, gewoon om een beetje rust te krijgen.'

Die nacht, met Homer, simuleerde ze een orgasme, iets dat ze nog nooit eerder had gedaan. Het spaarde vragen. En plotseling verlangde ze naar privacy. Dat ze eens een keer kon doen en terugdoen en laten zonder daarop commentaar te krijgen.

6

Pete was een toespraak aan het schrijven die Dandy op een bijeenkomst van kolenmijndirecteuren moest houden. Of Dandy de toespraak inderdaad ging houden, of uit het blote hoofd zou spreken, kon Pete niet met zekerheid zeggen.

Maar zo was Dandy nu eenmaal, en dat was ook waarom hij zoveel liefde en loyaliteit wist op te wekken. Hij was integer. Als de pet niet paste, droeg Dandy hem niet, al waren zijn oren nog zo koud en de wind nog zo kil.

De toespraak ging over reinheid, over de symboliek van douches bij de mijningang. Hoe wenselijk het was om werknemers door machines te vervangen in het belang van de menselijke waardigheid. En over de socialistische waardetheorie: winst moest niet langer als louter een kwestie van geld gezien worden. Ware rijkdom bestond niet uit geld, maar lag in het vermogen van de mens om arbeid te verrichten, en dat goed te doen. Hoe je je niet op stang moest laten jagen door inflatie, omdat die zowel vriend als vijand kon zijn.

'God bewaar me, reinheid!' zei Joe, die een van Petes afgedankte kladjes gladstreek. De vloer lag bezaaid met proppen. Wanneer Petes creativiteit op volle toeren draaide, was hij kwistig met papier. 'Na gisteravond geloof ik niet meer dat het ooit nog wat wordt tussen Dandy en de reinheid. Heb je die tenen van haar gezien?'

De avond tevoren was rampzalig geweest. Dandy had per se met zijn allen naar een nachtclub gewild – waar hij, aangezien hij op zijn gewicht en zijn bloeddruk moest letten, bij voorbaat al niets had te zoeken – had te veel gedronken, het hele gevolg van leuke, loyale meisjes van het partijbureau geen blik waardig gekeurd, was nog met een ober op de vuist gegaan en een paar uur verdwenen met een meisje dat ergens achteraf op de hoeden lette, sandalen droeg en haar voeten niet waste en dus duidelijk door iedereen volkomen over het hoofd was gezien bij de veiligheidscontrole. Pippa liep ergens anders een bal achterna.

'Als hij maar eenmaal getrouwd en wel in het Witte Huis zit,' zei Pete, 'dan komt hij vanzelf tot rust.' Ze hadden geen twijfels over de toekomst. Nederlaag, verlies, mislukking, teleurstelling of vernedering kwam in hun berekeningen niet voor. Ze ontkenden alle negatieve gevoelens, een gewoonte die hen machtig en gevaarlijk maakte. Het begrip werkelijkheid werd door hen tot punt van breken opgerekt, en omdat ze zelf niet van buigen wisten, moest de wereld maar barsten. Ze konden ongestraft moorden en doodslaan, niet eens op grond van hun geloof in de goede zaak, of dat ze zichzelf voorhielden dat het doel de middelen heiligde, zelfs niet uit eigenbelang, maar gewoon omdat ze niet beseften dat het moord was wat ze deden. Ze zetten zelfs de taal naar hun hand. Als Isabel, of wie dan ook, moest verdwijnen, werd zij niet om het leven gebracht, laat staan vermoord. Geliquideerd heette dat, uit de weg geruimd, onschadelijk gemaakt, geëlimineerd, met de grootste omzichtigheid aangepakt. Het ging dan om een teringwijf, en nog wel een buitenlands teringwijf ook. Er kwam geen vrouw, geen Amerikaanse aan te pas. Aldus bestempeld als niet een van de hunnen, hoefde niemand over haar eliminatie in te zitten.

Dandy had het altijd over de zware jongens, maar hij vergiste zich met te denken dat ze niet intelligent waren. Pippa vond ze volkomen geschift, maar ze had het mis: aan hun verstand mankeerde niets. Dandy en Pippa waren het er allebei, in een dwaze misvatting, over eens dat ze niet zonder De Klus en Beertje konden. Een ieder die een hoog regeringsambt ambieerde, liep het risico het slachtoffer van een politieke moord te worden: dieven moest je met dieven vangen, potentiële moordenaars met moordenaars.

'Steek de straat over om een brief te posten,' zei Dandy, 'en je riskeert het slachtoffer van een verkeersongeval te worden. Het minste wat je als politicus kunt doen, is beide kanten op te kijken.'

Pete en Joe bespraken het geval van Isabel niet met Dandy. Als er één les was die iedereen van Watergate had geleerd, was het wel om te handelen zonder op toestemming van de bevoegde autoriteiten te wachten, want hoe minder de bevoegde autoriteiten wisten, hoe beter.

Als Liddy die McCord nooit had ingehuurd, zouden er een paar mensen in de gevangenis zijn weggekwijnd, was Nixon voor een derde en zelfs een vierde ambtstermijn gekozen en had de atoomklok niet op twee minuten voor middernacht gestaan, maar op een fatsoenlijke tijd als tien vóór. Liddy had, door te verzuimen zijn sporen uit te wissen, het patroon van de toekomst veranderd. In Amerika was het individu nog altijd machtig.

De telex begon te ratelen. Een lawaaierig apparaat, heel anders dan de computer, die discreet rode lampjes liet opgloeien wanneer er iets te melden was.

De telex verwees hen naar de computer. De nieuwerwetse technologie moest het nog vaak van verouderde hulpmiddelen hebben.

'Daar hebben we onze Isabel weer,' zei Pete. 'Ze heeft een nieuwe code. Iemand begint hem echt te knijpen daar.'

Joe haalde het codeboek te voorschijn en ging aan het werk. Hier kon je niet onderuit. Voor sommige dingen waren mensen nodig en geen machines.

Pete liep te ijsberen. Zijn vrouw had zich voor een avondcursus ingeschreven, wat hij als een kleine daad van huwelijkse ontrouw beschouwde. Wanneer hij zich voor de natie inzette, hoorde zij toch zeker voor hem te zorgen. Die avond stond hem thuis een kinderoppas en een prak uit de ijskast te wachten. Niet wat je noemt een passende beloning voor de krijger. Maar haar lichaam en haar huis had ze opgepoetst tot er niets meer te poetsen viel, en nu was haar intellect aan de beurt.

7

Wam. Wieuw. Pok. Ze hebben in het park van Wincaster Row een tennisbaan aangelegd. Alleen bewoners mogen er gebruik van maken. Jennifer zal me binnenkort wel mee de baan op nemen, me een racket in de hand leggen en vertellen dat iemand speciaal voor blinden een tennisbal met ingebouwd fluitje heeft ontworpen, alsjeblieft. *Wam!*

Blinden moeten hard werken, zij houden het moreel van zienden op. Kijk eens, alle handicaps kunnen overwonnen worden! We hoeven alleen maar te werken, te worstelen en te strijden, en succes en roem zijn ons deel. Er is zelfs een ondertoon van afgunst te bespeuren. Wij – blinden, kreupelen, doven – weten tenminste waar we staan (of niet staan) en waartegen we ons te weer moeten stellen. Iedereen is het eens over wat eraan schort. We mogen onze melancholieke, bittere, afgunstige, verdrietige en zelfs prikkelbare buien hebben. Maar hoe zit het met de rest van ons, mogen wij nog ergens over klagen? We hebben schoenen aan onze voeten, onze buikjes zitten vol, we kunnen een bedgenoot naar keuze en naar believen wel of geen kinderen nemen. Wat scheelt ons? Er is geen excuus voor getob, depressies of zelfmoord.

Geen doel? Goed zoeken dan! Overal in de straat zijn er mannen en vrouwen die avondcursussen volgen, voor een betere gezondheid, een beter huis, een betere backhand. Ze stellen zich allerlei kleine dingen ten doel, zoals begeerte of vraatzucht overwinnen, trouw aan hun partner of slank worden, en wat ze zich verder nog meer in hun hoofd halen.

Wam, wieuw. Tennisbal tegen racket. Met een krachtige, welgemikte slag twijfel en desillusie van de baan vegen. Toe maar!

Spring, val aan, pareer, sla toe! Je weet precies wat goed en wat fout is. De overwinningen zijn eerlijk, de nederlagen verdiend. Love-forty, game, set en match. Eerst werd er alleen overdag getennist, maar nu heeft Oliver de architect voor booglampen gezorgd zodat er ook 's avonds gespeeld kan worden. Hope kon alleen na werktijd. Ze speelt erg goed, langbenig en losjes. Jennifer gaat door tot ongeveer in de vijfde maand van haar zwangerschappen. Iedereen in Wincaster Row weet te vertellen dat Jennifer van schrik in dit non-stop moederschap is gevlucht. Ze beschouwt zichzelf als een soort erwtepeul, wier bestemming het is om open te splijten en replicaatjes van zichzelf af te doppen. Toen ze nog jong en wild was en antropologie studeerde en een rationele kijk op zichzelf en de wereld had, ging ze als animeermeisje in een nachtclub werken om de seksuele geaardheid van de mens beter te kunnen bestuderen en tegelijk de kost te verdienen. Die geaardheid was, zo ontdekte ze, overweldigend, totaal niet geschikt als studieobject en op dit onbehouwen en dronken niveau volstrekt uit den boze.

Jennifer holde naar huis terug en trouwde met Alec, een accountant die van zichzelf al vier kinderen had en nu hebben ze er samen nog eens vier bij. Ze heeft haar leven voor ze opgegeven. Hope beschouwt het als een vorm van zelfmoord. Om zeep gebracht door het eigen nageslacht.

Hope weet zeker dat zij nooit kinderen wil, maar ze is nog jong en vitaal en heeft nog geen weet van de ontbinding van het lichaam, of hoe belangrijk het lijkt, naarmate men ouder wordt, en de ledematen strammer en hoop en energie minder, om iets dat nieuw, sterk en jong is in beweging te hebben gezet. Ze is te jong om te weten dat je niet voor eeuwig alleen je eigen gemak kunt dienen, zonder dat de tranen van verveling je in de ogen springen, en dat ambitie, liefde en begeerte op den duur allemaal overgaan. Dat je je maar niet genoegzaam in het hier en nu kunt wortelen, al lijkt dat nog zo plezierig, zonder er ook, middels voorzaten en nakomelingen, een verleden en een toekomst op na te houden en deel uit te maken van het hele stelsel van generaties. Geen voortgang zonder offers helaas. Het offer van Wincaster Row is Jennifer, die op platvoeten en steeds dikker wordende enkels rondzeult, goedmoedig, drukdoend, zelfgenoegzaam en krimpend van de pijn vaak. Wanneer ze zwanger is namelijk, springt haar bekken op de een of andere manier open, en is tot dusver na de bevalling wel steeds weer in de oude stand teruggekeerd, maar wie zal zeggen wat er de volgende keer gebeurt? Zal ze niet voorgoed waggelen en pijn lijden? Misschien dat op mysterieuze wijze Jennifers overmatig en riskant moederschap een compensatie is voor Hopes flatteuze en moedwillige steriliteit?

Jennifer was degene die Isabel overhaalde om met dr. Gregory te praten over wat Homer aanduidde als de leugen aan de basis van haar leven. 'Moord komt altijd uit,' merkte Jennifer op, de zaterdag daarna toen Isabel Jason bracht om te komen spelen, 'en de waarheid komt altijd uit. De waarheid is het gevaarlijkst van de twee. De kunst is om die stukje bij beetje los te laten, dan houd je alles onder controle. Anders krijgen je vijanden in de gaten dat je iets achterhoudt en gebruiken ze het tegen je. Jij moet als eerste spreken, anders doen zij het.'

Om haar heen klonken de geluiden van gelukkige kinderen. Ze lag op haar rug op de bank om de pijn in haar bekken te verlichten. De bank was een wormstekig bakbeest, maar de bekleding was oud en verschoten, en zacht en romantisch. Kinderen hadden veldbloemen voor haar meegenomen en in een jampotje gepropt, waarin nog sporen van zelfgemaakte bosbessenjam te zien waren. Isabel, die zich bezorgd, ongerust en schuldig voelde en daardoor misschien overgevoelig was, vatte Jennifers woorden als vingerwijzing op en besloot om de waarheid dan ook inderdaad maar te laten uitkomen. Ze nam zich voor om dr. Gregory in vertrouwen te nemen.

'Ik weet nog dat ik dat tegen haar zei,' zegt Jennifer nu, schuldbewust, tegen het dameskransje van Wincaster Row. De baby die ze toen verwachtte, is nu achttien maanden en ze is alweer zwanger van de volgende. 'Maar ik had het over vroeger, toen je als kind op school in moeilijkheden raakte en dingen voor je moeder verzweeg. Ik bedoelde haar daar niet mee. Mijn hemel!'

Wam, wieuw. Laurence heeft me een keer mee naar Wimbledon genomen. Hij had plaatsbewijzen voor het Centre Court. Ik maakte bezwaar, zei dat iemand anders er meer aan had. Maar hij vindt het leuk om me mee te nemen waar en wanneer hij maar kan. We vinden het fijn om elkaar aan te raken. Sinds ik niet meer kan zien, leid ik het leven van een haremslavin: van sex en voor sex, het enige dat zin heeft en ertoe doet. Voorgoed in het donker, voorgoed maling aan de dageraad. Laurence is enigszins door mijn loomheid aangestoken. Ik sleur hem mee omlaag de fluwelen, alomtegenwoordige duisternis in. Laat mij maar liever weer zien.

Ik merkte dat ik de wedstrijd heel goed kon volgen, afgaande op de score van de umpire en het zachte gekraak van de stramme nekken, die van links naar rechts draaiden. En het gepok van de bal, het gerang van het racket en het gesuis als de bal hoog door de lucht vloog. Ik draaide mijn hoofd mee met de beste ballen. Links, rechts, links, rechts. Stop. Alles moet een keer beslist worden. Met een overwinning of een nederlaag.

8 ———————

'Dr. Gregory,' zei Isabel over de telefoon, 'heeft u misschien een uurtje tijd voor me? Ik heb echt een probleem waar ik alleen niet uitkom. Ik weet niet of het Jason zal helpen als het probleem is opgelost, maar dan helpt het mij misschien. Ik slaap slecht. Ik slaap laat in en word weer vroeg wakker en aangezien ik een veeleisende baan heb, moet ik innerlijk maar eens orde op zaken gaan stellen.'

'Mevrouw Rust,' zei dr. Gregory, 'het is toch mevrouw, of–'
'Mevrouw ja,' zei Isabel, 'of gewoon Isabel Rust.'
'Laten we er niet van uitgaan dat omdat er een probleem is, dat probleem ook een oplossing heeft. Het leven is geen rekenkundig vraagstuk, dat God ons heeft opgegeven. Maar ik zal morgen tijd voor u vrijmaken.'

Isabel had vanuit de studio van Dag-Goedenacht gebeld. Daar voelde ze zich zelfverzekerder, gewoner en beter bestand tegen paniek dan thuis. Jason zat veilig en wel op school. Zijn vriendjes zeiden hem enthousiast gedag, had ze gezien, en hij beantwoordde hun groet met een vorstelijke kalmte, die snel omsloeg in gesnuif en de slappe lach onder het oog van mevrouw Pelotti.

'Ik zie dat u hem op tijd heeft gebracht,' zei mevrouw Pelotti. 'Wil je wel opstaan, Jason, net als de andere kinderen.'

Jason ging staan, wierp haar vanonder zijn gefronste wenkbrauwen een blik toe en was, met zijn volle onderlip pruilend vooruitgestoken, precies een blonde versie van Elvis Presley.

'Aan wie doet hij me toch denken?' zei mevrouw Pelotti.
'Aan mij? Aan Homer?' vroeg Isabel beleefd.
'Nee,' zei mevrouw Pelotti. 'Hij lijkt geen steek op een van u

beiden, vind ik, uiterlijk niet en innerlijk niet. Ik weet het al. Die Amerikaanse politicus. Dandy Ivel, zo'n knappe man.'

'Het valt mij persoonlijk niet op,' zei Isabel.

'Komt u hem niet te laat halen,' zei mevrouw Pelotti, op weg naar andere ouders, andere plichten. 'Daar kan hij niet tegen. Hij heeft zijn trots, weet u, als een prins. Het is een heel ongewone jongen, en zoiets zeg ik niet gauw. Ik stel veel belang in hem.'

9 ———————

'Op mijn tweeëntwintigste,' zei Isabel tegen dr. Gregory, 'was ik een keiharde, stoere tante en heel goed in staat, vond ik, om mijn eigen boontjes te doppen. Ik kon paarden berijden en koeien melken en slangen doodschieten. Ik had in Sydney economie gestudeerd. Ik had mezelf zo getraind, dacht ik, dat ik geen moeder nodig had. Zonder vader had ik het altijd al gesteld. Ik werd door mannen aantrekkelijk gevonden, had met een paar geslapen en de rest afgewezen. Ik was, op mijn twaalfde, ongewild getuige geweest hoe een inheems meisje door twee blanke veedrijvers werd verkracht. Ik had gezien hoe mijn moeder zich land en geld afhandig liet maken. Het was voor mij wel duidelijk dat je met vriendinnen je tijd verdeed, omdat de mannen al het geld en de macht voor zichzelf hielden. Ik was eerzuchtig. Ik wilde slagen in het leven. Vindt u dit stuitend?'

'Het klinkt niet direct aardig,' zei dr. Gregory, op de vlakte. 'Maar ook niet speciaal gevaarlijk. Ik zie veel jonge vrouwen die zo zijn.'

'Ik ging met mijn mentor naar bed,' zei Isabel. 'Zo ben ik door mijn studie heengerold.'

'Nee,' zei hij. 'Zo had je het willen doen. Ik twijfel er niet aan dat je het op grond van je eigen kwaliteiten en met hard werken hebt gehaald, net als ieder ander. Ik ken toevallig aardig wat hoogleraren en docenten enzo. Ze gaan meestal met begaafde studentes naar bed, dan kan er geen sprake van tegenstrijdige belangen zijn.'

Isabel merkte dat ze half en half aan het huilen was, ze wist niet zeker waarom.

'Nou?' zei hij even later.

'Ik was nog nooit op iemand verliefd geweest,' zei ze. 'Ik had

het idee dat ik anders dan andere mensen was. Er ontbrak iets. Alle meisjes waren verliefd op die mentor, alleen ik niet. Dat was in mijn ogen verspilde moeite. Het leek mij alleen maar handig.'
 'Ja.'
 'Ik heb nogal een raar gezicht. Dat is u misschien wel opgevallen. Trap van een paard tegenaan gekregen. Een slag van het noodlot. Ik dacht altijd dat mannen uit medelijden met me sliepen, of uit een soort perversiteit. Moet u horen, ik heb dit allemaal al verteld aan Homer, er is niets nieuws. Waarom moet ik er dan om huilen? Ik heb een televisieoptreden morgenavond. Wat gebeurt er als ik dan nog niet met huilen opgehouden ben?'
 'Wat bedenkt de mens toch steeds opnieuw weer vreemde beproevingen voor zichzelf,' sprak dr. Gregory, wat haar zo ergerde dat ze meteen niet meer huilde.

'Op mijn tweeëntwintigste,' vervolgde ze na een tijdje, 'nam ik het vliegtuig naar Engeland met het vaste voornemen om het te gaan maken in de journalistiek. Ik nam een map met wat werk mee en liet voor zo'n kleine duizend gulden aan schulden achter, die ik had gemaakt in de wetenschap dat ik ze nooit zou terugbetalen. Ik heb geen idee waarom. Misschien om zeker te stellen dat ik nooit terugkwam. Ik zag er goed uit, ondanks mijn gezicht. Ik had me een manier van lopen eigen gemaakt, soepel vanuit de heupen, waarmee ik op straat de aandacht trok. Het lukt me heel aardig om zo over te komen als ik wil.'
 'Daar bof je niet bij.'

'Voor mijn vertrek nam ik spraaklessen om van mijn Australische accent af te komen. Dat is in mijn ogen zo ongeveer het verachtelijkste wat ik ooit gedaan heb. Ik heb het zelfs Homer nooit verteld. Waarschijnlijk de definitieve verloochening van mijn vader. Hij is, geloof ik, in Noord-Vietnam in de politiek verzeild geraakt.'
 'Jij houdt je niet met politiek bezig?'
 'Niet op die manier. Ik zou je danken. Mannenspelletjes.'
 'Juist ja.' Hij klonk beledigd.
 'Het was een lange, afschuwelijke reis. In Singapore moesten

we van boord. Er waren wat problemen met de motor. Van sommige kanten werd er gezegd dat we een zeemeeuw hadden opgezogen. We werden door de Qantas in een niet onaardig hotel ondergebracht. Ik deelde het bed met een passagier uit de Eerste Klasse. Moet u horen, ik was bang. Al die commotie en dan nog zo'n zeemeeuw op de koop toe. Ik was blij dat ik nog leefde. Dat gold voor ons allemaal. Hij betaalde de toeslag en ik reisde verder Eerste Klasse. Dat moet hem een flinke duit gekost hebben. Je voelt je minder onveilig als je Eerste Klasse reist. Je kunt je daar gewoon niet indenken dat er iemand van je medepassagiers om zal komen. In de Toeristenklasse zie je het helemaal voor je. Het was een aardige man.'

'Wat bedoel je met aardig?'

'Ik bedoel dat hij veel gaf en er weinig voor terug vroeg. Hij meende het goed met me en zorgde voor me.'

'Een soort vaderfiguur.'

'U meent het.' Nu was het haar beurt om haar neus op te halen en beledigd te kijken. Dit verband tussen erotiek en het vaderlijke kon haar gestolen worden. Het deed afbreuk aan beide.

'Toen we op Heathrow aankwamen, was zijn vrouw daar om hem af te halen, dus dat was dat, wat hij ook vertegenwoordigde. Hij gaf me een paar handige namen en adressen en belde een paar mensen op, waardoor ik gespaard bleef voor een goedkoop hotelletje in Earl's Court en aan het gezelschap van reizende Australiërs met hun moordende zuinigheid ontsnapte, en binnen de kortste keren geïnstalleerd was als inwonend liefje van een of andere industrieel, een overjarig wonderkind dat in elektronische spelletjes deed. Bij dat soort mannen gaan de meisjes van hand tot hand, moet u weten. Ze zijn elkaar onophoudelijk pleziertjes aan het doen. Ze houden ervan om de genoegens van het leven met elkaar te delen, maar zorgen er ondertussen wel voor dat de minder bevoorrechte medemens het toekijken heeft. Met sex zijn ze al net zo als met geld. Kapitalistisch tot op het bot. Hun vrouwen rouleren ook. Mevrouw zus wordt mevrouw zo, geen probleem. Ze moet alleen niet wagen om met de tuinman aan de haal te gaan, want dan ligt ze eruit.'

'Dus jij zal blij zijn als het traditionele patroon verandert?'

'Uiteraard. Maar indertijd kwam het oude systeem me wel van pas. Wat me niet zinde, was dat hij me wel in zijn bed, maar niet aan zijn tafel duldde. Als hij een etentje gaf, moest ik uit het zicht blijven. Hij ging met andere meisjes naar de schouwburg en de opera enzo. Ik wist dat ik intelligenter, beter opgeleid, mooier en sexy'er was dan die anderen. Maar ik telde niet. Hij schaamde zich voor me. Mij had hij gewoon, hen moest hij nog zien te veroveren. Ik lag binnen handbereik, voor het grijpen, zij bleven altijd net buiten zijn bereik en gaven zich nooit echt gewonnen. Soms waren ze wel eens zo goedgunstig om de mannelijke intocht in hun damesachtige lichaam toe te staan, in ruil voor een ring met diamanten en het ideale paar laarzen om mee bij Harrods te gaan winkelen, maar het was bij hen nooit onberedeneerd, zoals bij mij, uit een mengeling van verlangen en behoefte.'

'Uit neurotische drang, met andere woorden.'

'Is het heus? Ik dacht gewoon dat ik vooruitkwam in de wereld, met het bed als springplank. Behalve dan dat ik opzij werd geduwd door het ellebogenwerk van deze frigide mormels met hun sportieve sjaals en hun tweedrokken, die op zijn dineetjes verschenen in van die zwarte japonnetjes die ik op mijn eigen begrafenis nog niet aan zou willen, en ik snapte er niets van. Maar toen kreeg ik dan uiteindelijk een baan, bij de roddelrubriek van de *Star*. Als ik wat schandaal van de hand deed, mocht ik in ruil daarvoor een enkel alineaatje en op het laatst de hele rubriek volschrijven. Waar zij namelijk moeite mee hadden, het aaneenrijgen van woorden, was voor mij een koud kunstje. Ik ging er toen geleidelijk aan redactiewerk bij doen, en omdat ik gewoon vlug van begrip was, een paar boeken had gelezen en economie gestudeerd en een mentor had gehad die gedichten schreef, was ik wel in staat om persberichten in hun juiste context te plaatsen. Tegen de tijd dat ik drieëntwintig was, ging het me echt voor de wind. In het café waar de jongens van de pers kwamen, schoven ze voor me op. En nog steeds werd ik bij mij thuis niet aan het diner geduld. Dus ben ik maar vertrokken. Het ging me erg aan het hart dat ik huur moest gaan betalen, ik had als alle Australiërs een ingewortelde afkeer van onnodig geld uitgeven. Als het even kon, liet ik een ander voor me dokken. Kon mij wat schelen als ze achteraf kwaad op me werden. Dan was ik zo weer vertrokken en zag ik ze toch nooit meer. Ik had er toen natuurlijk nog geen idee van hoe klein de wereld is, hoe weinig mensen er op wonen. Hoe we ons voortbewegen over banen die wel gescheiden, maar toch onderling verbonden zijn, net als de circuits van Jasons speelgoedtrein. Het lukt ons nooit echt om helemaal vrijuit te gaan. We blijven elkaar passeren en kruisen en toezwaaien. Jason is natuurlijk nog te jong voor de spoortrein, maar Homer is er niet bij weg te slaan. Homer gedraagt zich als de clichévader in een Amerikaanse strip, vind ik soms.

Daar zat ik dan, eindelijk op mezelf en zelfstandig, in mijn eigen onderkomen. Ik dacht nog dat Dappere Dan de Elektronikafan me achterna zou komen, maar niks hoor. In plaats daarvan trouwde hij met Melinda. Ze heette echt Melinda en had ouders om het te bewijzen – dit in tegenstelling tot veel van haar soortgenotes, ontdekte ik in de tijd dat ik bij de roddelrubriek werkte – en ik was alleen nog een enkele kapotte springveer in zijn matras. En waarom ook niet? Ik had evenveel plezier gehad als hij, en gratis kost en inwoning bovendien, en had toch niet met hem willen trouwen, zelfs al had hij me gevraagd. Ik hield niet van hem. Waarom zou hij dan van mij moeten houden? Dappere Dan ging in 1976 failliet, en Melinda liet zich van hem scheiden en trouwde een titel. Dat mag. Ze was misschien gewoon een betere hoer dan ik. Of zij kon zich op één doel richten, en ik niet. Of misschien dat als je, zoals ik zelfs toen al deed, beseft hoe wijd de wereld is, je er alleen maar minder goed mee overweg kunt?

Hoe het ook precies zat, op mijn drieëntwintigste vond ik mezelf een immoreel mens en een pechvogel. Bovendien bleef er ergens binnenin een veronachtzaamd stukje van mezelf zeuren en drammen dat, ondanks alle materiële bewijzen van het tegendeel, alleen goede daden voor waardige resultaten zorgen, en dat wandaden niet alleen in de hemel, maar ook hier op aarde worden bestraft.

Ik had een officiële aanstelling als politiek correspondent gekregen. Alleen een krant als de *Star* natuurlijk kon in alle ernst iemand als ik voor zo'n baan geschikt vinden, maar zo kwam ik eraan. Ik deed het werk samen met een grijzende rot in het vak, van wie werd verteld dat hij per ongeluk Che Guevera aan de autoriteiten had verraden en in zijn eentje een hele wereldrevolutie voorkomen had. De journalistiek bestaat bij gratie van het idee dat de loop van de geschiedenis door samenzweringen wordt bepaald, en dat het grote mannen en niet grote legermachten, een enkele gebeurtenis en niet een hele sleep onbeduidende voorvalletjes zijn die maatschappelijke omwentelingen teweegbrengen. Ik deelde een werkkamer en bij gelegenheid het bed met deze held, meestal uit noodzaak en niet uit verkiezing in die zin dat de directie van de *Star* de dingen graag op een koopje deed, en we al blij mochten zijn als we in de afgestampte hotels waar de jongens en een enkel meisje van de pers bij elkaar zaten, samen één kamer konden nemen, laat staan twee. Samen slapen voorkwam bovendien een hoop gezeur, gêne en over en weer gepraat.

Liefde? Zoals ik al zei, ik dacht dat dat alleen andere mensen overkwam. Ik wist wel wat het was om je afgewezen, vernederd en beschaamd te voelen en kende alle emoties die bij onbeantwoorde liefde en versmade genegenheid horen, maar vertoonde geen van de voor verliefdheid kenmerkende, positieve symptomen die andere vrouwen hadden, zoals de stralende ogen, onderworpen blik, de blos op de wangen en de algehele vervoering, vergezeld van gezucht en gegiechel.

Sex? Nogmaals, ik vond het allemaal wel prettig, en vooral ook handig, en een middel om in de wereld vooruit te komen. Ik sliep zonder enig gevoel van schaamte of schuld met getrouwde mannen, en omdat ik zelf geen jaloezie kende, begreep ik niet waarom andere vrouwen daar wel last van zouden krijgen, of hadden. Seksuele bezitsdrang, beweerde ik, blakend van onwetende, harteloze jeugd, was ouderwets en bespottelijk. Vrijheid, blijheid voor ons allemaal. Vooral voor mij dus.

Ik had gewoon niets om te verliezen, maar dat besefte ik niet. Zo rollen denkelijk de meeste mensen door het leven.

Nu deelde ik op een keer in Edinburgh weer eens de kamer met de ouwe rot, maar niet het bed, want hij had migraine. We maakten een reportage over een saaie kwestie van zelfbestuur voor Schotland. De telefoon ging, de *Star* aan de lijn. Ze vroegen naar Gerry. De volgende dag maakte de Concorde haar eerste vlucht en daar wilden ze hem op afsturen. Er ging een gerucht over mogelijke complotten van andere luchtvaartmaatschappijen, zo niet met het doel om het toestel zelf te saboteren, dan in ieder geval om de economische overlevingskansen tot nul te reduceren.

"Gerry is naar het noorden afgereisd. Hij heeft ergens in de Hooglanden de lucht gekregen van een fabriek waar ze bommen maken. Ik kan hem niet te pakken krijgen," zei ik. Gerry lag op bed in de donker gemaakte kamer mijn leugens aan te horen. Er kwam geen gekreun of klacht over zijn lippen. Hij had een oude schotwond in zijn been, opgelopen in Korea, en een witte striem over zijn voorhoofd, waarlangs een Vietnamese kogel had geschampt. Zulke mannen kreunen niet. Ze liggen en wachten in stilte. Als hij had gewild, had hij kunnen protesteren. Hij zei niets, maar liet me liegen.

Ik wilde naar Washington. Ik wilde naar het buitenland. Ik wilde mee op de eerste vlucht van de Concorde. Gerry had zijn tijd wel gehad, mijn glorietijd moest nog komen. Maar ik denk eigenlijk dat hij gewoon niets van mij te vrezen had. Mijn eerzucht moet in zijn ogen nogal deerniswekkend zijn geweest, de leugens belachelijk. Dat zijn ze nu in mijn ogen ook. Ik schaam me als ik eraan denk. Ik weet nu dat je je niet met sex, leugens, nagels, ellebogen of gekuip een weg naar de top kunt banen. Zelfrespect is uiteindelijk het enige dat telt.

Ik nam het vliegtuig van Edinburgh naar Londen. Door mist kregen we vertraging. Toen ik op Heathrow aankwam, werd mijn naam omgeroepen. Er stond een wagentje voor me klaar, dat me onder luid gerammel naar het vertrekpunt van de Concorde bracht, waar ik, met één schoen waarvan de hak kapot was, aan boord van het toestel rende. Dat heet, geloof ik, "ingeladen". De champagne en de hapjes ben ik misgelopen.'

'Wat wil je nu eigenlijk vertellen?' vroeg dr. Gregory. 'Dat je niet de vrouw bent die je lijkt? Dat Jason daaronder lijdt? Als dat alles is, hoef je niet verder te gaan. De waarheid zit raar in elkaar. Je moet laagje na laagje afpellen en als je eenmaal begonnen bent, kun je niet meer terug. Soms is het beter om er maar niet aan te beginnen en de dingen te nemen zoals ze zijn. Het is helemaal niet gezegd dat de waarheid borg staat voor geluk en gemoedsrust. Er zijn ook risico's aan verbonden. Je weet niet eens precies wat je zoekt. Het is meer een berg die je, in die wetenschap, probeert te beklimmen.'

'Ik zal verder gaan,' zei Isabel.

Dr. Gregory moest, om de een of andere reden, zuchten.

10

Goed. *Cris de joie.* *'Défense d'émettre cris de joie'* luidt het voorschrift dat je overal in Frankrijk wel eens tegenkomt, op een bordje aan de muur van je hotelkamer. Verboden om de rest van de wereld te storen. Verboden om onvoldane, onbevredigde mensen aan het bestaan van voldoening en bevrediging te herinneren. Laten we vooral niet de aandacht vestigen op de onbeheerste instincten van het dier mens. Of háár dierlijke aard natuurlijk. De *cris de joie* van vrouwen zijn altijd vreemder en onrustbarender dan die van mannen.

Met mijn nu zo scherpe oren hoor ik de kreten in heel Wincaster Row. De geluiden worden gedempt door bakstenen en cement en gordijnen en vloerkleden, maar ik hoor ze toch, of verbeeld me dat tenminste.

Isabels kreten, met Homer, klonken altijd zachtjes en beleefd. Ik heb ze gehoord.

Ik geloof niet dat dit wat je noemt een kies onderwerp is. Hope en Jennifer en Hilary reageren ontstemd nu ik het ter sprake breng. We denken allemaal graag dat we de zaken min of meer onder controle hebben, en dat, als het toch uit de hand loopt, er in ieder geval geen andere mensen staan te luisteren.

Maar voor een beter begrip van Isabels geschiedenis, die ik nu doorvertel zoals Isabel die aan mij vertelde, met haar toestemming, om niet te zeggen op haar uitdrukkelijk bevel, denk ik dat mijn uitweidingen over de aard van ons leven en onze tijd wel geoorloofd zijn.

Cris de joie. Sinds ik mijn gezichtsvermogen verloor en mijn man voor me won, lijkt de hele wereld van ze te weerklinken. Ze zijn niet goed of slecht, ze zijn er gewoon, overal. Toen ik nog ogen had, hoorde ik ze nooit. 'En de dalen zullen van Uw Lof weerklinken, O Heer.' Wat kan de psalmdichter anders bedoeld hebben? Blatende schapen op de gelige heuvels van het Mesopotamische land? Welnee. Ik denk dat ook hij de *cris de joie* heeft gehoord, die bijna, maar niet helemaal, de ongelukkige, bange tranen die erop volgen, uitwissen.

11

Zie het voor je dan. De Concorde, de grote, witte, geklauwde vogel uit mythen en legenden, taxiede in de richting van de startbaan. Eromheen groepeerden zich verslaggevers, functionarissen van luchtvaartmaatschappijen, magnaten van de vliegtuigindustrie, publiciteitsmensen, fotografen en filmers. Eenieder, zo leek het, beschouwde de vogel als zijn persoonlijk troetelkind, en snapte niet wat al die anderen erbij deden. De passagiers hadden zich verzameld in de gloednieuwe Concorde-lounge, waar ze glaasjes dronken en hapjes aten en (de meesten) hun angst of (een paar) hun onvervalste opwinding verborgen. De vrouwen hadden hun haar laten doen en de mannen droegen nieuwe kostuums, in stijl met het nieuwe tijdperk van supersonisch vliegen en als eerbetoon aan deze prestatie van de Britse vliegtuigindustrie. De Fransen maakten aanspraak op een aandeel in het geheel, doch dit werd in hoofdzaak genegeerd. De zon scheen, de lucht was strakblauw. Iedereen had last van de warmte, en de keurig verzorgde gezichten werden langzaamaan roze en bezweet.

Onder de passagiers bevond zich Dandy Ivel, senator uit Maryland en het jongste Amerikaanse senaatslid in tweeëntwintig jaar. Hij had zich verdiept in de naoorlogse betrekkingen tussen Engeland en Frankrijk en tijd gevonden voor een bedevaart naar de bibliotheek van de House of Lords, om de daar bewaarde briefwisseling tussen Joe Kennedy en Beaverbrook te bestuderen. Hij was nu weer op weg naar huis.

In de Eerste Klasse-lounge van de Pan-Am, uitgesloten van deelname aan de Concorde-vlucht, zaten Joe Murphy en Pete Sikorski. Ze waren nu al drie maanden de vaste begeleiders van Dandy en stonden op de loonlijst van het nog steeds in het geheim opererende IFPC. Zelfs Dandy was nauwelijks van het bestaan ervan op de hoogte. Het bestond uit eigenaren van renpaarden, zakenlieden, politici, juristen en accountants, die stuk voor stuk vonden dat Dandy president moest worden. Niet bij wijze van compromis, of bij gebrek aan beter, of vanwege de haalbaarheid, maar uit de stellige, morele en montere behoefte om Dandy en niemand anders op die post te hebben. Dandy had charisma. Waar Dandy ging, werd hij met de ogen gevolgd.

Dandy was het type man dat jonge mannen zich als vader en oude mannen zich als zoon wensten. Goedgebouwd, evangelisch, betrouwbaar, intelligent, onstuimig, eerlijk en gewoon een fijn mens. Slinks alleen wanneer dat nodig was, verder altijd rechtdoor-zee. Een bepaald gebrek aan list, een bepaalde driestheid, een bepaalde eigenzinnigheid misschien, maar waren deze eigenschappen niet juist kenmerkend voor de ware leider?

De volgende dingen waren Pete en Joe op het hart gedrukt door Harry McSwain van het IFPC. Een kandidaat voor het presidentschap, zei hij, moest zich presenteren als een zakdoek die net uit de was komt: welke kant je ook openvouwt, de zakdoek is fris en schoon. De veiligheidsdiensten van de Verenigde Staten, zei hij, beschikten over de beste afluistertechnieken ter wereld en waren bij machte én bereid om letterlijk iedereen, zelfs de paus, door het slijk te halen. Pete en Joe hoefden er alleen voor te zorgen dat het geen slijk was dat bleef zitten of schade deed. Pete en Joe kenden het klappen van de zweep, ze wisten wel wat hun te doen stond. Pete had per slot op het departement gewerkt tijdens de laatste, krankzinnige dagen van Hoovers regeringsperiode, Joe was CIA-agent geweest. Ze waren allebei tegen de wet op particulier wapenbezit. Hun precieze functie met betrekking tot Dandy werd niet nader gespecificeerd, dat werd aan henzelf overgelaten. Zo ging Dandy's achterban te werk. De leden werden met zorg gekozen en vanaf dat moment werd alle initiatief aan hen overgelaten. Mannen van het juiste kaliber en met de juiste instelling moesten toch zeker zelf hun beslissingen nemen?

'Aan jullie de taak om Dandy op de troon te helepn,' had Harry

McSwain gezegd, met zijn blik op de pracht van glooiende heuvels en jagende wolken, waarop hij en zijn soortgenoten het alleenrecht konden kopen. 'Dat is het enige wat jullie moeten onthouden. Een grootse taak. We staan allemaal in dienst van dat ene doel. Het volk van Israël kwam tot de profeet Samuel en sprak: "Geef ons een koning" en hij gaf aan hun verzoek gehoor. De mensen denken dat ze een president willen, maar in werkelijkheid willen ze een koning. Het staat allemaal in de bijbel. Aldus geschiede.'

En daarmee eindigde het onderhoud. Met hun holster extra stevig onder hun oksel geklemd gingen Pete en Joe aan de slag en schiepen voor zichzelf, door in iedere hoek gevaar te zien, een hele nieuwe wereld van uitdaging en bezigheden. Dandy zelf bekeek hen met een mengeling van ontzag en pret. Ze hadden hun nut: ze droegen koffers, zorgden voor geld, boekten hotels, stopten zijn toespraken in de computer om na te gaan of ze wel door de beugel konden, ze gaven bondige bulletins over personen en plaatsen, haalden de halfgaren er tussenuit en corrigeerden zijn stukken. Ze brachten zijn overhemden naar de wasserij en zochten zijn schoenen bij elkaar. Ze probeerden hem van de vrouwen en de drank af te houden, en faalden.

Pete en Joe zouden Dandy acht uur lang niet in het oog kunnen houden. Hun Pan-Am toestel vertrok vier uur later dan de Concorde en deed bovendien twee keer zo lang over de reis. Ze waren er niet gerust op.

'Neem nog een witte met ijs,' zei Joe. 'En kalm een beetje. Waar maak je je druk over?'
    'Ze hebben hier geen fatsoenlijke ijsblokjes,' klaagde Pete. 'Het is verdomme net grind.'

Hij had een onaangename woordenwisseling met de ober gehad, die ongevraagd was gaan uitleggen dat Veuve Clicquot geen ijs nodig had. De ober was uit zijn humeur, omdat de Concorde zijn beste klanten had weggekaapt en hem met het vullis liet zitten.

'Jezus!' zei Pete, ter verduidelijking, 'wat doet het ertoe wat dat drankje nodig heeft? Wat ik nodig heb, dat is pas belangrijk. Ik betaal. Dat drankje is er alleen om opgedronken te worden. Het stikt hier van de idioten in dit land.'

Pete had natuurlijk aan het langste eind getrokken, maar sloeg door toedoen van de ober toch een figuur en ging in het vervolg bij de behandeling van Britse aangelegenheden uiterst rigoreus te werk. Joe had de Britten nooit gemogen. Zijn moeder kwam uit Dublin. Een oom van hem en twee oudooms waren door Britse soldaten om het leven gebracht. Beneden op de startbaan stond de Concorde klaar voor vertrek. De passagiers gingen aan boord. Pete en Joe vingen een glimp van Dandy op.

'Tijdens zo'n overtocht kan hij niet veel uithalen,' zei Pete.

'Mick Jagger heeft dat anders aardig klaargespeeld,' zei Joe, 'en de hele wereld weet ervan.'

'Dat was een Jumbo. Op de Concorde is de zitruimte te krap,' zei Pete. 'De stoelen staan twee bij twee. En we hebben de passagiers op de lijst doorgelicht. En in Washington komt Harry McSwain hem van het vliegveld halen.'

'Arme donder,' zei Joe, doelend op Dandy. Hij meende dat Dandy net zo beducht was voor poëzie als hijzelf, en vergiste zich.

'Laatste oproep voor de Concordevlucht naar Washington,' klonk het over de luidsprekers. 'Laatste oproep voor Isabel Rust. Isabel Rust wordt verzocht zich onmiddellijk te melden.'

Pete en Joe waren niet in hun schik. Isabel Rust stond niet op de definitieve passagierslijst, die net de dag daarvoor bekend was gemaakt. Een onbekend vrouwspersoon, dat direct vier uur lang zonder toezicht in één ruimte met Dandy opgesloten zou zitten, was te laat, hield zich niet aan het boekje. Daarmee begon het gedonder. Zulke dingen voelden ze haarfijn aan.

Isabel stapte aan boord. Ze zagen een glimp van rossig haar, slanke kuiten in een strakke spijkerbroek. Geen geruststellend beeld.

Zie het voor je dan. Snorrende camera's, klikkende fototoestellen, juichende mensen. De Concorde gaat als door toverij de lucht in en verdwijnt uit het zicht. Alleen het lawaai blijft achter. Er is geen auto bij. In de Eerste Klasse-lounge van Pan-Am staan twee mannen met een glas in de hand de gevlogen vogel na te staren. Ze zijn keurig gekleed, keurig geschoeid, keurig geschoren en gemanicuurd. Ze hebben geen geldzorgen. Ze zijn allebei gelukkig getrouwd met een trouwe, hardwerkende vrouw. Pete heeft een breed voorhoofd, smalle kaken en ingevallen wangen. Hij is lang en mager, en wat hoog in de schouders. Zijn grootouders komen uit Polen. Joe is gedrongener en donkerder, met borstelige wenkbrauwen en glinsterende pupillen. Zijn Ierse moeder trouwde in Californië een man met Indiaans bloed.

In een wolk van zwarte mist verdwijnt de Concorde met Dandy en Isabel aan boord. Dandy's grootvader van moederszijde was een Witrussische prins, en zijn overgrootvader van vaderszijde Siciliaan. Isabels moeder was Engelse en haar grootouders van moederszijde waren Kelten. Haar vader, nu woonachtig in Noord-Vietnam, was Australiër en stamde af van de vikingen.

Hoe heeft iemand ooit iemand verstaan, behalve door de liefde, die woordeloos is?

De vuurwapens die Pete en Joe onder hun oksel droegen, gaven hun een geruststellend gevoel. Joe had zijn pistool met Kerstmis van zijn vrouw gekregen.
 'De beste verzekeringspolis die ik je geven kan,' had ze gezegd. Hij had het wapen nog niet gebruikt, maar die tijd kwam ongetwijfeld. Joe's colbertje was aan de zoom met lood verzwaard, zodat het, wanneer hij zijn pistool richtte, sierlijk naar achteren zwaaide – zoals de mantel van een stierenvechter, die verzwaard wordt met zand – en hem niet in zijn beweging belemmerde. Zijn vrouw had het er, in alle liefde, voor hem ingenaaid. Ze was wel niet zo mooi als Petes vrouw, maar koken en naaien kon ze als de beste en ze ging niet naar avondcursussen. Ze liet het denkwerk aan Joe over.

Ach, dr. Gregory, wat moet ik u over de liefde vertellen? U zit daar maar in uw grijze pak en uw fletse ogen staren maar. De vijgeboom veegt tegen het vensterglas. U wacht, en de wereld wacht. Begrijpt u het wel? Krijgen deze hartstochten u ook te pakken, en geven ze glans aan uw bestaan? Staat u wel eens op van uw stoel en ijsbeert u de kamer op en neer, als u een keertje alleen bent met uw eigen bestaan, en schuurt uw adem pijnlijk in uw borst, precies op de plaats van uw hart, bij de herinnering alleen al? Uw lichaam lijkt niet berekend op zoveel luister. Uw handen liggen bleek en bewegingloos op het bureau, verdord, alsof alle leven eruit weggezogen is. Maar misschien is dat juist het werk van de liefde, of de herinnering eraan. Alle leven wordt uit het levende, luisterrijke lichaam gezogen en wat er overblijft is iets nietigs en onaanzienlijks: afval, dat van de fabrieksvloer opgeveegd wordt, een zielig, stoffig hoopje vuil. Ook u bent een slachtoffer van de liefde.

'Nee, ik houd niet meer van je.' En klaar ben je! De restjes van een rijke, rijke dis. Goed voor de hond. Hap, slok en weg.

Is het zo, dat alle mannen en vrouwen liefde voelen voor ze doodgaan? Deze kracht, deze bron van licht, die schuilgaat achter de zon. Licht dat over bergen en meren scheert, en je plotseling kan treffen, op een zondagmiddag, met een glinstering door het raam van een kunstgalerie, verblindend en verbijsterend en zo schitterend dat je je ziel moet beschutten, en je armen over je borst vouwen om je hart tegen de herinnering te beschermen.

Ik zat naast Dandy. De stewardess gespte mijn veiligheidsriem vast. Ze was gekleed in rood, wit en blauw, en kwaad op me, omdat ik niet genoeg respect had getoond voor de eerste vlucht van de Concorde en iedereen had opgehouden. Ze ging op haar eigen plaats zitten. We taxieden over de startbaan – zo'n licht vliegtuig hoort te taxiën, vind ik – en de angst werd om te snijden toen wij, arme stakkers op een kluitje, met onze nertsmantels en massief gouden dasspelden, beseften hoe nietig en kwetsbaar we waren. Te laat, te laat! O God, vergeef ons! Zonder ontzag voor onze schepper slingerden we onszelf de lucht in. We hadden toch vast en zeker, net als Icarus, onze kracht overschat en zouden vlamvatten en als brandende snippers door de lucht worden geblazen en oplossen in het staalblauwe niets? En niet beter verdienen.

Dandy keek uit het raam. Ik keek naar de lijn van zijn hoofd tot zijn schouder, de spieren onder de huid, en mijn hart draaide zich om van verlangen. Was het alleen om aan het gevoel van paniek te ontsnappen, dr. Gregory? Worden mensen daarom maar verliefd, op supersonische vluchten? Nee, ik denk van niet. Toen de straalmotoren van het Qantas-toestel een zeemeeuw opslokten, ben ik in bed beland, maar niet verliefd geworden. Ik was sindsdien in bedden blijven belanden. Op het moment dat ik zag hoe de spieren zich onder Dandy's gouden huid bewogen, wist ik dat dat afgelopen was, dat als ik bleef leven, alle dingen anders zouden zijn.

Dandy draaide zich om en keek me aan. Het was net of hij me verwacht had. Hij glimlachte niet tegen me, en ik glimlachte niet tegen hem. Ik geloof dat hij zelfs een beetje fronsend keek. Het was een wonderlijke situatie. De kracht waarmee we hemelwaarts suisden, gaf voldoende aanleiding om elkaar aan te staren, gewoon ter geruststelling, voor de simpele erkenning dat er echt iets verbijsterends gaande was. Maar wij keken elkaar aan als man en vrouw, als geliefden. Zijn ogen waren bruin. De mijne, zoals u misschien wel opgevallen is, zijn blauw. Was het u wel opgevallen?

Als je eenmaal liefde gevoeld hebt, ga je de mensen anders bekijken. Je voelt geen wedijver meer. Je gelooft niet langer dat er iemand, of niemand van je gaat houden omdat je make-up wel of niet goed zit. Het kan je niet schelen dat je kleine borsten of vet haar hebt. Je geeft niet af op andere vrouwen. Je zegt niet meer waarom gaat die niet eens op dieet, of die zich wat vaker wassen. Je weet dat al die dingen bijzaak zijn, dat de liefde toch wel toeslaat, en dat sommige vrouwen gewoon geluk in de liefde hebben, en sommige niet.

Gelukkig in het spel, ongelukkig in de liefde.

We speelden een spelletje kaart, Dandy en ik, met een speciaal pak dat door de rood, wit, blauwe stewardess werd verstrekt. Ze bleef ons maar kleine presentjes toestoppen, van echt leer of echt perkament of echt goud, en het eten werd geserveerd op echt houten dienbladen met echt zilveren bestek. En het was nog echte biefstuk ook, en echte Bordeaux, en we schoten met een krankzinnige vaart door de lucht, en de aarde boog zich onder ons weg. O, we waren zo echt als wat. Ik won het spel. Hij verloor.

Liefde! Dandy nam mijn hand. Hij wist dat ik het zou toelaten, dat ik niet zou terugtrekken. Hij hield mijn hand vast of hij hem wilde bestuderen, en ik kende zijn aanraking al, en ik verzeker u dat als we ons niet daar hadden bevonden, vastgesnoerd in onze stoelen, terwijl de straalmotoren op volle kracht werkten en de machmeter in de cockpit omhoogkroop, dan hadden we elkaar in de armen gesloten en elkaar ter plekke en terstond liefgehad, simpelweg om te ontdekken of de huid van binnen net zo was als de huid van buiten. Want het ongelooflijkste was duidelijk gebeurd. Het toeval had gewild – of nee, iemand die liefheeft, gelooft niet in het toeval, maar in het lot – het lot had het zo beschikt dat de man en de vrouw die oorspronkelijk een geheel hadden gevormd, en toen door een vertoornde God waren verdeeld en gescheiden, elkaar weer getroffen hadden, en nu opnieuw hun gerechte en rechtmatige geheel moesten vormen. En wel onmiddellijk!

Geliefden hebben het gevoel dat God zich, met hun hereniging, naar behoren voor hun aanvankelijke scheiding heeft verontschuldigd.

Ik neem aan dat we hebben zitten praten. Natuurlijk hebben we zitten praten. Ik wist wie hij was. Ik wilde alles van hem weten. Hij wilde niet zoveel van mij weten. Een vrouw die verliefd is, wil zich het verleden van haar partner toeëigenen, om hem beter te beschermen tegen de onmiskenbare, doffe ellende van zijn leven zonder haar. Een man die verliefd is, heeft liever dat het leven van zijn partner begint op de dag dat hij haar ontmoet. Zo is tenminste mijn ervaring.

Vergis u niet, allerlei mannen hebben gezegd dat ze van me hielden, maar meenden het niet. In het vuur van de opwinding is zoiets natuurlijk gauw gezegd, gauw vergeven en gauw vergeten. Of het wordt maar al te vaak als offensief gebruikt. Het dwingt dankbaarheid af. Goh! Jij, geweldenaar, houdt van mij, nul? O, dank je. Ja, ik houd ook van jou. Schenk jezelf nog eens in. Wanneer een man zegt dat hij van me houdt, weet ik dat ik geacht word te sidderen van ontzag voor de uitwerking van zijn ego op het mijne, maar liefde komt er meestal niet aan te pas. Hij heeft ook eens een boek gelezen, of een droom gedroomd, waarin ik voorkwam, en heeft een woord gevonden, het verkeerde, om het verlangen te beschrijven dat het ik, pijnlijk genoeg, voelt, wanneer het zich zwak en kleintjes aan een ander hecht. Maakt niet uit wie. Dat is niet wat ik onder liefde versta. Dr. Gregory, u zit met uw potlood te tikken, u maakt aantekeningen. Betekent dit dat ik gek ben? Betekent dat dat ik geen geschikte moeder voor Jason ben? Omdat ik liefhad, liefde kende, het ooit in me had om lief te hebben? Gelooft u me, dat is allemaal verleden tijd.

Kinderen van geliefden hebben geen ouders? Weet ik. Mijn zoon is een wees. Arme Jason.

Het spijt me dat ik huil. Geduld.

Dandy en ik stapten uit het vliegtuig. Het toestel streek neer als een grote roofvogel. Met een sierlijke landing kwam het aan de grond. Het had dikke wolken van geluid om zich heen verspreid en een ontzaglijke hoeveelheid zwarte rook uitgebraakt, waar anderen maar voor moesten zorgen, net als een mooi, verdorven, eigengereid meisje dat uit haar onwelriekende slipje stapt en het voor de meid laat liggen.

Er verzamelde zich een menigte mensen rond het vliegtuig. Er werden foto's genomen, toespraken gehouden. Voor het oog van de wereld hield Dandy mijn hand onder zijn arm geklemd.

Dandy en ik zagen een roodaangelopen Amerikaan van het vriendelijke, welvarende, plooibare soort, met een lach op zijn gezicht op ons afkomen. Ik zou zweren dat hij een bijbel onder zijn arm klemde, maar volgens Dandy was dat alleen een paranormaal visioen, opgeroepen door de Concorde, angst en verliefdheid. Het was Harry McSwain, een politicus met wie hij bevriend was, en hoewel deze McSwain heilig geloofde in de bijbel als poëzie, en er herhaaldelijk uit citeerde, droeg hij niet daadwerkelijk een exemplaar met zich mee.

Dandy lachte terug en met die lach nog op zijn gezicht kneep hij er als een kwajongen tussenuit en rende, mij achter zich aan sleurend, dwars door alle barrières die van staatswege het vrij en onbekommerd reizen in de weg staan. En de barrières bestonden niet meer. Nou goed, hij werd herkend. Ze gebaarden mij om, met hem, door te lopen. Die arme Harry McSwain lachte zo'n beetje, deed nog een poging om de grap ervan in te zien, wat niet lukte, waarna hij de achtervolging maar inzette, wat al evenmin lukte.

We namen een taxi naar een groot hotel. Ook daar kenden ze hem. Ik bleef wachten bij de met goud versierde elektronische deuren. Het personeel in de hal mat me van hoofd tot voeten. Het kon me niet schelen. Ik had in geen dagen of nachten mijn haar gekamd – ik had geen kam. Ik droeg, geloof ik, een spijkerbroek en een T-shirt. Of nee, ik weet wel zeker dat ik die aan had. Ik bewaar dat T-shirt nog altijd, achterin mijn klerenkast, verfrommeld tot een miezerig, grauw hoopje. Wanneer ik sterf, zal iemand het wel weggooien en zich afvragen wat dat lor daar doet, wat ik wel niet voor een sloerie was.

Dandy wenkte me. We namen de lift naar kamer achthonderdelf. Het was een suite: zitkamers grensden aan slaapkamers met aangrenzende badkamers. Alles was uitgevoerd in roze en goud, vacht en fluweel. Door de ramen kon je in de diepte het Witte Huis en in de verte Capitol Hill zien. De zon scheen, de hemel vertoonde een netwerk van blauw achter het glas. Dandy en ik hadden de hemel opengebroken, doorboord, uiteengereten en veroverd. Net als Lois Lane en Superman waren we op de klank van hemelse akkoorden door het heelal omhoog gevlogen, en hadden we gedanst op de muziek van de tijd.

We lagen samen op het bed. Hij had de gordijnen dichtgetrokken, omdat het licht pijn aan de ogen deed.
'We hoeven dit niet te doen,' zei hij. 'Het is niet nodig. Volgende week, volgende maand is ook goed.'
'Liever nu,' zei ik, en zijn tanden beten in mijn tepels, en ik schreeuwde het uit, niet van pijn, of van vreugde, maar van liefde, voor hem.

Het is vreemd en beangstigend om een voorwerp van aanbidding te zijn, om als de Ark zelf beschouwd te worden, de schrijn waarin alle kracht en alle heerlijkheid besloten is, de bron van liefde en leven. Ik stond daar, naakt, en de senator uit Maryland boog voor me en aanbad me, en drong in me binnen met oneindige ernst en eerbied, en hij delfde, ploegde, plunderde en verkende me toen, alsof hij via mij God zelf kon bezitten en Zijn koninkrijk tot in de verste uithoeken kon doorzoeken en doorgronden, terwijl hij alles wat op zijn weg kwam, omverwierp en omwerkte. Hij was een zegevierende Lucifer, die de bezittingen van zijn overwonnen Heer ontdekt, waarmee hij nog meer macht over Hem krijgt. In hem was geweld, overtuiging, macht en de belofte van eeuwigdurende vrede.

En ik, ik was niet langer het berekenende sletje uit de bush-bush, maar werd met majesteit en goddelijk eerbetoon omgeven en opgeheven tot de troon der genade. En al het lichamelijke en geestelijke goed, alle wereldlijke en tijdelijke macht was van mij, van ons.

Koningen worden meestal niet zo gauw van hun troon gestoten. Dezelfde strenge, wijze ogen zien generaties getrouwen aan zich voorbijtrekken. Het gezicht van de koningin verandert veel vaker, zowel in het koninkrijk der hemelen als hier op aarde. Voor een koningin houdt het gewoon een keer op. Sla haar hoofd eraf!

Maar zover was het nog niet. In de tussentijd nam mijn wezen, als door osmose, iets in zich op van de waardigheid en macht waarover mijn Dandy, hun Dandridge Ivel, beschikte, van nature al, door een gelukkige combinatie van genen, en als gevolg van de hooggespannen verwachtingen die Amerika van haar senator had en die hem, werkelijk waar, toen al boven het niveau van gewone stervelingen uittilden. Ik leerde van Dandy dat het lichaam evengoed als de ziel gratie kent en een eigen mystiek heeft. Dat zelfs wanneer bij seksuele vernederingen een lichaam zich op de weerzinwekkende prikkel van perverse lusten in bochten wringt, dit loutering is. De herinneringen aan de mannen die voor hem in me waren geweest en de obscure sporen die ze hadden achtergelaten, werden door Dandy uitgewist en hij maakte me tot wat ik nu ben: geen verlopen, door ervaring weggeteerd lijf, maar een lichaam dat bij alles wat er met me gebeurt aan kracht wint en energie opdoet. Mijn moeder alleen kon me niet compleet maken, dat heeft Dandy gedaan.

Dit alles dank ik aan Dandy. Ik leerde dat wanneer de man het lichaam van de vrouw binnengaat, dit een sacrament is, een geschenk, een concentratie van alles wat goed, hooggestemd en groots is in de man, en dat het zo ook hoort, dat de man alles geeft en de vrouw alles ontvangt.

Ik leerde dat sex geen kwestie was van overwinning of nederlaag, genot of gewin. Een hand die manipuleert en een lichaam dat reageert. Ik leerde dat sex die echt goed is aan geen van beiden die haar bedrijven, toebehoort, net zoals een kind aan geen van zijn ouders toebehoort. Het behoort aan niemand, het is er gewoon.

Zo was het dus. Dandy boog in aanbidding en ik nam gedienstig een goddelijke gestalte aan. Voor McSwain, Pete en Joe was het natuurlijk zonneklaar dat ik een valse god was: een afgodsbeeld, een slechte versie van een origineel. Maar een tijd lang geloofden wij twee, Dandy en ikzelf, in mijn goddelijkheid, dat ik werkelijk iets verhevens in menselijke gedaante was.

Hoe kunnen andere dingen de vergelijking hiermee doorstaan? Twintig dagen van dit wegen op tegen twintig jaren van het resterende leven dat erop volgt. Ik heb geen idee hoe zo'n bezetenheid in een normaal levenspatroon overgaat, en of dat überhaupt wel gebeurt. Het is als het spoor achter een vliegtuig, hoog in de lucht, de dunne, doelbewuste streep, die naarmate hij verder van zijn oorsprong af raakt, breder en breder wordt, tot er uiteindelijk niets meer van over is. Ik geloof niet dat ik in de volle intensiteit en hevigheid van de liefde zou kunnen leven. De moed daarvoor zou me ontbreken. Dan maar liever een leven met Homer.

Het was een soort van zweterige ziekte. Het was wederzijdse waanzin te denken dat de ogen het innerlijk weerspiegelden, dat er uit naam van iets verhevens omstrengeld moest worden, en dat het gedein en gerag en geslobber van het lichaam een uiting was van de goddelijkheid waarmee alle dingen – de zeeën, de bergen, de hemelen – doortrokken zijn. Misschien had hij toch gelijk en hadden we alleen elkaars hand moeten vasthouden.

Gelooft u me, op het laatst hoefde hij alleen mijn pink maar aan te raken en mijn hele lichaam schokte, niet alleen van verlangen, maar van bevrediging al.

Er waren natuurlijk wel de nodige problemen en moeilijkheden.

Buiten onze suite ijsbeerde Harry McSwain de gangen op en neer, tot Joe en Pete arriveerden en hem binnenlieten. Ze installeerden zich in de felst roze zitkamer en doodden daar de tijd met kaartspelen en roken. Ik dacht, nou ja, Dandy is Amerikaan, ik ken 's lands wijs gewoon niet zo goed. En hij is politicus, dat zal ook wel verschil maken. Van tijd tot tijd moest hij weg om een toespraak te houden, of zijn stem uit te brengen.

Ik vond Dandy heel erg pienter. Ik vond hem ook eerlijk. Het verbaasde me. Ik was per slot journaliste en journalisten hebben over het algemeen niet zo'n hoge dunk van politici. Niet omdat ze meer dan andere mensen in de gelegenheid zijn om politici van dichtbij mee te maken, maar omdat journalisten, net als politici, de wereld en het wereldleed gebruiken om er zelf beter van te worden. Ze hebben meestal weinig begrip voor idealisme, of menslievendheid, of het welgemeende verlangen om de gemeenschap te dienen. De hunkering gewoon om aan een betere wereld te werken. Als ze het bestaan van dergelijke gevoelens vermoeden, gaat het mes erin tot op het klokhuis, en wroeten en wrikken ze net zo lang in het blanke vruchtvlees tot de worm is gevonden.

Ik geloof dat ik Dandy in verwarring bracht. Ik gedroeg me niet als het soort meisjes waaraan hij gewend was. Ik was geen del en geen dame. Ik wilde niets hebben – geen geld, of bont, of beginselverklaringen. Ik klaagde niet. Ik was een vreemdelinge. Ik was niet iets bekends, alleen een vrouwenlichaam en ziel, en het deed hem pijn als ik niet bij hem was, net als ik bezwijmde en bezweek als hij niet bij mij was.

Maar ik kon daar niet eeuwig blijven, of wel soms?'

13

Pete had haar antecedenten nagetrokken. Het was het paard achter de wagen spannen, maar altijd beter dan niets doen en te moeten aanhoren hoe Dandy in de kamer ernaast het kruit van het IFPC lag te verschieten.

Hij was zelf bijna doorlopend half en half opgewonden en durfde Joe niet in de ogen te kijken. Ze petsten de kaarten op tafel en probeerden de hele episode in een breder verband te zien.

Harry McSwain, die in het Evans-gebouw zat, las ze fragmenten uit het Hooglied voor en leek zich niet echt druk te maken. Joe probeerde de situatie uit te leggen.
  'De moeder is okee. Die woont ergens in een zandbak in West-Australië, met een stelletje schurftige paarden. Maar met die vader kon het wel eens helemaal fout zitten. Dat zijn we nu verder aan het uitzoeken. Het meisje zelf is een onbeduidend journalistje bij een of ander flutkrantje. Maar ze heeft gehokt met Gerry Grimble. Een zuiplap, oud genoeg om haar vader te zijn. Hij heeft ooit nog wel eens een tijdje aan de weg getimmerd. Allerlei contacten met linkse radicalen, en geen kleine jongens ook. Dit bevalt me helemaal niet, als ik het zo zeggen mag. Ik houd, eerlijk gezegd, zelfs rekening met de mogelijkheid dat ze een agente van buitenaf is.'

'Tot de avondwind waait en de schaduwen vlieden,' zei Harry McSwain, 'wil ik naar de mirreberg gaan, naar de wierrookheuvel.'

'Paranoia,' zei Dandy kwaad, nadat ze hem ingelicht hadden. Zijn ogen stonden troebel van sex en slaapgebrek. 'Jullie kerels hebben gewoon niet genoeg te doen. Als jullie dat nou eens thuis op je vrouw gingen afreageren? En maak intussen dat je wegkomt hier!'

Agentes van buitenlandse supermogendheden liepen niet rond zonder kam, merkte Dandy op, of met ongelakte teennagels. Pete en Joe waren zo beleefd om niet te zeggen dat ze dat waarschijnlijk juist wel deden, als ze Dandy's smaak kenden.

Harry McSwain, aangestoken door zoveel erotische en romantische bedrijvigheid, was van de bijbel afgestapt en had zijn heil bij de dichter Tennyson gezocht. Hij citeerde uit 'Maud'.

'En ach laat er een man ontstaan in mij,
Dat de man die ik ben niet meer zij!

Met verlof, maar de vader heeft gehokt met een Maleis meisje! Een man die lang geleden, tijdens de Tweede Wereldoorlog met het communisme sympathiseerde en politiek actief was. Hij woont nu in Saigon, met verlof.

Zoals zij is er geen,
Nog niet wanneer onze zomers verscheiden zijn,'

kraaide Harry McSwain.

Zoals zovele politici was hij een geflopt schrijver. Als jongeman had hij vijf jaar van zijn carrière uitgetrokken om een gooi naar het dichtersschap te doen, en was een flop geworden. Hij had de afkeuring van zijn ouders en de maatschappij getrotseerd en vernederingen moeten verduren. Ze hadden gelijk gehad. Hij was een man van de daad, niet van het woord. Nu, in deze moeilijke tijden, waarin belangrijke dingen te gebeuren stonden, en hij onder de druk van de verantwoordelijkheid wel eens de moed verloor, las hij de bijbel, of Tennyson, en vond rust en houvast in de schoonheid van de taal, en grote vreugde in Victoriaans sentiment.

De zon ging onder boven de Potomac. Een brede laan liep dwars door het gazon en voerde naar de begraafplaats van de Kennedy's, waar gelovige en rouwende zielen nog altijd bijeen kwamen, het levende hoofd onder de zwarte sluier bogen, rozenkransen door hun vingers lieten glijden en zachtjes schuifelden, onder het prevelen van een stil gebed om vergeving, zegen en vrede. McSwain wilde dat Tennyson dit had meegemaakt.

'Gelooft u ons,' zeiden Pete en Joe, 'dit mag zo niet doorgaan. Ze kan wel alles aan het aftappen en opnemen zijn.'

    'Rozenkoningin der pas ontlook'nen,' zei Harry McSwain,
    'Kom hier, het dansen is voorbij,
    Met satijnschitter en parelglinster
    Lelie en roos in één ben jij;
    Beschijn, mooi kopje, door krullen omstraald,
    De bloemen, wees hun zon daarbij.'

'Met verlof,' zeiden Pete en Joe, 'u heeft haar toch gezien. Zo is ze niet, mooie kopjes en krullendinges!'
    'Dandy denkt van wel' zei Harry McSwain.
    'Met alle respect,' zeiden Pete en Joe, 'kunt u zich haar in het Witte Huis voorstellen? Als First Lady?'
    'Wie heeft het hier over trouwen?, vroeg Harry.
    'Dandy,' zei Pete.
    'Laat dat maar aan mij over,' zei Harry, en legde zijn boek neer.

14

'De overgang uit die genadestaat – van liefde naar het ontbreken van liefde, van vertrouwen naar angst – ging snel. Zodra de twijfel eenmaal is binnengeslopen, dr. Gregory, is het hele bolwerk van geloof in jezelf zo weggespoeld. Wat je voor een prachtig, solide kasteel hield, met torentjes en vlaggen en trompetten, en een uitzicht over het landschap zover als het oog reikt, blijkt opeens van zand te zijn, een bouwsel op het strand, een kinderfantasie. Alleen gemaakt om te kijken hoelang het duurt voor het vernietigd is. Zodra de eerste golf de slotgracht bereikt en om het kasteel heen kabbelt, duurt het niet lang meer. Nog even en het strand is weer vlak en het aflopend tij spoelt over glad zand. Toch heeft het er ooit, in alle glorie, gestaan, dr. Gregory. Ik kan niet geloven, dat het strand niet toch op de een of andere manier veranderd is. Ik wil het niet geloven.

Waarom hield hij opeens niet meer van me? Kunt u me dat vertellen? Ik snap beter waarom mensen verliefd worden, dan waarom hun verliefdheid overgaat. De gekte is begrijpelijker dan het gezonde verstand. Komt het doordat verstandige overwegingen een rol gaan spelen en de behoefte ontstaat om datgene te verdienen, te doen en te zijn wat vrienden en verwanten je inblazen, of komt het gewoon doordat lichaam, ziel en geest niet lang bestand zijn tegen zo'n oververhitting, zo'n samensmelting, zo'n eenwording, en zich in de bekende afzonderlijke delen moeten opsplitsen, om weer hanteerbaar te worden?

Ik heb een keer LSD gebruikt. Ik kreeg een visioen van het universum en ik maakte er deel vanuit, ten goede of ten kwade en meestal ten kwade, maar gelooft u me, het was niets vergeleken bij verliefd zijn. Over moraliteit hoefde ik me geen zorgen te maken,

Ik was niet aan de pil, dr. Gregory. Ik had ook geen spiraaltje. Ik bezat wel een pessarium, maar had dat in Edinburgh laten liggen, op een vies richeltje in de badkamer van een nogal beroerd hotel. Ik had toch altijd al iets tegen dat ding gehad. Ik geloof niet dat het ooit bij Joe en Pete is opgekomen, dat ik, zoals dat heet, onbeschermd was. Meisjes als ik, slechte meisjes dus, wisten volgens de twee heren wel het een en ander.

Nu was ik of niet zo slecht als zij dachten, of ik verkoos te vergeten wat ik wist. Dat laatste is het dichtst bij de waarheid. Ik verlangde, met heel mijn hart, naar een kind van Dandy. Ik wilde hier op aarde het groeiende, denkende, bewuste bewijs van vlees en bloed hebben, dat onze liefde bestond. Ik wilde de belichaming van een onbelichaamde waarheid. Want dat is wat een kind hoort te zijn en zo zelden is: het produkt van man en vrouw, van tegengestelde naturen, die, al is het maar even, één worden door de wonderlijke, wervelende, verstrengelende dans van liefde en lust, en Gods bestuur daarin. Het is niet alleen maar het afsplitsingsprodukt van een broedse vrouw, die iets wil hebben om een lege plek in de kamer op te vullen en haar bestaan zin te geven, iets dat zoveel mogelijk op haarzelf lijkt, handelbaar en volgzaam en gedwee – het gaat om iets dat nieuw en onstuimig en anders is, in staat om de hele wereld een stukje verder te duwen.

Ik hield van Dandy, met andere woorden, en ik wilde een kind van hem.

Ik was bereid om alles, alles wat ik had, voor de liefde op te geven. Ik had natuurlijk alleen mijn verleden en mijn toekomst. Ik had geen bezittingen en geen echte positie in de wereld. Ik verwachtte, ik ging er vanuit, dat Dandy hetzelfde zou doen. Dat de verstrengeling van onze ledematen zoveel toverkracht bezat, dat ook hij alles op zou geven.

Volgens mij had Jezus dat idee ook, toen hij tegen Zijn discipelen zei: laat alles wat je bezit achter en volg me. En ze volgden hem ook, met achterlating van een paar visnetten en een vrouw of twee, zonder twijfel. Petrus is hem zeker gevolgd, en op die rots is Zijn kerk gebouwd, met alle rijkdom en wereldlijke macht, verguldsel, ontucht en corruptie, dikke vette paters en lange, schrale inquisiteurs. Hoe groter onze hoop, hoe meer we naar gelukzaligheid streven, des te ellendiger en dieper onze val.

Maak ik er misschien meer van dan er was, tussen Dandy en mij? Misschien hadden de moeders van mijn vriendinnen dan toch gelijk. 'Als een man je eenmaal heeft gehad,' zeiden ze altijd, 'als hij eenmaal heeft wat hij wil, heeft hij geen respect meer voor je. Denk maar niet dat hij met je trouwt, want dat zal hij wel uit zijn hoofd laten.'

Die wijsheid stamde nog uit de tijd dat meisjes maagd bleven tot ze trouwden en hun leven niet verspilden met onpraktische seksuele hunkeringen, en ze mannen bewonderden en kinderen van hen wilden als bewijs van liefde. Het was de tijd, dat mannen vrouwen ook echt kinderen schonken, en zich niet alleen maar hun sperma lieten afjatten. Toen hadden mannen ook echt minachting voor meisjes die met ze sliepen, die hun driften niet konden beteugelen. Misschien behoorde Dandy nog tot die tijd en hechtte hij geloof aan die traditionele wijsheid. Meisjes zoals ik waren om mee te slapen, een tijdje mee te hokken, maar zeker niet om mee te trouwen, laat staan dat je je gedachten met ze deelde. En wanneer de begeerte verflauwde – bij mannen lijkt de begeerte altijd meer aan verflauwing onderhevig dan bij vrouwen – nou, dan werd het eens tijd om op te stappen en een fatsoenlijke, flirtzieke, onnozele maagd mee uit eten te nemen. Ze hoefde natuurlijk enkel naar de geest maagd te zijn. Alleen een bezetene zou in deze tijd met alle geweld een echte willen.

Als dat waar is, dr. Gregory, dan haat ik Dandy Ivel, omwille van miljoenen en miljoenen gekwetste en afgedankte meisjes.

Hij nam me niet mee op familiebezoek, ik ging niet met zijn vrienden om, hij vertoonde zich niet in het openbaar met me – alleen heel af en toe, met Pete en Joe fluisterend en woedend aan het tafeltje ernaast – om biefstuk met asperges te eten, beneden in het restaurant van het hotel. Ik dacht dat hij me helemaal voor zichzelf wilde houden. Ik dacht dat hij de wereld buiten wilde sluiten, niet dat hij mij binnen wilde houden. Een maatregel uit liefde, dacht ik, niet uit gebrek daaraan.

Hij hield van me. Dat weet ik zeker. Het wás in het begin ook een maatregel uit liefde. Later pas, toen Pete en Joe en zijn politieke vriendjes hem onder handen hadden genomen, werd het een nuttige en tactische maatregel, om me binnen te houden.

Mannen houden er echt van om vrouwen binnen te houden. In miljoenen miljoenen huisjes in de buitenwijken worden er nog altijd vrouwen binnengehouden, met liefde, loyaliteit en loodvetervitrage. Zo'n vreselijk lot is dat niet. Ieder lot is vreselijk.

In de slaapkamer zwoegden en zweetten en kreunden Dandy en ik nog steeds, en beklommen we onze berg van liefde waarvan de hoogste piek, wisten we, schitterde in de weerschijn van Gods heerlijkheid. In de kamer ernaast zaten Pete en Joe het financiële nieuws en de politieke roddel te lezen en kaart te spelen en sigaretten te roken, en zich met elkaar te meten in uithoudingsspelletjes – ze vonden het enig om te kijken wie het langst zijn vinger in de vlam van een aansteker kon houden – en mineraalwater te drinken. Hun ogen waren bloeddoorlopen van de rook. Hun vingers zaten onder de littekens. Ze waren de padden in mijn Hof van Eden, waar ik dacht voor altijd te kunnen blijven.

Ik wist niet dat ze van plan waren om Dandy president te maken. Ik geloof ook niet dat Dandy het zelf wist. Volgens mij was het toen hij en ik onze affaire hadden, dat ze het hem hebben verteld. Ik denk dat hij daarom zo plotseling veranderde. Neem dit alles, zeiden ze. Kijk naar beneden vanaf de berg Gethsemane en regeer de hele wereld, alles wat je van de aarde en de hemel kunt zien. Maar je kunt natuurlijk niet ook nog eens háár erbij hebben. En dus legde de liefde het af, omdat ze het moment zo goed gekozen hadden. De pijn om het verlies werd volledig overspoeld en weggevaagd door deze nieuwe, belangrijkere bezieling. Een week eerder, voor de erotische obsessie was gaan tanen, een week later, wanneer we ons zo langzamerhand normaal en fatsoenlijk genoeg hadden gevoeld om samen de buitenwereld onder ogen te komen, en ik geloof dat Dandy voor mij, en niet voor Amerika had gekozen.

Ik weet dat mannen sinds mensenheugenis al voor de oorlog kiezen en vrouw, huis en gezin achterlaten. Maar dan nog geloof ik, dat ik het bijna gewonnen had, dat het niets heeft gescheeld of Dandy had omwille van mij met plezier de wereld opgegeven. Tijd, noodlot en fortuin, toeval en intrige, alles zou moeten samenspannen, wilden wij nog uit elkaar gehaald worden. Maar dat gebeurde dan ook.

Dandy knielde niet langer in aanbidding voor me neer. Hij knielde voor me en raakte opgewonden, vervuld van het verlangen om me te bezitten en tegelijk ook af te danken, als bewijs dat het bezit onbelangrijk en waardeloos was, en dat zijn gevoelens voor mij hun langste tijd hadden gehad.

Hij keek door me en over me heen en zag een voorland van werkelijke macht. Hij beschouwde mij niet meer als de belichaming van zijn koninkrijk. De wereld bleek groter te zijn dan hij besef had. Ik zat wel op de troon, maar ik was geen echte, geen geboren koningin. Ik had me mijn positie onrechtmatig toegeëigend. Met vrouwelijke listen had ik hem in mijn netten verstrikt. Nu werd het tijd dat ik hiervoor ging boeten. Er moest een andere koningin op de troon komen.

'Ik houd van je,' zei hij, 'ik aanbid je,' maar de woorden klonken hol. Hij deed geen van beide. In plaats daarvan dwong en wrong hij me in bochten op het bed, groef hier zijn tanden in, kneep daar met zijn vingers, tot ik het uitschreeuwde in een mengeling van pijn en genot, en hij dit tegen me kon gebruiken.

'Mal mokkeltje,' zei hij, en al waren die woorden in scherts gezegd, ze kwetsten me diep. Hij distantieerde zich van me. De manier waarop hij sex beleefde, was anders dan mijn manier. We waren geen gelijken meer. Hij werd president, ik had alleen bestaan bij gratie van zijn verbeeldingskracht. Het leuke, bijdehante, langbenige, spraakzame meisje dat hij zo effectief en overtuigend het zwijgen kon opleggen. Het droombeeld begon nu te vervagen. Ik was niet de bron van liefde, ik was een van de honderd meisjes waar hij maar uit te kiezen had. Bokalen van vlees om te worden gescheiden, gespiesd en bedwongen.

Hij knielde voor me en verachtte me, en verachtte zichzelf, omdat hij, ondanks zichzelf, zijn hand uitstak om te strelen, alsof het lichaam, onafhankelijk van het verstand, een eigen loyaliteit, vriendelijkheid en geheugen bezat. Maar hij wilde nu alleen nog maar verstand, macht, kracht en voortvarendheid zijn. Nu hij het voor het kiezen had, beschouwde hij vrouwen als beloning voor de krijger, niet als de bron van zijn kracht. Soldaten hebben een bepaalde manier van verkrachten: ze trekken een vrouw haar rokken over het hoofd en binden die daar vast. Zo is ze zonder gezicht, zonder verstand, alleen een lichaam, zonder identiteit. Niemands vrouw, niemands zuster, niemands moeder of dochter, en vooral niet zichzelf. Dat zou, zelfs in vredestijd, te veel gevraagd zijn! Ze is iedereen en van iedereen, en als ze voor haar in de rij staan, des te beter.

'Ik houd van je,' zei Dandy, met zijn hoofd bij het presidentschap, 'ik aanbid je!' en ik voelde me precies zo'n vrouw, zonder gezicht en zonder ogen en in de wetenschap dat mijn man, mijn broer, mijn zoon ergens anders in een andere rij staat; dat mannen net zo beleefd en aardig tegen vrouwen zijn als ze zich permitteren kunnen, maar verder ook niet.

En hoewel Dandy genoeg van mij kreeg, heb ik geen genoeg van hem gekregen. Niets waardevols voor niets, houd ik mezelf voor. Alles heeft zijn prijs, en die prijs betaalde ik.

Dandy ziet er helemaal niet goed uit, dr. Gregory. Als ik zijn gezicht op de televisie zie, en ik in zijn ogen kijk, lees ik daarin ziekte en verdriet.

Nee, natuurlijk kun je iemand op de televisie niet in de ogen kijken. De camera's nemen om te beginnen al een vertekend beeld, dat wordt omgezet in onzichtbare golven en oplost in het niets, tot het uit de lucht gegrepen wordt en brutaalweg als het origineel aangeboden, als een valse cheque bij een onbeschofte bank. Wat ik te zien krijg, kan alleen een vage afspiegeling van de man zelf zijn, maar ik zie genoeg.

Ja, dat zal best dat ik alleen zie wat ik wil zien. Een deel van me wil dat hij sterft, verschrompelt en vergaat, als een uitgedroogde langpootmug in een stoffig hoekje. Ik wil dat het eerder met hem gedaan is dan met mij.

15 —————

Pas gaandeweg begon ik te beseffen, dat het besloten wereldje dat Dandy en ik voor onze liefde geschapen hadden, een echo in de harde werkelijkheid had. Ik was gewoon echt een gevangene, en toen Dandy's enthousiasme verflauwde, begon ik bang te worden.

Beneden in de diepte reed het verkeer over de straatweg. De koepel van het Capitool was een blinkende bespotting van het oude Rome. Grote gouden adelaars zaten neergestreken op koperen roesten en krijsten honend. Voor het Witte Huis hing de Amerikaanse vlag in fel gekleurde plooien. De Potomac glinsterde en schuimde de stad uit, op weg naar het oosten en verre zeeën, en een onvoorstelbaar verafgelegen thuis.

Ik was ook mensenschuw geworden. Misschien had ik, door in bed zo onverschrokken te zijn, al mijn moed volledig gebruikt. Ik hoefde het hotel niet uit, ik kende niemand in Washington. Ik had mijn verslag over de Concorde doorgegeven, maar de *Star* had het, zonder mijn naam erbij te zetten, in zo'n bewerkte en herschreven vorm afgedrukt, dat toen Dandy me het bewuste artikel liet lezen, ik eerst niet eens merkte dat het van mij was.

Ik had Corin, de redacteur voor speciale artikelen, opgebeld en gezegd dat hij voorlopig niets van me zou horen. Ik was naar het zuiden afgereisd voor een reportage over een opleving van de Ku Klux Klan. Dat was toen de buitenlijn het nog deed. Toen ik er een week was, ging er iets mis met het apparaat. Het nam alleen nog binnenkomende gesprekken aan. Van tijd tot tijd kwamen technici het toestel repareren, maar die leken de zaak er alleen maar erger op te maken.

Aangezien ik niemand had om op te bellen, maakte dit defect voor mij geen verschil. De mensen van Dandy's bureau konden nog gewoon contact met hem opnemen, wat ze steeds vaker gingen doen. Hij gaf ook steeds vaker aan hun verzoeken gehoor en bleef dan een uurtje weg, of een avond en, na een tijdje, zelfs de hele nacht. De Senaat zelf, ontdekte ik, was op reces. Dandy had nu zomervakantie. Ik kon de huistelefoon gebruiken voor roomservice, de schoonheidssalon, het zwembad. Ik had geen geld, maar kon bij de boetiekjes en boekenstalletjes beneden in de hal alles op rekening kopen.

Mijn eigen kleren waren als vodden uit de was gekomen. Dus nu droeg ik noodgedwongen wat er beneden te koop was. Echt zijden jurken en kasjmieren stola's, elegante schoentjes en een bende sieraden, bijna allemaal van goud. De dames van de schoonheidssalon hadden mijn haar geknipt en gekruld en een coupe soleil gegeven, mijn wimpers geverfd en mijn benen geharst.

Dandy vond het leuk als ik er, wat hij noemde, keurig gefatsoeneerd uitzag. Hij hield van het verschil tussen aangekleed en uitgekleed, onbedorven en bedorven, de koele volmaaktheid van de vrouw in de kleren en haar zweterige onvolmaaktheid als ze uit de kleren en in vervoering was, en ik moet zeggen dat ik er zelf ook veel aardigheid in had. Ik had, per slot, niets anders te doen dan me aan te kleden en uitgekleed te worden, me te wassen en weer ongewassen te worden. Wat was er tegen?

Er bestaat een bepaald type man dat het leuk vindt als een vrouw er slonzig bij loopt. Zo uit bed, alsof ze dat alleen per ongeluk eventjes heeft verlaten. Ze heeft dus ook echt geen tijd om haar haren te kammen of om de vermicelli van een inderhaast aangeschoten jurk te vegen, maar moet zo gauw mogelijk weer terug in bed. Dat is altijd wel zo'n beetje mijn stijl geweest, dr. Gregory, moet ik bekennen.

Maar het is me ook opgevallen, dat mannen ons eerst veranderen in de vrouw die ze denken te willen, en ons vervolgens niet meer moeten. Dandy werd verliefd op een energieke en eerzuchtige jonge vrouw met viezige vingernagels en binnen zes weken, simpelweg door te doen wat hij naar haar idee en volgens zijn eigen zeggen wilde, had ze zichzelf in een geparfumeerde odaliske veranderd en moest hij haar niet meer.

Of heb ik soms iets verkeerd gedaan? Keer op keer hoor ik dat mensen zeggen, als ze in tranen tussen de puinhopen van hun relatie, gezin of carrière zitten. Wat heb ik dan gedaan? Waar heb ik gefaald? Heb ik iets gezegd? Alsof door een enkel woord, een enkele daad, een enkel foutje alles in de vernieling kan gaan. Alsof we allemaal geloven, dat zolang we maar doen of we iemand anders zijn en we de waarheid verbijten, er een kans op geluk bestaat. Geen wonder dat we allemaal op onze tenen door het leven gaan. Wat heb ik verkeerd gedaan! Ik heb iets verkeerd gezegd! Kon ik het nog maar eens overdoen!

Natuurlijk, mijn gezicht is misvormd. Ik heb als kind een trap van een paard gekregen. Was het u niet opgevallen? Het lievelingspaard van mijn moeder. Zijn hoofd hangt opgezet en wel in mijn ouderlijk huis aan de muur. Dit is niet míjn mond, niet míjn kin, niet míjn neus.

Pete en Joe hadden altijd lange gesprekken over dood, verminking, verkrachting en vernietiging. Ik kon horen wat ze zeiden. Ze hebben me een keer, tegen hun zin, een rondleiding door Washington gegeven, op instructie van Dandy, maar ze hadden het zo druk met voor en achter zich kijken of er geen verkrachters of aanranders waren, dat ik absoluut niet van het uitstapje kon genieten. Dit soort paranoïde angsten werkten aanstekelijk. De straten maakten van toen af aan een onheilspellende indruk. Overal donkere hoeken waar mannen de gelegenheid hadden en grepen, als je ze maar even de kans gaf – meer hebben ze niet nodig – om je te bespringen, te belagen en te verkrachten.

Ik, die nooit voor iets of iemand bang was geweest, zag onbevreesdheid nu voornamelijk als een gebrek aan verbeeldingskracht.

Met het wegebben van Dandy's liefde, verdween ook mijn zelfrespect. Ik begon huilerig te worden, en te bidden en te smeken.
 Blijf bij me, ga niet weg, houd je niet meer van me? Wat heb ik gedaan? Heb ik dit verdiend? Hoe kun je zo gemeen zijn?

Ik zou deze periode liever vergeten. Joe en Pete kropen naderbij. Ik zag de rook van hun sigaretten onder de deur van mijn slaapkamer door naar binnen komen, voor die omhooggezogen en opgeslokt werd door de airconditioning.

Op een nacht dat ik behuild, slapeloos en alleen in bed lag, ging de deur open en kwamen ze binnen. Joe ging op de linkerkant van het bed zitten, Pete op de rechterkant. Ze hadden het zo vaak over verkrachting gehad, dat ik daar onvermijdelijk als eerste aan moest denken.

Dandy heeft zijn handen van me afgetrokken, dacht ik. Hij heeft me overgeleverd aan de bedienden, de honden. Ik ben de kruimels van zijn tafel. Ze komen hier rondsnuffelen en me van de grond oplikken. Hij zit nu al zolang voor hun hongerige neus zijn copieuze maaltijden naar binnen te werken. Ze zijn gulzig, nijdig en hongerig.

Ze hadden niet veel te zeggen. Joe zat links, Pete zat rechts. Het beddegoed hield me effectief op de plaats. Mijn neus liep en beetje, omdat ik had liggen huilen en ik kreeg mijn armen niet los om hem af te vegen.

Ze zaten, ze staarden. Toen schoof Pete een stukje op.
 'Je kunt beter overeind komen,' zei hij.
 Ik droeg een nachthemd van zijde en kant. Het kwam uit het winkeltje beneden. Dit was een hotel waar goed in het pak zittende directeuren en politici kwamen en gingen en hun minaressen troffen, en dergelijke nachtjaponnen mee naar huis namen om

hun vrouw cadeau te doen, stellig in de hoop zo een brug te slaan tussen fantasie en werkelijkheid. Echte zijde, echte kant. Je reinste kwaliteit!

Thuis had ik in gemengd gezelschap naakt gezwommen en dat heel gewoon gevonden. Een lichaam is een lichaam, vond ik toen – vonden wij meisjes allemaal toen, zonder ons iets van onze moeders aan te trekken – en geen verleidingsmiddel. Een borst is er om een baby te voeden of om erotisch plezier te geven en te ondervinden, als de omstandigheden er naar zijn. Verder stelt zo'n borst niets voor. Ontbloot of bedekt, wat maakt het uit? Dat de omstandigheden ook opgedrongen en niet zelfgekozen konden zijn, was niet bij me opgekomen.

'Kom overeind,' herhaalde Pete. 'We willen je iets laten zien.'

Ik kwam overeind, en de kanten garnering van het nachthemd zakte af tot onder het niveau van de tepels. Ik kon het voelen, maar wilde niet naar beneden kijken. Joe strekte een hand uit en raakte mijn rechterborst aan.
  'Nee,' zei Pete. En Joe trok met een lachje de bovenkant van het nachthemd voor me omhoog, op een vriendelijke, welwillende en vaderlijke manier, eerst rechts, toen links, tot ik in hun ogen weer fatsoenlijk was.

'Dat ziet er al beter uit,' zei Joe. En ik voelde wat ze wilden dat ik zou voelen: dat ik hulpeloos was. Dat ze me konden verkrachten als ze wilden, maar ze wilden niet, ómdat zelfs zij te goed waren voor zo'n stuk vuil als ik. Ik kon ze wel eens infecteren met willoosheid of karakterzwakte, of wat er ook voor eigenschappen in de warme broeikas van mijn lichaam borrelden en gistten. Ik stak in een vrouwenlichaam, ik was een vat, waarin de man bij het vrijen zijn afval kon lozen. En aangezien ik daar, in hun opvatting, zelf voor gekozen had, was dat alles wat ik was.

Amerikanen staan nogal sceptisch tegenover krachten die buiten iedereen om gaan. Voor zover zij het kunnen bekijken, bepaalt het individu zelf zijn lot en manier van leven. Ze hebben geen tijd voor hulpeloze, wanhopige of neerslachtige mensen. Die hebben daar dan blijkbaar ook zelf voor gekozen. De rationele ziel kent weinig medelijden. Pete en Joe hadden bepaald geen medelijden met mij.

Pete liet me een foto uit het avondblad zien. Het was een foto van Dandy samen met een jonge vrouw aan een tafeltje in een restaurant. Hij keek haar in de ogen en glimlachte. Ze hieven het glas en glimlachten. De mensen eromheen glimlachten ook. De vrienden en collega's van Dandy, met wie ik geen kennis mocht maken. 'Jongste Senator drinkt op Oudste Dochter', stond erboven. Ze droeg ongetwijfeld katoenen nachthemden en sliep met het raam open.

Ze gaven de krant aan mij om te lezen. Ze gingen weg, maar niet voordat Joe's colbertje was opengevallen en ik het pistool onder zijn arm had gezien.

Ik las de tekst. Ze was de oudste dochter uit een bankiersgezin en erfgename van de oliemiljoenen van haar grootvader. Ze was één van Amerika's meest begeerde vrouwen, net zoals Dandy, dat werd me nu duidelijk, één van Amerika's meest begeerde vrijgezellen. De bijvoeglijke naamwoorden die voor Dandy werden gebruikt, waren 'verlegen', 'veelbelovend', 'innemend' en 'briljant'. Voor haar waren dat 'sprankelend', 'adembenemend' en 'sportief'. Je kon de huwelijksklokken al horen luiden.

Later, toen ik bij de BBC werkte, heb ik nog geprobeerd te achterhalen uit welke krant het bericht afkomstig was, maar ik heb het nooit teruggevonden. Het heeft misschien wel nooit bestaan, behalve als produkt ontsproten aan het brein van één van die veiligheidsdiensten waarmee Pete en Joe nauwe banden onderhielden.

Ze wilden ervoor zorgen dat ik mijn plaats kende en begreep dat ik het tegen zo'n meisje onherroepelijk moest afleggen. Joe's vinger op mijn borst was ook geen toevallig gebaar geweest, maar een welbewuste poging om me bang te maken en te vernederen. Het was of ze zelfs van te voren al wisten wat ik voor nachthemd aanhad. Misschien hadden ze inderdaad al in het begin, met of zonder medeweten van Dandy, overal in de slaapkamer verborgen camera's en microfoons geïnstalleerd.

Joe en Pete zouden, daar ben ik van overtuigd, met plezier onderling allerlei bijzonderheden over buitenechtelijke vrijpartijtjes uitwisselen, en dat heel normaal vinden. Waarom ook niet, in een wereld waarin de bedpartners zo feilloos in twee groepen – echtgenotes en hoeren – te verdelen waren? En misschien was Dandy uiteindelijk precies zo. En misschien was de liefde die hij, volgens zijn zeggen, voor me voelde alleen maar schijn, de intimiteit tussen ons geveinsd, het vrijen een publiek nummer en droegen mijn vertrouwen en liefde alleen maar bij tot de algehele hilariteit.

Hoe dat ook precies zat, de angst had me nu echt goed te pakken. Niemand wist waar ik was. Pete en Joe waren gewapend. Dandy had genoeg van me. Ik kon zo verdwijnen, en niemand zou het weten of zich erom bekommeren of navraag doen. Dat is weer het nadeel van fier en ongebonden door het leven stappen, zonder bezit, schulden of een girorekening. Geen hypotheekbank, geen kind, geen ouwe trouwe geliefde zou naar me gaan informeren. Als je om niemand iets geeft, geeft er niemand iets om jou. Ik begon zelfs te wensen dat ik mijn moeder regelmatiger geschreven had. Een halfjaar zonder een brief van mij zou haar absoluut niet ongerust maken, en haar beschrijving van haar vermiste dochter, voor het laatst gesignaleerd in Alabama, zou weinig overeenkomst vertonen met het meisje dat enige tijd in een hotel in Washington gebivakkeerd had en vervolgens, zoals gebruikelijk voor zulke geverfde en glanzende meisjes, weer vertrokken was.

Dandy kwam die nacht gewoon naar het hotel terug, en ik hield mijn mond over die foto in de krant en deed net alsof ik zijn uitvluchten geloofde. Ik voelde een soort vertwijfelde listigheid. Ik verwonderde me erover dat ik kon lachen en strelen alsof er niets aan de hand was, en dat het hem overtuigde. Bedrog plegen werkt heel stimulerend. Als het je lukt om iemand te misleiden, geeft dat een gevoel van macht. Deze emoties hielden me, voorlopig tenminste, op de been. Direct zou de schok van verloren liefde en de vernedering van valse hoop komen. Ondertussen wist ik dat ik in gevaar was en moest zien te overleven.

Die nacht hebben we eindeloos gevrijd. Ik wist hoe ik het aan de gang moest krijgen, en houden, door mijn eigen reacties te beheersen en de zijne te sturen. Ik simuleerde vervoering en verlangen en bevrediging, genot en vertrouwen. Moeilijk was het niet. Ik slingerde ons heen en weer tussen liefde en wellust. Zo raakte hij uitgeput en ik niet, sliep hij wel en ik niet, wat ook de bedoeling was.

Zijn portefeuille was uit zijn jaszak gevallen. Hij was van zacht kalfsleer en dik gevuld met nieuwe dollarbriefjes, die altijd op zulke keurige, dunne stapeltjes zitten, in tegenstelling tot Engelse bankbiljetten, die bijna altijd beduimeld en gekreukeld zijn en je portemonnaie uitpuilen. Ik liet vijf dollar zitten – voor het geval Dandy 's ochtends een taxi nodig had, denk ik – en nam de rest eruit. Ik deed mijn allersaaiste kleren aan en de schoenen waarmee ik het best uit de voeten kon. Alle sieraden liet ik achter. Misschien kon de oudste dochter ze gebruiken. Ik zocht mijn paspoort op de plaats waar ik dacht dat ik het had gelaten: in de bovenste la van de toilettafel. Daar lag het niet. Alles is verloren, dacht ik, ik ben op sterven na dood. Maar toen vond ik het in de la van het nachtkastje, en keek erin en werd door mijn eigen onvolmaakte gezicht aangestaard, waardoor ik me minder onwezenlijk en oneigenlijk voelde en moediger. Ik had ooit zonder Dandy geleefd, ik kon heus weer opnieuw zonder hem leven.

Joe en Pete sliepen gewoontegetrouw op twee tegenoverstaande sofa's in de gang.

De koude lucht buiten het hotel kwam als een schok. Ik was er niet meer aan gewend. Ik rook overal vreemde geuren. Het waaide. Ik begreep eerst niet wat dat voor een vergeten sensatie was, tegen mijn wang. Een klap in je gezicht, maar niet door mensenhanden. Ik nam een taxi naar de luchthaven. Ik was van plan om zover te vliegen als het geld uit Dandy's portefeuille toeliet.

Het toeval wilde, dat het geld precies genoeg was voor een vlucht naar Londen, naar Heathrow. Over nog geen uur vertrok er een toestel. En deze keer wilde het toeval, dat Homer degene was naast wie ik in het vliegtuig zat toen de adrenalinespiegel van mijn bloed daalde en mijn lichamelijke en geestelijke en emotionele kneuzingen pijn gingen doen.'

16

Voor ik mijn gezichtsvermogen verloor, zat ik soms louter voor mijn genoegen te staren naar de kleren die aan de andere kant van het raampje in de wasmachine ronddraaiden. Kijk, daar gaat 'ie! Het roodgestippelde overhemd van Laurence, in een wonderlijke omstrengeling met de bekende, lichtere kledingstukken. En daar gaat mijn witte kanten onderbroek! Hoe is die erbij gekomen? Je zult zien dat hij te heet staat, dat het stippeltjeshemd rood afgeeft. Ik vond dramatiek in de wasmachine, vreugde in dingen waar verder niemand de lol van inzag, gewoon omdat het me even uit de sleur van het huishouden haalde, uit het geestdodende gepoets en geboen en gesjouw en gewring.

Tegenwoordig gebruik ik de vaatwasser en de wasmachine nog wel, maar moet veel meer dan iemand die kan zien op ze vertrouwen. Ik moet onthouden hoeveel programma's geleden ik spoelglans in de vaatwasser heb gedaan, en maar aannemen dat de wasmachine niet overloopt en onze kleren niet allemaal paars zien van de rode en blauwe verfstoffen in het water.

Ik moet iets te doen hebben. Laat me tenminste nuttig zijn. Laurence is bereid me al deze dingen uit handen te nemen, maar dat wil ik niet hebben. Ik houd vast aan een taakverdeling die me vroeger nooit zinde, maar nu wel. Feminisme is een luxe. De wereld is ingedeeld in mensen die iets kunnen en mensen die niets kunnen, niet in mannen en vrouwen.

Isabel vertelde me dat ze bij dr. Gregory was geweest, een keer op een dinsdagochtend, toen ik bezig was kleren uit de wasmachine te halen en in de droogtrommel ernaast te stoppen. Ze bood aan om het voor me te doen, maar ik had liever van niet. Ik houd ervan om mijn handen over de nog natte kledingstukken te laten gaan, om vertrouwder met ze te raken. Net zoals kappers het haar liever nat dan droog knippen.

'Ik vertel hem alles,' zei ze. 'Denk je dat dat wel verstandig is?'
'Het wordt natuurlijk van je verwacht,' antwoord ik.
'Het is zo'n tweede natuur geworden om mezelf voor de mal te houden,' antwoordde ze, 'dat het me nogal aangrijpt. Als ik bepaalde dingen aan hem beken, moet ik ze vroeg of laat ook aan Homer gaan bekennen. Ik voel het al aankomen.'
'Wat voor dingen?' vraag ik.
'Behoorlijk fundamentele dingen,' antwoordde ze, op haar hoede.

En ze vertelde me over haar eerste ontmoeting en haar huwelijk met Homer. Ze had hem, zei ze, bij toeval ontmoet.
'Alle mensen ontmoeten hun eega bij toeval,' zei ik.
Er ontbreekt een knoop aan de manchet van Laurences spijkerhemd. Nou, dat geeft niks. Blinden kunnen knopen aanzetten.

Ze had Homer leren kennen in een vliegtuig. Het scheen haar lot te zijn om mannen in de lucht te ontmoeten. Eigenlijk was het niet helemaal toeval geweest. Homer had oorspronkelijk voor een latere vlucht geboekt, maar toen hij haar, wild en mooi van angst, bij het inchecken had gezien, was hij van vlucht veranderd om samen met haar te kunnen reizen. Hij heeft dit pas jaren daarna bekend. Ze vond hem, zoals ze het uitdrukte, ongehoord leuk om mee te praten. Dat was bij de meeste mannen wel anders. Dan was de conversatie altijd eenzijdig – over hem, niet over haar. Aan haar de taak om de verbindende teksten te spreken, te glimlachen en afwisselend, of tegelijk, belangstellend en geïmponeerd te kijken. Ze moest weliswaar toegeven dat voor iemand die aan huis gebakken zat de verhalen van een man van de wereld inderdaad belangwekkend en imponerend konden zijn, maar hoe meer je zelf van de wereld zag, des te minder belangwekkend en imponerend ze werden. En zij, Isabel, stond zo onderhand echt wel in het volle leven.

Homer was echter een man op zich. Hij legde een losse, vrijmoedige vertrouwelijkheid aan de dag, die zij beantwoordde. Hij wilde weten wat ze voelde, wat ze dacht, waar ze vandaan kwam, waar ze heenging. Hij was direct al half en half verliefd op haar, tegelijk popelend en op een plezierige manier bezitterig en bezorgd, en ze vertrouwde hem. Dandy liefhebben was iets volkomen anders geweest, een allesoverheersend en onontkoombaar gevoel. Daarbij vergeleken was dit heel gewoon, beschaafd en, in deze omstandigheden, wonderlijk vertroostend.

Ze vertelde hem niet waar ze vandaan kwam, niet waarom ze gevlucht was en niet hoe ontzettend bang ze was.

De meeste vrouwen die op de loop zijn voor de liefde van een man of de beschutting van het echtelijk dak boven hun hoofd, hebben flink de schrik te pakken. Ze zijn zelfs bang voor een minnaar of echtgenoot die de rust en zachtmoedigheid zelve is, alsof een afwijzing hem in een monster zal veranderen. Weggelopen vrouwen zijn bang voor straf, slaag. Een doorgesneden keel in het ergste geval, gebroken botten en losse tanden als het meezit. Isabel voelde niet alleen de angst die het weglopen bij Dandy veroorzaakt had, maar was door het bijkomende optreden van Pete en Joe volkomen panisch en uiterst alert tegelijk.

Ze vertelde Homer dat ze ergens in Alabama was geweest voor een reportage. De bus waarin ze gezeten had, was in brand gevlogen. Ze had het er maar net levend afgebracht, was al haar bagage in de vuurzee kwijtgeraakt, had afschuwelijke taferelen aanschouwd, in een hotel op het een en ander de hand kunnen leggen en was nu, bekaf en beschadigd, op weg naar huis – of misschien niet naar huis dan, want dat had ze niet – maar toch wel terug naar het in verhouding gezonde, normale en vriendelijke Engeland.

Waarheen Homer ook net vluchtte, om diverse redenen, die te maken hadden met de goedmoedigheid van de samenleving en het literair en taalkundig erfgoed van de mens.

Homer bood haar een kamer in zijn flat in Londen aan, net zolang tot ze weer op eigen benen kon staan. Nabijheid, genegenheid, praktische zin en wederzijds vertrouwen bracht hen er na een tijdje toe om de kamer te delen.

'Na een tijdje?' vraag ik. 'Hoelang duurde dat tijdje?'

'Een dag,' zei Isabel. 'Ik zou nu veel terughoudender zijn, nu ik meer te verliezen heb. Ik ben bijna onmiddellijk naar de polikliniek gegaan, waar ik met een pessarium werd uitgerust.'

Ik snapte eerst niet goed waarom ze een dergelijk detail erbij vermeldde.

'Ik kon zien dat dit iets van de lange termijn zou worden,' legde ze onbeholpen uit. 'Dat Homer zowel vriend als geliefde was. Hij zou een leven lang bij me horen en ik bij hem, hoe we verder ook precies met elkaar omgingen. Dat gaf me zo'n gevoel van geborgenheid, je hebt geen idee.'

'Man, minnaar, vriend en vader in één,' zeg ik.

'Helemaal,' antwoordde ze.

Geen wonder dat we haar, in heel Wincaster Row, allemaal benijdden.

17

'Ze begint door te slaan,' zei Joe, die de laatste uitdraai bekeek. 'Ik heb het wel gezegd.'

'Het zat er dik in,' zei Pete.

'Hoeren zijn niet te vertrouwen,' zei Joe. 'En hoeren die bij het minste of geringste al door de knieën gaan, zijn het ergst van allemaal.'

'Ze was geen hoer,' zei Pete, 'ze nam geen geld aan.'

'En of ze geld aannam,' zei Joe. 'Ze nam de volledige inhoud van Dandy's portefeuille.'

'Alleen omdat we die onder haar neus lieten liggen,' zei Pete.

'Ze was een hoer,' zei Joe. 'Ze heeft als een echte hoer van hem geprofiteerd. Ze probeerde eruit te slepen wat ze kon.'

De beide mannen hadden Veuve Cliquot met ijs zitten drinken ter ere van Dandy's overwinning bij de voorverkiezingen. Hij was nu de enige, echte, ware Democratische kandidaat. Het feest was al dagen aan de gang. Joe en Pete waren tot nu toe steeds nuchter gebleven. Terwijl anderen juichten, zongen, met vaandels zwaaiden en serpentines gooiden en hun held op schouderhoogte in marstempo door de straten droegen, hadden Joe en Pete zich tot hun wapens, hun plicht en hun mineraalwater bepaald. Pippa Dee bleef ook nuchter en ging iedere avond vroeg naar bed, aangezien ze binnenkort een belangrijk toernooi had.

Nu alle deining en de uitgelaten stemming wat bedaard waren, gunden Joe en Pete zichzelf een beetje ontspanning. Ze zaten met hun voeten op hun bureaus. Joe's vrouw had vriendinnen over de vloer, Petes vrouw had zich voor weer een nieuwe avondcursus ingeschreven.

Na een tijdje bedachten Pete en Joe dat ze het meisje met de vieze teennagels maar eens aan de tand moesten gaan voelen. Ze reden naar het centrum en volgden haar vanaf de nachtclub waar ze werkte – De Bokkerijer – naar de plaats waar ze woonde. Dit bleek, zoals ze al vermoed en gevreesd hadden, een internationale nederzetting van tipibewoners te zijn, blanke burgerluitjes uit Europa die, in navolging van de Indianen, in zware nylon wigwams woonden en zich ter gelegenheid van hun jaarlijkse uitstapje naar de oevers van de rivier de Potomac hadden verscheept. Hun kinderen waren verwilderd, groezelig, ondervoed en overdekt met zweren.

'Moeder Maria,' zei Joe, toen zijn glimmend gepoetste schoenen met modder en kiezels in aanraking kwamen. 'Nou begrijp ik waarom haar voeten zo smerig zijn.'

Er blubberde gele modder tussen Vera's tenen omhoog. Ze verwisselde haar werkkleding voor een geborduurd gewaad dat stijf stond van het smeer en het vuil, de favoriete dracht van de tipibewoners. Ze deed olie in haar haar en bond het strak naar achteren met een koordje. De rook van het houtvuur prikte in haar ogen.
 'Zorg dat je uit de rook van dat houtvuur blijft,' fluisterde Pete tegen Joe, 'daar krijg je kanker van. Nog schadelijker voor de longen dan tabak.'

Ze bespiedden Vera door een spleet in het tentdoek. Achter hen ruiste de rivier. De lichtjes van Washington gaven de hemel een gelige kleur, waartegen de sterren bleek afstaken. De tipibewoners, niet verpest door werk, zaten in een kring rondom het houtvuur en zongen klaaglijke deuntjes en aten geroosterde kippepoten. Kinderen en honden kregen wat ze aan afgekloven botten konden bemachtigen. Dat was traditie.

Pete, en Joe, met zelf kinderen die uitgebalanceerde maaltijden en aanvullende vitaminen kregen, konden het bijna niet aanzien.

Vera kalmeerde zichzelf met een paar haaltjes marihuana, vermaalde een stelletje pillen en slenterde weg om zich bij haar gezelschap te voegen. Ze was de squaw van Rokende Schoorsteen, die tweeënzeventig was, maar nog altijd viriel. Ze deelde deze positie met haar zusje Mariëlle. Het waren Nederlandse meisjes, op de vlucht voor de onderdrukkende terreur van kleinburgerlijke ouders. Vera was vierentwintig en Mariëlle tweeëntwintig.

In de schaduwen tussen tipi en vuur grepen Pete en Joe Vera beet en sleurden haar mee hun auto in. Verrassing en overmacht maakten verzet of protest onmogelijk. Niemand merkte iets van haar ontvoering.

'We zijn niet van plan om je pijn te doen,' zei Joe, valselijk. 'We willen je alleen een paar vragen stellen.'
  'Moeder Maria, wat stinkt die meid,' zei Pete, en drukte het gaspedaal in.
  'Dat is musk,' legde ze uit, alsof het haar, ongeacht de ernst van de situatie, niet onverschillig kon laten hoe ze precies beledigd werd. 'Ik wil me wel vaker wassen, maar er is geen stromend water. Trouwens, lichaamsgeur is helemaal niet iets om je voor te schamen.'

Pete en Joe wisten dat zo net nog niet. Ze namen haar mee naar een flat, hun nog bekend van vroeger, waar geen vragen werden gesteld, behalve door henzelf, en waar ze omwille van oude vriendschapsbanden nog altijd welkom waren en daar, onder felle lampen, ondervroegen ze haar.

Ze overtuigden zich ervan dat ze niet voor iemand werkte, niet voor Khaddafi, niet voor het KGB en evenmin voor een Amerikaanse veiligheidsdienst, maar met Dandy naar bed was geweest omdat hij haar gevraagd had.
  'Doe je dat wel vaker alleen omdat je gevraagd wordt?'
  'Ja,' antwoordde ze.

Ze hadden haar gestompt en haar vernederd, haar uitgekleed en haar bespot, maar hadden zich nog net onthouden van seksuele geweldpleging. Ze dacht dat ze gek waren, zo geworden door hun manier van leven. Pete deed haar aan haar vader denken. Ze was niet speciaal bang. Ze had al zo vaak op zoveel verschillend spul getript, dat ze van een onschuldig jointje evengoed hallucinaties kon krijgen als van iets anders. Haar eigen denkprocessen joegen haar meer angst aan dan vuurwapens, dreigementen en klappen. Waarom ze zich zo gedroegen, niet wat ze deden, intrigeerde haar. Rokende Schoorsteen was trouwens ook niet vies van gestomp en geknijp.

'Hoor eens jullie,' zei ze. 'Ik vertel je alles wat je weten wilt, als jullie me de kans geven.'

Ze staakten hun bedreigingen, en luisterden.

Ze vertelde hun dat ze Dandy mee naar de tipi had genomen. Ze vond hem aantrekkelijk. Ze was niet op zijn geld belust, maar op zijn lichaam. Of eigenlijk wilde Rokende Schoorsteen zijn lichaam, via haar. Rokende Schoorsteen moedigde haar aan om 's avonds jongere mannen te nemen. Hij dacht dat hij op die manier viriel bleef. Of eigenlijk onsterfelijk werd. Ze kon altijd wel een of andere jonge vent oppikken in De Bokkerijer, door hem lonkende blikken toe te werpen vanaf haar plaatsje achterin de garderobe.

'Heilige Maria Moeder van God!' zei Joe, vol afgrijzen over het misbruik dat er van Dandy's mannelijkheid was gemaakt.

Maar, vertelde ze hun, het intermezzo was anders afgelopen dan ze verwacht had. Zijn energieke gedrag en knappe uiterlijk ten spijt was Dandy, om het maar eens grof te zeggen, niet in staat geweest hem overeind te krijgen. Ze had haar best gedaan, maar hij had uiteindelijk alleen tegen haar aan liggen jammeren en huilen en het alsmaar gehad over een roodharig Australisch meisje dat hij bemind en verloren had.

'Veel van die kerels zijn tegenwoordig zo,' klaagde ze. 'Seksueel gehandicapt. Van Rokende Schoorsteen kun je tenminste op aan.'

Joe en Pete trokken zich terug in de badkamer om te overleggen wat hun nu te doen stond. Het was een goor vertrekje. Het bad was in geen maanden uitgespoeld. Iemand had in de wasbak bloed gespuugd. Met het oog op de veiligheid kwamen hier geen vrouwen – niet uit vrije wil tenminste – en aangezien het soort mannen dat zich hier liet zien schoonmaken als vernederend werk en uitsluitend voor vrouwen beschouwde, vervuilde alles. Uit de kraan, die Joe aanzette om het geluid van hun conversatie te overstemmen, stroomde een rode straal roest.

Ze hielden het kort.

'Jij of ik?' vroeg Joe.
 'Jij,' zei Pete, vriendelijk.
 'Reken maar,' zei Joe, 'en het is vreselijk als een man een opleiding heeft gehad en er niets mee kan doen. Eindelijk is het dan zover.'

Joe schoot haar neer, en zijn jasje zwaaide keurig naar achteren door de gewichtjes die zijn vrouw in de voering had genaaid, en vormde geen belemmering voor de beweging van zijn arm. Vera stierf een snelle, schone dood, zoals ze dat noemden, en piepte 'm deze keer eens echt en niet op proef, zoals ze zo vaak had gedaan met lijntje zus of pilletje zo. Het wapen, ook een geschenk van zijn vrouw, werkte precies zo efficiënt en doeltreffend als hij al gedacht had.

Het was wat Pete zei – want Joe was, na de daad, beverig en onrustig en niet, zoals Pete vagelijk verondersteld had, vervuld van een post-coïtale kalmte – ze hadden Vera moeilijk in Washington kunnen laten rondbazuinen dat de Democratische kandidaat voor het presidentsschap seksueel gehandicapt was. Als ze haar woorden wat zorgvuldiger gekozen had en blijk had gegeven van enig denkvermogen of zelfbeheersing of gepaste eerbied voor het een of ander, had ze misschien kunnen blijven leven. Ze hadden haar kunnen intimideren en bewerken, en zelfs haar herinnering van het gebeurde wat kunnen bijschaven, als ze daarvoor het geld, de wil en de tijd hadden gehad. Ze hadden er kortom op diverse manieren voor kunnen zorgen, dat er geen praatjes in de wereld kwamen. Maar het had gemakkelijker, aardiger en eervoller geleken om haar zelf maar uit de wereld te helpen en uit haar lijden en volkomen verloederd leven te verlossen. Het zou haar nooit lukken om zich langs het steile, saaie, hygiënische pad uit de modder tot echtgenote en het moederschap omhoog te werken en vrijheid en geluk te verwerven. Het vuil zat tussen haar tenen vastgekoekt, voorgoed.

Na een paar telefoontjes met enkele oud-collega's kwam er een ambulance voorrijden en werd het lichaam weggehaald. Niemand die haar zou missen. Er verdwijnen dagelijks, om onbenulliger redenen, loslopende meisjes zonder trouwring of bezit, die door hun familie verstoten zijn en alleen vrienden hebben die of te obscuur of te belangrijk zijn om navraag te doen.

Op de weg terug naar kantoor zei Joe een enkel weesgegroetje. Het beverige was over, maar hij klaagde dat hij zich helemaal niet anders voelde, terwijl hij toch een mens van het leven had beroofd.
  'Het was een erg onaanzienlijk leven,' zei Pete.
  'Dat zal het zijn.'

Ze spraken af dat ze de eerstvolgende keer dat ze Dandy zagen het aan zijn verstand zouden peuteren dat het nu voor eens en voor altijd afgelopen moest zijn met het oppikken van meisjes. Het deed hem geen goed, en hun geen goed – hoeveel geen goed precies gingen ze er natuurlijk niet bij vertellen.
  'Les een, twee en drie van Watergate,' zei Pete. 'Laat de mensen daarboven erbuiten.'

Met het organiseren van de ambulance hadden ze de naam van McSwain genoemd. Hij zou nu wel voldoende van het gebeurde afweten om verder onwetend te willen blijven. Dat van een of andere moderne hippie-lellebel de handen door de honden waren opgegeten.

Ze tikten nu de code van Isabel Rust in op de computer en waren niet blij met wat ze te zien kregen. Want Isabel had gedaan wat ze voor ondoenlijk hadden gehouden. Ze had zich langs het glibberige pad uit het moeras van zelfverachting en verloedering omhooggewerkt tot de verheven, schone hellingen van eerzaamheid. Ze ging bovendien met invloedrijke en beroemde mensen om.

'We hebben ons misschien in deze tante vergist,' zei Pete, met enige reserve. 'Ze heeft misschien toch klasse.'

'Dit ligt hoogst overgevoelig, ja,' gaf Joe toe. 'We moeten het in één keer goed aanpakken.'

Ze stelden een reeks scenario's voor de toekomst op. In één daarvan verbrak Dandy zijn verloving met Pippa Dee, liet Homer zich van Isabel scheiden op grond van een affaire met Sandy Elphick, werd Jason door de president als zijn kind opgeëist, trouwden Dandy en Isabel met elkaar en kwam Isabel Rust zo ten slotte in het Witte Huis terecht, wat de handelsbetrekkingen met Australië een impuls van jewelste gaf. Deze variant vonden ze echt onbetaalbaar. Het enige nadeel eraan was namelijk dat zíj dan wel moest zorgen dat ze de eerste vrouwelijke president werd, aangezien híj geen schijn van kans meer had om de volgende mannelijke te worden.

Allebei voelden ze zich tegen middernacht energiek en opgewekt. Het pistool in Joe's schouderholster straalde iets warms en krachtigs uit dat het nooit eerder had gehad. Hij wilde het, uit een soort bedeesdheid, niet tegen Pete zeggen, maar zond wel in stilte een dankgebedje op naar de heilige Moeder Maria, rein als sneeuw. Pete zette hun enige foto van Isabel, Homer en Jason bovenop de archiefkast. Daar was hij echt wel veilig voor Dandy's blikken. De zeldzame keren dat hij hier in dit gebouw moest zijn, ging hij linea recta met de VIP-lift naar de bovenste etage, zonder de onderliggende verdiepingen aan te doen.

'Dat joch moet nodig eens naar de kapper,' zei Pete over Jason.

'Jezus nee,' zei Joe, 'als dat joch naar de kapper ging, zouden wij niet meer praten, maar tot actie overgaan. En snel ook.'

Hij bedekte Jasons haar met een stukje karton en de gelijkenis met Dandy was verbluffend.

'Evengoed,' zei Pete, 'vind ik het niet prettig dat ze zo'n mietje van hem maakt.'

'In San Francisco hebben de flikkers het voor het zeggen,' zei Joe.

'We zitten hier in Washington,' zei Pete, 'God zij dank.'

De leden van de Heilige Familie werden er door hen nogal eens bijgehaald, voor het een of ander. De mens heeft nu eenmaal behoefte aan een hogere autoriteit en van autoriteiten hier op aarde, dat bleek telkens weer, kon je gewoon niet op aan.

'Les vier, vijf en zes van Watergate. Stel je vertrouwen in God en niet in je medemens,' zoals Joe opmerkte.

Pete bekende tegenover Joe, dat hij een beetje inzat over de mogelijkheid dat Vera zich misschien ook, net als Isabel, uit het slijk omhoog had kunnen werken, als ze tijd van leven had gehad. Joe dacht van niet. Ze had er de hersens niet voor. Isabel, daarover had indertijd al geen twijfel bestaan, was een verdomd pienter mokkeltje. Vera was gewoon niet meer te redden geweest, zoals een stuk stof soms te veel versleten is om nog gerepareerd te kunnen worden. Ze hadden goed gehandeld, goed voor Vera, goed voor zichzelf, hun kandidaat, God, Jezus, Maria en Amerika.

De dag daarop bracht Pippa Dee haar tegenstandster een verpletterende nederlaag toe: 6-2, 6-2, game, set en match. Het was een eerlijke overwinning, zo eerlijk tenminste als een overwinning kan zijn, wanneer één van de speelsters een goede kans maakt om als First Lady in het Witte Huis te komen en een tennisjurkje van Dior draagt, het andere meisje een ex-cheerleader uit een ander deel van het land is en een wel functioneel maar niet zo ogend tenue van Adidas aanheeft, en de menigte applaudiseert telkens wanneer ze een bal mist.

18

'Ik weet niet waarom andere mensen kinderen willen,' zei Isabel de week daarop tegen dr. Gregory, 'maar ik weet wel waarom ik een kind wou. Het was in een poging om mezelf te verankeren, een einde te maken aan mijn gezwalk, mezelf een bestemming en een doel te geven. Of je kunt het ook anders zeggen. Ik had het gevoel dat ik het dun-verzilverde oppervlak van mijn leven aan het afschuren was met het allervenijnigste staalwol. Een stekelige, kartelige kluwen van ongerichte emoties, en verdriet, en sex, een jagende pols en jagende gedachten, en ik was al zover afgesleten dat er tin en roest te zien waren en met nog een of twee streken zou de holte, het zwarte niets van binnen blootgelegd worden. Ik moest mezelf van het midden uit opvullen. Zoveel wist ik. Ik moest massief worden, beetje bij beetje het weggeschuurde vervangen. U weet toch wel hoe ze in het ziekenhuis een wond verbinden? Hoe ze alsmaar nieuwe lagen verbandgaas aanleggen, zodat er zich geen korst kan vormen en het weefsel van onderaf moet genezen? Iedere dag gaat het verband eraf en komt er nieuw gaas op, iedere dag een beetje minder, tot de wond uiteindelijk over is en de korst zich mag vormen. Het is een heel langdurig en heel pijnlijk proces. Dat geldt, denk ik, wel voor alles wat echt goed moet genezen. Niets is voor niets.'

Dr. Gregory had Isabel zonder al te veel problemen in zijn schema ingepast op twee achtereenvolgende middagen om vijf uur. Het had wat complicaties gegeven met het dienstrooster van Homer en haar, maar dat was nu geregeld. Jasons bezoek aan de kapper had uitgesteld moeten worden. Homer en Isabel vonden allebei Jasons haar op deze lengte leuk zitten, maar mevrouw Pelotti dacht er anders over. 'Het zal u wel niets kunnen schelen of Jason een jongetje of een meisje is, maar hij wil graag of het een of het ander zijn, dunkt me. Doe hem een plezier. Stuur hem naar de kapper.'

Maar ze waren het er allebei over eens, dat mevrouw Pelotti niet hun hele leven hoefde te regeren. En aangezien Jason per se wilde dat Isabel en niet Homer met hem meeging, moest zijn haar nog maar een tijdje langer lang blijven, terwijl Isabel ondertussen met dr. Gregory praatte – over zichzelf, over Homer, en over Jason.

'Geen kinderen nemen omdat je carrière voorgaat, vind ik onzinnig. Kinderen als levensvervulling zien al even onzinnig. Zo'n carrière kan voor een soort ziekelijke status zorgen en vrije tijd kan heel plezierig zijn, maar geluk wordt meestal niet gevonden door mensen die het naar hun hand willen zetten. En, eenmaal geboren, is het kind een wezen op zich, waar je je handen vol aan hebt en dat zijn ouders evengoed tot schade als tot eer kan strekken. Hoe meer je je best doet om het kind naar jouw beeld te scheppen, hoe ongrijpbaarder hij of zij wordt.

Ik heb een buurvrouw, Hilary. Ze is feministe en ze heeft een dochtertje, van drie nog maar, dat als ze maar even de kans krijgt, stiekem mijn slaapkamer binnensluipt en mijn cosmetica gebruikt. Ze is niet bij mannen weg te slaan en wrijft zich als een jong poesje tegen hun benen. Het pakt altijd anders uit dan je denkt.'

'We hebben het over jou,' zei dr. Gregory, 'niet over de buren.'

'Klopt,' zei Isabel. 'Ik moet u nu een klinisch detail vertellen. Toen ik Homer aan boord van het vliegtuig ontmoette, was ik een week over tijd. Dat kon zijn omdat ik zwanger was, of alleen omdat mijn cyclus in de war was. Dat kan natuurlijk, door emoties. Toen we elkaar een paar dagen kenden, ben ik met Homer naar bed geweest. Vier weken later was ik nog steeds niet ongesteld geworden en ik trok daaruit de conclusie, die door een dokter bevestigd werd, dat ik zwanger moest zijn.

Dr. Gregory, het kind kon van Dandy zijn en het had ook van Homer kunnen zijn. Bij zoveel onzekerheid zouden de meeste vrouwen uit mijn milieu en van mijn soort, zelfs als ze graag een baby willen, de zwangerschap onderbreken en een nieuwe beginnen, waarvan de herkomst met meer zekerheid vast te stellen is. Ik denk dat ik dat nu ook zou doen. Nee, ik had niets tegen abortus. Uit de ongeveer twintig mogelijke zwangerschappen die een vrouw kan verwachten als ze er op los zou leven, kiest ze maar twee of drie babies om ter wereld te brengen. De selectiemethode die ze daarbij hanteert, is meestal traumatisch en bijna altijd onnatuurlijk, of het nu door angstvallig haar maagdelijkheid te bewaren, een andere seksuele geaardheid, contraceptie of door abortus is. Van dat laatste wist ik dat het een beroerde aangelegenheid was, maar mijn leven was de afgelopen tijd niet anders dan beroerd geweest. Toen ik pas uit Amerika terug was, schuifelde ik op onzekere benen in Homers flat rond, alsof ik bang was een standje te krijgen als ik het kleed te veel platliep. Ik voelde me een aangespoeld en uitgebleekt stuk wrakhout, meegevoerd op een vloedgolf van toevalligheden. Ik voelde me een onsuccesvolle hoer, die zich aan Jan en alleman heeft aangeboden en geen liefhebbers vond.

En nu was ik zwanger, ergens goed voor, en er maakte zich opnieuw een soort perverse opwinding van me meester. Een kind van Dandy. O ja, zonder twijfel een kind van Dandy. Verstandelijk geredeneerd kon het ook van Homer zijn, maar ik kende de wereld nu wel zo'n beetje, de lijnen en patronen die het lot uitstippelde. Een kind van Dandy. Het deel van hem dat mij liefhad, het deel van mij dat hem liefhad, had nu glorieus vorm gekregen.

Heeft u als kind ooit wel eens iets gestolen? Herinnert u zich nog die mengeling van opwinding, pret en angst en het ontzaglijke gevoel van triomf op het moment dat je een handvol snoepjes van de toonbank graaide? Zo voelde ik me. Een kind van Dandy! Onder de neus van Pete en Joe vandaan geratst en weggekaapt. Een heimelijke overwinning, waar niemand ooit iets van zou weten.

Het was zo makkelijk om Homer te zeggen dat de baby van hem was. Zo makkelijk om dat min of meer zelf te geloven. Zo makkelijk om het gevoel te hebben dat degene die beschermend, liefdevol en vriendschappelijk zijn arm om mijn schouders legde wanneer ik kokhalsde en kreunde, de man was van wie ik hield, de echte, de geestelijke vader van mijn kind.

Maar nu zijn er twee dingen gebeurd, dr. Gregory. In de eerste plaats is Jason zelf onrustig en ongelukkig. De moeder vergeet zo gauw dat het kind geen vrucht van haar verbeelding, niet het produkt van haar liefde en zorg is, maar een persoon op zich, het middelpunt van zijn eigen universum en geen randverschijnsel van het hare. Maar zo is het, en de moeder moet dat ook wel inzien, wanneer het kind ouder wordt en te groot om op te pakken en er verder dan een meter of twee mee weg te rennen. Jason heeft daarin ook iets te zeggen. En het tweede is dat naarmate het kind opgroeit, het steeds duidelijker wordt wie zijn vader is, en over niet al te lange tijd zal zelfs Homer het zien, of er door iemand op attent worden gemaakt.

En in de derde plaats, want dat speelt ook nog een rol, als ik in dienst van het publiek sta, als ik miljoenen mensen toespreek en hun gedachten en gevoelens bespeel, moet ik zelf dan niet over een zekere mate van integriteit beschikken? Moet ik zelf dan niet in dienst van de waarheid staan?

U kijkt onthutst, dr. Gregory, maar de media, om die naam maar te gebruiken, zijn het nieuwe priesterschap en buiten het beperkte kringetje van Homer en de moeilijkheden van Jason en mij ligt een grotere taak, een duurdere plicht.

Goed, één stap tegelijk. En dat is ook wat ik steeds heb gedaan.

De eerste stap op de weg die langs deze beangstigende en dreigende berg omhoog voert, was het besluit om het kind te houden. Mijn motieven waren gemengd, hoe kon het ook anders. Een allegaartje van dwaze, doordachte, boosaardige en bevlogen ideeën. Evengoed heeft de zorg om een kind, juist door het eentonige, routineuze, doelgerichte karakter van de taak, een ongelofelijk louterende werking. Het kwaad wordt uitgezift, het goede blijft achter. De tweede stap was het verwerven van huis en haard. Zelfs zoiets als onroerend goedbelasting betalen, is een erkenning van de mensen om je heen en je verplichtingen tegenover hen. De derde, nog te nemen stap is Homer de waarheid vertellen.'

De stilte in het vertrek werd tastbaar. De vijgeboom veegde tegen het venster.

'Juist ja,' zei dr. Gregory, na lange tijd. 'Je wilt je man nog verder laten boeten voor wat jij als het plichtsverzuim van je vader ziet.'

Isabel schoot in de lach.

'Je doet het ook nooit goed, hè?' zei ze.

'Nee,' antwoordde hij, 'omdat het daar ook niet om gaat. Je voert een innerlijke burgeroorlog, waarin je niet de kant van de goeien of de slechten kunt kiezen.'

'Dus u raadt me af om Homer de waarheid te vertellen?'

'Het is mijn vak niet om je iets aan of af te raden. Ik kan je alleen maar helpen je eigen beweegredenen te begrijpen.'

'Maar u raadt het me toch maar af.'

Hij zei niets, en ze vatte dat als teken van instemming op.

19

De krant wordt iedere morgen tussen zeven uur en kwart over zeven door de brievenbus geduwd. De post komt iets later. Gepiep van metaal als de klep opengaat, het doffe geschraap van papier dat door de gleuf wordt gepropt en langs de zijkanten schuurt – een bons en een plof, en ziet, de buitenwereld is binnen en zij die ogen hebben om te zien, mogen ervan maken wat ze willen.

Door de week word ik iedere ochtend wakker van de postbode. Dat is te zeggen, ik kom in een ander donker.

Rekeningen. Laurence leest ze onder veel gesteun en gekreun aan me voor, maar ik weet dat hij in zijn hart trots is op die grote bedragen, en op het feit dat hij ze kan betalen, en dat de afschuwelijke, knagende geldzorgen, waardoor we in het begin van ons huwelijk achtervolgd werden, voorbij zijn. Ik begrijp achteraf niet waar we ons druk over maakten. We waren jong, we hadden te eten, we sliepen, we droegen schoenen en hadden altijd wel een dak boven ons hoofd. En we konden zíen, we konden allemaal zíen. Als de elektriciteit werd afgesneden, improviseerden we wel. Als de deurwaarder onze schatten in beslag nam, was er tijd om nieuwe te verzamelen. Wanneer we oud zijn, gaan we ons waarschijnlijk weer opnieuw zorgen maken, en met meer reden. Als je niet langer zelf voor het dak boven je hoofd kunt betalen, doet iemand anders het voor je, onwillig en vrekkig. Oude mensen, evenals verlaten vrouwen, worden geacht het op één na beste voor lief nemen, als vergoeding voor hun onfortuinlijkheid.

Isabel heeft Homer ingelicht. Ze vertelde het hem op een zaterdagavond. De meeste moorden in de huiselijke kring vinden tijdens het weekend plaats. Volgens de statistieken doet in sommige steden van de vs een vrouw die haar leven liefheeft er goed aan om door de week niet de deur uit te gaan en in het weekend niet thuis te blijven.

Homer heeft Isabel natuurlijk niet vermoord, maar die maandag daarna kwam ze 's ochtends heel vroeg als een schim mijn huis binnengelopen. Er was maar één brief die morgen. Op maandag heeft de postbode een makkelijk dagje. De kantoren zijn het weekend dicht geweest, er zijn geen rekeningen uitgeschreven. Aan het begin van de week wordt het werk weer opgepakt. Bij Laurence gaat de telefoon het vaakst op dinsdag en woensdag en bijna helemaal niet op vrijdagmiddag. De mensen zijn moe.

20

Zie het tafereel voor je! Het is nacht. De man slaapt tussen de fraaie lakens, de slaap der rechtvaardigen en rechtschapenen. Aan de muren hangen vertrouwde afbeeldingen, landschappen die je kunt dromen. Op de schoorsteenmantel staan ingelijste foto's van het kind: de pasgeboren baby, de stralende peuter, de ernstige schooljongen, met wijd open ogen.

Het lampje naast het bed brandt en geeft een zacht, vriendelijk schijnsel, dat meer bedoeld lijkt om de verbeelding van de minnaar te prikkelen, dan om behulpzaam te zijn bij het lezen van de krant op een sombere wintermorgen. In de asbak ligt een bijna in zijn geheel niet opgerookte sigaret, uitgedrukt. Homers campagne heeft succes.

De vrouw loopt rusteloos heen en weer. De wereldgebeurtenissen hebben zich op haar gestort. Het verleden is binnengedrongen om het heden in bezit te nemen: het is nacht. Schrikbeelden en hersenschimmen laten zelfs de wakende ziel niet met rust, wanneer de nachtmerries komen en aan de grenzen van het bewustzijn rondwaren, niet in staat om zich toegang tot het rijk der dromen te verschaffen. Stel dat ze het wéten, denkt Isabel. . . Stel dat ik in de gaten gehouden word? Ik moet toch een gevaar voor hen betekenen? Stel dat ze van plan zijn Jason te ontvoeren? Of mij uit de weg te ruimen? Ze wil niet eens denken aan de nog vreselijker mogelijkheid dat, wat hen betreft, Jason het beste dood kon zijn – de onbetwiste, maar ongewenste troonopvolger. Stel dat ze nu op dit moment buiten in Wincaster Row onder een lantarenpaal op de loer staan, zoals me bekend hoort te zijn uit talloze bekeken films en talloze gelezen boeken? Zijn al die thrillers misschien toch op de werkelijkheid gebaseerd en kunnen we alleen maar rustig thuis zitten omdat het ons wordt toegestaan, niet omdat het ons recht is? Eventjes maar, zolang als de machtigen, in een korte opwelling van goedgunstigheid, de andere kant op kijken.

Isabel trekt de gordijnen open, kijkt. Niemand te zien.

Homer ademt dieper in. Ze luistert, telt. Op iedere zeven ademhalingen van haar slapende echtgenoot is er één dieper dan de andere, net als één op de zeven golven – of dat beweren bouwers van zandkastelen tenminste – sterker en hoger is dan de rest. De golf om in angst en spanning tegemoet te zien.

Het bedreigde, bange gevoel wordt sterker en tegelijk daarmee neemt ook de alertheid toe. Zo'n heftige emotie kan onmogelijk verband houden met de werkelijkheid, hier in dit vertrek waar niets gebeurt. Er is alleen een slapende echtgenoot die ademt, een kind dat boven in zijn bed ligt en een huis dat eenzelfde rust uitademt, en alle vroegere, wereldschokkende beelden zijn weggevaagd door het gebrom van de stofzuiger, het geklepper van het katteluikje, het gesnor van de oneconomische ijskast. De geluiden en routine van alledag. Alles kon toch wel, zou toch nog wel, bij het oude blijven?

Nee. Luister nu naar de woorden. De essentie van wat er gezegd wordt, het punt van twist, de onverteerbare kern van de veranderingen.

'Homer,' zegt Isabel, als ze haar man wakker maakt, 'ik moet je iets vertellen. Ik heb je raad nodig. Ik ben bang. Dit is iets wat ons allebei aangaat. Dr. Gregory zegt dat ik het je niet moet vertellen, maar daarvoor ontbreekt me de kracht. Ik heb reden om aan te nemen dat Jason niet jouw zoon is, maar een kind van Dandy Ivel. Hij die, volgens de berichten, binnen afzienbare tijd president van de Verenigde Staten van Amerika wordt. Jouw land –' voegde ze eraan toe, alsof ze de schok wat kon afzwakken door tenminste een deel van de schuld op haar man af te schuiven.

'Isabel,' zei Homer, overeind komend, 'wat voor verzinsel is dit nu weer? Als ik in jouw koortsachtige brein niet voldoe als vader van Jason en je met alle geweld een betere wil, waarom neem je dan niet prins Charles? Zoek het wat dichter bij huis.' Hij ging weer liggen en sloot zijn ogen.

'Homer,' zei Isabel. 'Hij lijkt op Dandy Ivel. Hij lijkt niet op prins Charles.'

'Sinds jij bij dr. Gregory bent,' zei Homer, zonder zijn ogen te openen, 'gedraag je je hoogst eigenaardig.'

'Het was notabene jouw idee,' zei Isabel, en nu ze weer normaal wakker was, begon ze haar angstgevoelens kwijt te raken en te wensen dat ze haar mond gehouden had.

'Ach laat ook maar,' zei ze, 'ga weer slapen.'

Maar Homer sluimerde niet gehoorzaam weer in. Hij kwam uit bed op het moment dat zij erin stapte, en begon zich aan te kleden.

'Waar ga je heen?' vroeg ze.

'Ik hoef dit niet te nemen,' zei hij. 'Het is gewoon een belediging. Ik bedank ervoor om het mikpunt van jouw neurotische neigingen te zijn. Als ik nou zo'n vader was geweest die niet naar zijn kind omkijkt en alles aan de moeder overlaat, en je had dan op die manier tegen me gesproken, in je intens lage poging om me te verloochenen, had ik het misschien nog kunnen begrijpen en vergeven, maar zo'n soort vader ben ik niet en ik vind je houding onbegrijpelijk en onvergeeflijk. Jason is evengoed een kind van mij als van jou.'

'Homer,' zei Isabel, 'ik heb een verhouding met Dandy Ivel gehad, kort voor ik jou leerde kennen.'

'Je bent gewoon zielig,' zei hij weer. 'Is je eigen leven dan zo oppervlakkig en inhoudsloos dat je jezelf aan beroemdheden en de groten der aarde moet koppelen?'

'Homer, waar ga je heen?'

'Ik ga weg,' zei hij. 'Ik kan niet langer met jou onder één dak blijven. Daar pas ik voor. Hoeveel mensen heb je dit fabeltje al op de mouw gespeld? Besef je wel hoe beledigend het voor me is? Hoeveel kwaad je die arme kleine Jason doet?'

'Ik heb het verder aan niemand verteld,' loog ze.

'Ik ken je nu wel zo lang dat ik weet wanneer je liegt, Isabel,' zei hij.

'Maar Homer,' zei Isabel, 'ik moet morgen naar mijn werk en hoe doe ik het dan met Jason, als jij er niet bent?'

'Daar had je eerder aan moeten denken,' zei hij, in benepen triomf. 'Waarom vraag je Dandy Ivel niet?'

Isabel probeerde zich tussen Homer en de deur op te stellen. Ze kon het idee niet uit haar hoofd zetten, dat haar man haar in één keer zou begrijpen, vergeven en terzijde staan. Ze was onoplettend en slaperig geworden, zoals een schildwacht die al zolang op een post staat waar nooit iets gebeurt, en al zoveel twijgjes heeft horen knappen, dat hij niet meer gelooft dat het voetstappen zijn.

Ze was nu al zo lang zijn vrouw geweest, ze was gaan geloven dat zij en Homer één waren. Oorspronkelijk misschien een loot van een appelboom geënt op een pereboom, maar in de loop van de tijd echt helemaal met elkaar vergroeid, met samenvallende belangen.

Maar niet heus.

Als om te demonstreren hoe volkomen los van elkaar ze waren, gaf Homer Isabel een klap. Haar hand die in afweer op zijn linkerarm lag, gaf zijn rechterarm op de een of andere manier toestemming om eerst naar achteren en toen naar voren te zwaaien, zodat zijn hand met een harde klets de zijkant van haar gezicht raakte.

In Isabels wereld sloegen mannen geen vrouwen. De mannen van het Fosterbier ja, thuis in de bush-bush, die verweerde, verwaaide, verbrande kerels die bloemen vertrapten en honden wegschopten en haar moeder een poot uitdraaiden, die sloegen vrouwen en geloofden ook nog dat vrouwen dat fijn vonden en nodig hadden, en onderling timmerden ze er ook flink op los en dachten misschien wel dat ze alleen echt bestonden als ze pijn hadden. Maar Homer?

Homer leek er zelf ook van geschrokken te zijn. Ze zag tot haar verbazing, dat er tranen in zijn ogen stonden. Hij schudde zijn hoofd tegen haar, alsof hij wilde aangeven dat hij geen woorden meer had, en ging de kamer uit. Ze voelde voorzichtig aan haar gezicht, dat begon op te zetten. De pijn kwam in haar kaak terug, net zo'n pijn als zoveel jaar geleden, toen het paard van haar moeder tegen haar mond had getrapt, en ze huilde, om de schrik van deze klap en om het trauma van vroeger.

Ze hoorde hoe hij naar de badkamer ging, de trap afliep, in de hal zijn jas pakte en via de voordeur het huis verliet. Toen was het stil, en verlaten.

Later ging ze naar de badkamer en zag dat hij zijn tandenborstel en zijn dental floss had meegenomen, waar ze uit afleidde dat hij minstens een nacht zou wegblijven.

Ze ging ervan uit dat hij wel weer gauw terug zou komen, net zoals ze ervan uitging dat niemand Jason zou willen vermoorden. Gedachten aan het tegendeel kon ze niet verdragen.

Ze keek naar zichzelf in de spiegel: de volmaaktheid en openheid van voorhoofd en ogen, de tamelijk strenge neus, de misvormde kaak en ze zag zichzelf als volkomen toevallig. Homer had de spiegel een keer in een rommelzaakje op de kop getikt. De vormgeving was in de stijl van de jaren dertig – helder glas met schuin afgeslepen randen, met links en rechts een stuk spiegel eraan vastgescharnierd, zodat je gezicht van voren genomen in onduhbelzinnige onschuld terugstaarde, en je profiel alsmaar over en weer werd gekaatst, van de ene weerspiegeling naar de andere, tot in het oneindige.

'Ik wilde alleen maar de waarheid zeggen,' zei ze hardop tegen haar enkele, ondubbelzinnige spiegelbeeld en wist op het moment dat ze sprak dat ze loog, dat er meer aan de hand moest zijn. Maar het leek of de spiegels aan de zijkant de kern van haar woorden opvingen en over en weer gooiden, steeds verder de oneindigheid in, alsof ze, ondanks zichzelf, niet langer een toevallig wezen, produkt en producent van ongelukjes was, maar zin en betekenis had gekregen.

Boven begon Jason te huilen. Het werd dag. Er blonk een koud licht aan de randen van de dichte gordijnen. Het drong tot haar door dat ze helemaal niet geslapen had. Ze ging naar Jason toe. Hij was half in slaap en jengelde zachtjes.

'Stil maar. Wat is er?'
'Ik heb gedroomd van een witte flits en een knal en toen ik keek, was alles van steen, en ik zag jou niet, en ik maar overal kijken, maar je was nergens te vinden, en ik had helemaal geen handen, alleen een soort sliertjes.'

'Stil maar,' zei Isabel, 'alles is goed', maar ze wist dat het niet waar was. Ze wist dat de droom algemeen was en voortkwam uit dingen die in het verleden gebeurd waren en angsten die nu leefden. Iedereen liep op zijn tenen en hield zijn adem in, uit angst dat door even te kuchen of te niezen de droom werkelijkheid zou worden. Dat de stenen van de muren, de mobile boven het kinderbedje, de boeken in de kast, de mensen met hun liefdes en geworstel en ruzies in hun streven naar volmaaktheid, allemaal, allemaal in één oogwenk, nog vlugger vervagend dan een droom, zouden verdwijnen. Alle plannen verijdeld, alle gedachten vervlogen, alle vlees tot sliertjes geworden.

Jason zat rechtop in bed. De droom was over. Zijn moeder had het, per slot, in zijn wereld nog altijd voor het zeggen. Wat Isabel zei, was echt.

'Ik heb het maar gedroomd,' zei hij, weer vol vertrouwen. 'Het was niet waar.'
'Het was niet waar,' herhaalde ze.
'Is het al tijd om op te staan?' vroeg hij.
'Nog niet. Ga maar weer slapen,' zei ze, en voor deze ene keer gehoorzaamde hij en sliep diep en vredig, tot het de juiste tijd was voor zijn gebruikelijke ontwaakschreeuw, de vijf minuten genade, en dan het begin van zijn rumoerige dag.

21 ─────────

'De waarheid?' Elphick keek onzeker. Isabel was behuild, schrikachtig en minder goed te volgen dan anders. Ze zaten samen in de videokamer, in die kameraadschap van gedeelde interesses en gedeelde problemen, die zelfs van mensen bij wie je het niet voor mogelijk houdt, dikke maatjes maakt. Ze bekeken beelden van overstromingswater, zwermende bijen en krioelende mieren. 'De televisie lijkt me niet de meest geëigende plaats om naar de waarheid te zoeken, en nog minder de plaats om die te gaan verkondigen.'

Te gast in het programma was een ingenieur die geloofde en ook kon bewijzen, dat de vloedkering in de Theems eerder de ondergang dan de redding van Londen betekende. Verder was er een vrouw die de toekomst kon voorspellen door de gedragingen van mieren te observeren, en een man die zijn bijen verfstoffen voerde en gekleurde honing produceerde. Er zaten te veel insekten in het programma – een pijnlijk in het oog springend feit, dat Alice de assistente blijkbaar volkomen ontgaan was. Elphicks vrouw had hem verlaten en sindsdien was hij nuchter en haar nagedachtenis trouw gebleven, zoals hij haarzelf altijd ontrouw was geweest. In ieder geval nam hij Alice de laatste tijd niet meer mee naar zijn flat in Londen. Hun verhouding, altijd al vaag, dreigde als een nachtkaars uit te gaan, waardoor Alice helemaal van slag raakte, zich niet meer op haar werk kon concentreren en voor iedereen behalve Elphick, leek het wel, een voorwerp van medelijden werd. 'Als ze zo doorgaat,' zei Elphick tegen Isabel, 'moeten ze haar nog producente maken. Ze kunnen haar, vanwege haar contract, niet ontslaan en wij kunnen haar niet meer gebruiken, dus moet ze wel promotie krijgen. Zo komen mensen aan de top van een bedrijf te staan. Ze zijn het schuim dat komt bovendrijven wanneer de desem bruist en gist.' Hij sprak kalm, zonder animositeit. Isabel had de indruk dat Alice was terugverwezen naar de verhitte gelederen van de vijand, de mensen die Elphicks bedoelingen doorkruisten en zijn plannetjes in de war stuurden.

'Heb je een blauw oog?' vroeg hij, opeens persoonlijk, en bekeek haar eens goed.

'Ja,' zei Isabel.

'Wie?' vroeg Elphick.

'Mijn man.'

'Interessant,' zei hij. 'Laat het door de mensen van de grime een beetje oplappen, dan wek je minder ongerustheid en paniek bij onze medewerkers. Het programma van deze week is zonder jouw duit in het zakje al rampzalig genoeg.'

Hij richtte zijn aandacht weer op het scherm. De mieren zwaaiden naar hem met hun kauwwerktuigen.

'Ik geloof niet dat jij veel op hebt met de waarheid,' zei hij. 'Dat hebben weinig mensen. We houden allemaal liever vast aan onze prettige illusies – dat we bemind, of geborgen, of nodig zijn.'

'Jij hebt er gewoon de pest in,' zei ze, 'omdat je vrouw bij je weg is.'

'En jij wilt op de televisie de waarheid gaan zeggen omdat je man je een blauw oog heeft geslagen. Wat voor waarheid bedoel je, Isabel?'

'Er luisteren miljoenen mensen naar me,' zei ze. 'Ik hoef me alleen maar tot ze te richten en de waarheid te spreken.'

Hij lachte.

'Ga je een samenzwering onthullen? De premier van Engeland werkt voor de Russen? De BBC is in handen van de Chinese triade? De mensen in dit land zijn volslagen overvoerd met onthullingen. Je zou alleen je baan kwijtraken, Isabel, en het respect van je miljoenen kijkers verliezen. Ze zouden je als hysterische fanaat bestempelen. Een egotripper.'

'Maar je weet helemaal niet wat ik wil zeggen, Elphick.'

'Dat dacht je maar,' zei hij, en weigerde toen om nog iets over de kwestie te zeggen, behalve dat, mocht ze lust hebben om de dierenliefhebbers op te roepen tot de strijd voor de ontmanteling van de vloedkering in de Theems, ze zich vooral niet door hem moest laten weerhouden. Honden en katten hadden zwaar te lijden van overstromingen en het zenuwziek ijveren voor hun welzijn was een van de weinige vormen van hysterie die maatschappelijk aanvaardbaar waren.

Een bij rolde met zijn facetoog naar Isabel. Met microfotografische apparatuur werd zichtbaar gemaakt, dat de lidloze ogen rondom waren aangevreten door kleine witte, doorzichtige parasietjes, die uitgelaten met hun minipootjes wapperden en zo te zien schik in het leven hadden.

'Walgelijk,' zei Elphick. 'Alice is echt niet meer te handhaven.'

Tijdens de lunch in de kantine was Dandy Ivel het onderwerp van gesprek. Isabel had het onaangename gevoel dat de mensen naar haar keken om te zien hoe ze reageerde – en probeerde het gevoel van zich af te zetten, ze verbeeldde het zich alleen maar. Ze was moe, van streek, chagrijnig door gebrek aan slaap en een blauw oog, en helemaal in de stemming om zich zulke dingen in het hoofd te halen.

Dandridge Ivel, voor geen kleintje vervaard, had een interview afgestaan aan de *Playboy*. Als de waarheid hem de kop kostte, zoals Jimmy Carter bijna was overkomen, dan was dat pech gehad, zei Dandy. Ja, hij was inderdaad begerig naar vrouwen, in zijn hart en in levende lijve. Wat ongetrouwde en kinderloze mensen met of tegen elkaar deden, ging niemand behalve hunzelf iets aan. Maar het huwelijk was en bleef een sacrament, evenals het verwekken van kinderen, en de voortplanting en de geslachtsdaad waren onverbrekelijk met elkaar verbonden.'

'Allemachtig,' zei Elphick, met ontzag. 'Hij wint de stemmen van de vrijgevochten jongeren, maar verliest die van de katholieken niet.'

Blauw leek niet meer het juiste woord voor Isabels oog. De huid rondom het oog was van een gemêleerd grijs met dunne felgroene lijntjes in een bruinig-paars, kussenachtig iets veranderd. De mensen van de grime hadden hun best gedaan. Vandaag werd er alleen gerepeteerd en gaf het niet hoe Isabel er uitzag. Anders werd het wanneer ze voor de camera's stond en in miljoenen huiskamers live op de beeldbuis kwam.

'Het is de vraag of je de uitzending kunt doen,' zei Elphick.

'Wat een onzin,' zei Isabel. 'Stel dat ik tegen een bezemsteel was opgelopen.'

'Zulke verhaaltjes gelooft niemand, zelfs niet als ze waar zijn. Maar afgezien daarvan, je bent in een rare stemming. Je houdt je misschien niet aan het script, of je geeft een verkeerd teken en maakte ons allemaal te schande. Ik zie het nog even aan tot donderdag.'

Zo liet je vastberadenheid je in de steek, bedacht Isabel, als je geconfronteerd werd met hebbelijkheden, uitputting, lichamelijk onwelzijn, de spot van anderen en de afbakenende kracht van woorden, waarmee grote en onbestemde dingen in kleine, vaste hokjes werden gestopt.

Later op de dag belde ze dr. Gregory en vroeg zijn assistente om haar afspraak te annuleren. Ze had het gevoel dat ze hem niets te zeggen had. Haar verleden viel nu zo in het niet bij het heden, dat ze zich voorlopig niet de luxe van nostalgische emoties kon veroorloven. Ze belde met Homers kantoor, gaf zich aan de telefoon uit voor Alice en kreeg te horen dat Homer in New York zat, maar tegen het einde van de week werd terugverwacht.

'Was dat niet nogal plotseling?' vroeg Isabel. 'Ik heb hem gisteren nog gesproken en toen zei hij niets over New York.'

'Het was nogal plotseling ja,' zei het meisje, kortaf, en hing op. Isabel voelde dat ze herkend was en vond het onverdraaglijk. Haar oog werd dieper van kleur en voelde stijf aan, maar op een vreemde manier ging er ook iets geruststellends van uit, alsof Homer, in al zijn vertrouwdheid, bij haar was.

De repetities verliepen beroerd. De waarzegster klaagde dat de mieren door de lampen werden opgehitst, wat het doen van voorspellingen bemoeilijkte. De honingmaker kwam opeens met de onthulling op de proppen, dat de kleurstof waarmee hij zijn raampjes doordrenkte in zekere mate giftig was. De waterbouwkundig ingenieur had een lastige falsetstem. Er waren problemen met de vakbond in een van de andere studio's en de stemming onder de mensen van de cameraploeg was geprikkeld. Twee camera's gaven gelijktijdig de geest, vervangende apparatuur was niet beschikbaar – of dat beweerde Elphick tenminste, op dat ogenblik buiten zichzelf van wrevel en ergernis – en de repetitie werd uitgesteld tot de volgende ochtend.

Elphick was zonder auto gekomen. Alice bood aan om hem thuis te brengen.

'Doe geen moeite,' zei Elphick. 'Isabel brengt me wel. Nietwaar, Isabel?'
'Mij best,' zei Isabel.

Maar ze werd koud bij het zien van de wanhopige uitdrukking op Alices gezicht. Elphicks vrouw was weg, er was een leegte ontstaan en Alice kreeg niet de kans om die op te vullen. Haar leven was ontredderd en zinloos, zoals het leven van zovele vrouwen die hun ziel en zaligheid in handen van een getrouwde man geven. Hoe bekoeld Isabel ook was, uit solidariteit met een zuster, ze ging toch, triomfantelijk onder de roze en geagiteerde neus van Alice, met Elphick weg, en had er verontrustend veel plezier in om zo aan Alices ellende bij te dragen.

Eenmaal in de auto beefde ze en schaamde ze zich, maar ze had gedaan wat ze wilde. Berouw hebben was geen deugd. Ze was van plan om met Elphick te slapen en hij, dat was wel duidelijk, had dezelfde plannen met haar. Alice moest het maar even zelf uitzoeken.

Ze reden stilzwijgend naar zijn flat. De littekens die kris-kras over zijn gezicht liepen, staken bleek af tegen zijn verhitte gezicht. Ze moest denken aan de appeltaart die haar moeder vroeger altijd op zondagmorgen bakte: roze appel met een netwerk van bleke reepjes deeg, nooit helemaal gaar.

Ze lachte, maar kon de grap moeilijk aan Elphick uitleggen.

Het verkeer schoot haast niet op. Het was spitsuur. Ze voelde zich vrij van schuldgevoel en kinderlijk gelukkig en toen ze naar de reden zocht, schoot het haar te binnen dat ze Jennifer had gevraagd om Jason van school te halen en hem onder haar hoede te nemen tot zij uit haar werk kwam. Zo gewend was ze geraakt aan Homers hulp – of liever gezegd aan zijn vastbesloten, nietsontziende politiek van alles delen – dat ze tot op dit moment het bestaan van buren en vriendinnen, babysitters en dienstige sympathisanten helemaal vergeten was: het opvangnet dat moeders met jonge kinderen voor zichzelf weven, de een met wat meer vaardigheid dan de ander. Zij, Isabel, had gewoon helemaal niks geweven.

'Het is groen,' merkte Elphick op. Achter haar werd er getoeterd. Ze reed door naar de volgende kruising.

In een huis wonen met Homer, zo bedacht Isabel, was als wonen in een huis dat verduisterd werd door een zware eikeboom, die pontificaal voor de voordeur was geplant. Wanneer je de deur opendeed, nam de boom al het licht weg. En nu was de boom verdwenen, woest met wortel en tak uitgerukt, en wanneer ze nu de deur opendeed – ja, dan was daar het akelige gat, rauw en gapend en pijnlijk, en onmetelijk diep en wanordelijk, maar erachter lag een weids, zonovergoten landschap, dat zich zover als haar oog reikte uitstrekte, en zodra het gat een beetje gedicht, een beetje geheeld was, had ze de vrijheid om naar hartelust door dat landschap te zwerven, hand in hand met Jason. Jason van haar alleen, niet van hen beiden. En andere mensen, andere vrouwen zouden uit hun huizen komen en de heuvels ingaan, en naar elkaar zwaaien, en de kinderen zouden spelen en er zou overal gelach klinken en vrede zijn.

Ze moest lachen om deze kinderversie van het paradijs. Net als een kindertekening was het beeld vol foutjes en onmogelijk naïef.

'Isabel,' zei Elphick, 'wil je alsjeblieft je aandacht bij de weg houden. Je bent nog erger dan Alice. Heb ik dan zo'n fatale invloed op vrouwen?'
'Kan me niet voorstellen,' zei ze, en reed verder.

Vrouwen waren, daar bleef iedereen maar op hameren, ook mensen en stonden zonder twijfel ook als eiken bij mannen voor de deur en namen op dezelfde manier het licht weg. En bij kinderspel ging het er ook niet vrolijk en vredig aan toe, maar werden er de meest gecompliceerde en vaak onaangename grote-mensen rituelen uitgetest. En vrouwen waren weliswaar beter gezelschap dan mannen, maar dan toch voornamelijk als die vrouwen thuis een man hadden. Ongetwijfeld hadden mannen ook altijd zo over het gezelschap van hun medemannen gedacht. Alles veranderde, maar weinig ging erop vooruit.

'Lach je altijd onder het autorijden?' informeerde Elphick. 'Ik bijna nooit. Ik huil meestal.'
'Het spijt me,' zei ze, en liet deze keer bij het optrekken de versnelling knarsen. Hij trok zijn wenkbrauwen op, maar gaf geen commentaar. Ze zag dat zijn hand, bleek, benig en lang, op haar dij lag. Ze had niet gemerkt wanneer hij die daar had gelegd, maar het blijkbaar als iets vanzelfsprekends beschouwd. De druk van zijn wijsvinger nam toe, in een onmiskenbare erotische invitatie.
'Ik houd niet van Homer,' zei Isabel, en hoorde daar zelf ook van op. 'Ik ben blij dat hij weg is. Van mij hoeft hij niet terug te komen.'
'Wanneer je blauwe oog over is,' zei Elphick, 'ga je er heus wel anders over denken. Het is niet eenvoudig om uit te maken wat "houden van" precies betekent. Het is nu misschien niet het juiste moment om je daarin te verdiepen.'

'Ik was gewoon herstellende, anders niet,' zei Isabel. 'Van mijn kinderjaren, mijn jeugd. En daarna kreeg ik die zware aanval van liefde.'

'Laten we het niet over liefde hebben,' zei Elphick. 'Laten we deze situatie niet meer beladen dan strikt noodzakelijk. En laten we het niet over echtgenoten en echtgenotes hebben, of proberen ons gedrag goed te praten. Laten we nu maar gewoon accepteren dat we ellendige zondaars zijn, en het er van nemen.'

Ze vond wonder boven wonder precies bij Elphick voor de deur een parkeerplaats.

Zijn flat had die onbehaaglijke weelderigheid die je meer bij mensen van de film dan bij televisiemensen ziet. De inrichting getuigde afwisselend van armoede en gigantische welstand. Aftandse sofa's en een schilderij van Braque, wrakkige eetkamer-stoelen en een salontafel van onyx. In de boekenkast zag Isabel de vergeelde pockets uit zijn jeugd staan. *De vanger in het koren, Een verre glimlach, Lucky Jim,* Koestler, Eliot en Auden – *Het ontstaan van de Engelse arbeidersklasse* – en ze voelde even een steek van deernis voor hem, wat bijna voor echte genegenheid doorging.

Hij zag haar de titels lezen.

'De boeken uit je jeugd,' zei hij. 'Treurig. Niets terechtgekomen van alle mooie idealen.'

'Wat wilde je dan?'

'De wereld redden, net als iedereen. Nu ben ik producent van een middelmatige praatshow, met een vrouw die me verlaten heeft en kinderen die me ontgroeid zijn, en alleen nog de langzame aftakeling in het vooruitzicht tot ik overbodig ben en mijn graf in kan.'

Tegen zoveel zwartgalligheid kon het verlangen niet op.

'Ik kan misschien maar beter gaan,' zei ze.

'Daar heb je het al,' zei hij. 'Ik heb je gedeprimeerd. De enige persoon die ik niet schijn te deprimeren is Alice en dat komt doordat ze zo mogelijk nog zwartgalliger is dan ik. Ik dacht dat jij een uitzondering zou zijn, Isabel. Zo stralend en zelfverzekerd, zelfs met je blauwe oog.'

Hij gaf haar een spiegel aan, van het type dat de god Pan van oudsher aan de naakte Venus geeft, met een lang handvat en vergulde randen. Ze bestudeerde haar gekwetste oog, en haar verlangen keerde terug.

'Ja, maar Elphick,' zei ze, 'ik begrijp mezelf niet.'

Hij keek hoe haar gezicht van uitdrukking veranderde, zoals een zee waar de wind over blaast van aanblik verandert, en van vriendelijk opeens dreigend en weer vriendelijk wordt.
  'Laten we het daar nu eens vooral niet over hebben,' zei hij, 'al dat gepsychologiseer,' en alle zaken als twijfel, tegenbeschuldigingen, beweegredenen, bedoelingen en bedenkingen – de hoofdingrediënten van haar leven met Homer – werden door Elphick met zo'n mannelijk en moeiteloos gebaar weggewuifd, dat Isabel weer moest denken aan het gemak waarmee hij haar had meegetroond.
  'Je koopt er niks voor. Laten we het erop houden, dat wraak de zinnen prikkelt.'

'Ja, maar Elphick,' stribbelde ze tegen, toen hij van achteren de spiegel wegpakte, haar blouse openknoopte en zijn hoofd, zijn mond, zijn tanden in haar nek begroef.
  'Het is zo helemaal niet verstandig. We zijn collega's.'
  'Jij presenteert alleen maar,' zei hij. 'Ik doe de produktie. Als ik wil, kan ik je zo uit het programma zetten. Dat werkt ook prikkelend op de zinnen.'

Het leek inderdaad zijn uitwerking niet te missen.
  'Ja, maar Elphick,' zei ze, toen ze, bloot op zijn bed lag. 'Hoe zit het daarna dan? Is het je plan om van mij een tweede Alice te maken?'
  'Vergeet dat maar,' zei hij. 'Ik heb geen plannen voor daarna.'

Toch was er iets wat ze niet begreep.

'Ja, maar Elphick,' klaagde ze, voor ze zich, blij toe, door de roes van bevrediging tot zwijgen liet brengen – het leek zolang geleden, de laatste keer dat haar lichaam haar verstand tot zwijgen had gebracht – 'ja, maar Elphick, ik begrijp jouw motieven helemaal niet.'

Hij nam niet de moeite om te antwoorden, en daar leek het ook niet het juiste moment voor, maar de vraag bleef daarna onbeantwoord tussen hen hangen, toen ze zich aankleedden en zij koffie dronk en aanstalten maakte om naar huis te gaan. De hele affaire had iets van berekening, van verleiding gehad en Isabel kon niet met zekerheid vaststellen of dat nu aan haar, of aan hem lag.

Ze haalde Jason op bij Jennifer en verontschuldigde zich dat ze zo laat was
'Waar is Homer?' vroeg Jason, in bad. 'Waar is pappa?'
'Die moest een paar daagjes weg,' antwoordde ze.
Met die uitleg leek hij genoegen te nemen. Hij vroeg niet naar bijzonderheden.
'Ik vond het leuk bij Jennifer,' zei hij. 'We kregen witbrood met boter en taartjes met een groen suikerlaagje.'

Een groen suikerlaagje! Kleurstoffen waren verdacht, kankerverwekkend. Thuis kreeg Jason alleen de allerbleekste etenswaren te eten. Isabel miste Homer opeens hevig. Haar kruis, plezierig pijnlijk en stijf, werd een voortdurend verwijt, waar zelfs haar beschadigde oog niet tegenop kon. Natuurlijk was Jason een kind van Homer, dat was de afspraak, zo niet de werkelijkheid. Bespottelijk als iemand iets anders veronderstelde, onvergeeflijk dat zij haar eigen twijfels uitgesproken had.

Ze zat aan het bed van Jason, tot hij in slaap viel. Ze moest denken aan de tijd dat ze nog van de ene rijke man aan de andere doorgegeven werd, te leen, of ter bewaring, of als relatiegeschenk en bedacht dat het leven toen misschien beter, ongecompliceerder was geweest dan nu. Ze wilde maar dat Homer terugkwam – om haar te vergeven, haar liefde voor hem te herstellen, de losse eindjes van haar leven aan elkaar te knopen en van verleden, heden en toekomst één keurig net en stevig pakketje te maken.

22

'Ik wist gewoon dat ze met een man was geweest,' zei Jennifer. 'Je merkt het meteen, wanneer moeders iets in hun schild voeren. Ze droppen hun kind bij jou, komen het te laat ophalen en doen dan poeslief.'

Spetter-de-spet. Het is weer gaan regenen. Sommigen van ons in Wincaster Row zitten aan de verkeerde partner vast en zouden, als het kon, zo met een ander een nieuw leven beginnen, maar uit fatsoen, loyaliteit, gewoonte en luiheid blijven we maar waar we zijn, en wie we zijn. Trouwens, je hebt ook rekening te houden met de kinderen en daarvoor ben je bij ons in Wincaster Row aan het juiste adres. Zelfs Hilary houdt op haar manier rekening met ze, en denkt ze te helpen door afschaffing van het vaderschap. Hope zegt dat ze geen kinderen wil. Ze zou een rotmoeder zijn, zegt ze, en geen kinderen nemen is haar manier om in hun belang te handelen. Haar houding is onbegrijpelijk voor Jennifer, die een vrouw alleen maar kan zien als voor-moeder, moeder of ex-moeder. Hope zegt dat je toch ook nog wel voor iets anders leeft dan alleen om leven door te geven, en Jennifer antwoordt grimmig van nee.

Hilary vindt, ondanks dat ze de hele mannelijke sekse als een plaag beschouwd, dat ze er recht op heeft om van het geslachtelijk verkeer met mannen te genieten, en is kwaad als ze niet aan haar trekken komt. Ze klaagt nogal eens over mannen die hun handen niet thuis kunnen houden, tijdens de straatfeestjes, de zondagse borrel, de barbecues enzovoorts, maar Jennifer kan er een eed op doen dat Hilary het zich alleen maar verbeeldt. Ze heeft haar nauwlettend in de gaten gehouden, en geen enkele mannenhand op Hilary's boezem gezien of in haar billen zien knijpen. Zou

Jennifers aandacht echt geen moment verslapt zijn? Dat weet je nooit. Misschien is het waar dat mannen hun handen niet van Hilary af kunnen houden, net zoals katten altijd op schoot gaan zitten bij mensen die het minst van ze willen weten. Hope vindt het bijvoorbeeld wel weer prettig als mannen aan haar komen. Jennifer beweert dat haar man haar maar hoeft aan te raken en ze is al weer zwanger. Het is een wonder dat we zo goed met elkaar kunnen opschieten, als je in aanmerking neemt dat onze beleving van eenzelfde gebeuren niet alleen onderling zo verschillend is, maar ook nog voor zo'n verscheidenheid aan effecten zorgt.

Aangaande het onderwerp van huwelijkse ontrouw zegt Jennifer dat ze het heus zo zou doen als ze kon, ware het niet dat ze er noch de tijd, noch de conditie, noch de gelegenheid voor had. Hilary zegt dat haar eigen huwelijk haar niet kan schelen, maar dat ze het nooit met een getrouwde man zou aanleggen, uit piëteit voor haar zusters. Maar als mannen dan zo weinig voorstellen, brengt Jennifer in het midden, bewijs je hun vrouwen dan niet juist een dienst? Hilary raakt verhit van drift. Hope zegt dat ze ervan houdt om met getrouwde mannen te slapen. Het is spannender en je hoeft niet bang te zijn voor een vervelende vaste relatie. Ze vindt de vrijheid van ontucht de mooiste vorm van vrijheid die er bestaat, en het enige wat haar er altijd van weerhouden had om Trotskist of Maoïst of zelfs Stalinist te worden, was hun ouderwetse en strikte opvattingen over de seksuele moraal.

'Maar voel je je dan helemaal niet schuldig?' vraagt Jennifer, op haar beurt verhit. Maar nee, daar heeft Hope geen last van. Haar verlangens zijn als een krachtige, kronkelende rivier, die zich zo op het oog kalmpjes en stil door de wildernis slingert, maar ondertussen niet te stuiten is.

Ik ben Laurence wel eens ontrouw geweest in de tijd dat ik nog kon zien. Wat klinkt dat ouderwets nu. Maar hij was vaak weg per slot, en in onze relatie scheen het eerder van me verwacht te worden dat ik hem van schone overhemden voorzag, dan dat ik een droombeeld van een volmaakte en duurzame liefde ophield, wat voor jonge mensen heel normaal is, en misschien wel een definitie van onschuld is. Nu ik hem niet meer in de ogen kan zien, vind ik het moeilijker om hem te bedriegen. Trouw lijkt begerenswaardig nu het niet langer aan iets zichtbaars en concreets, een mens verschuldigd is, maar een losstaand, abstract begrip is geworden. Ik onderhoud dit fonkelnieuwe, blinde idee zoals een meisje in een schort een automaat onderhoudt. Ik stop er de ruwe ingrediënten in – integriteit en afhankelijkheid en vertrouwen – en trouw stroomt eruit, in een dikke, dampende, hete straal, en Laurence klampt zich aan mij vast en ik klamp me aan hem vast, en meer hebben we allebei niet nodig.

Spetter-de-spet. Stel dat ik op een dag mijn gezichtsvermogen terugkrijg? Er is geen enkele reden, zeggen ze, waarom dat niet zou gebeuren. Maar wat dan? Ik voel me niet helemaal opgewassen tegen de verantwoordelijkheid van weer gaaf en ongeschonden zijn. Je bent soms eenzamer wanneer je kunt zien, dan wanneer je op goed geluk om je heen maait in het donker.

Spetter-de-spet.

23

'Volgens mij is het niet echt een probleem,' zei Harry McSwain tegen Pete en Joe. 'Tegen de tijd dat de echtgenoot terugkomt, zal ze haar lesje wel geleerd hebben. Weglopen was het beste wat hij kon doen. De vrouw doet een bekentenis, bij de man valt het verkeerd. Ze heeft geleerd hoe verstandig ze eraan doet om haar mond te houden. Over niet al te lange tijd is alles weer bij het oude. Wat had Tennyson ook weer over dit onderwerp te zeggen?'

En hij bladerde door zijn in rood leer gebonden bloemlezing van de gedichten van Tennyson, en Pete en Joe verwonderden zich over de eigenaardige karaktertrekken die de machtigen en invloedrijken op deze aarde vertoonden. Petes vrouw, die nu literatuurcolleges liep, had het onlangs aan haar man proberen uit te leggen.

'Het zit 'm in de ideeën, Pete,' had ze gezegd. 'Alles berust op ideeën. Ze zeggen nu zelfs dat de bijbel niet het woord van God is, maar gewoon een verzameling gedichten.' Hij knikte beleefd, ongelovig, en wenste ten eerste dat ze hem wat vaker 'Beertje' noemde en ten tweede dat ze ophield met die literatuurcolleges. Hij weet het aan die colleges dat ze haar persoonlijke hygiëne was gaan verwaarlozen. Ze nam niet meer de vage contouren aan van een schilderij, door draperieën omlijst. Ook wanneer hij niet keek, bleef ze bestaan. Tegen zijn uitdrukkelijke wensen in droeg ze lange rokken, en soms had ze zelfs iets hippie-achtigs, wat hem aan Vera deed denken. Arme, slome, slungelige, vieze Vera, die had moeten verdwijnen.

'Met alle respect,' protesteerde Pete nu, 'maar ik zeg u nogmaals dat het wel degelijk een probleem is. Dank zij de moderne afluistertechnieken weten we precies wat er in dat gezin omgaat, en we hebben gedaan wat we konden, maar dat is niet genoeg. Met insinuatie weten we wel raad. We hebben pas nog met een tamelijk ernstige bedreiging van die aard afgerekend, maar hier gaat het om feiten.'

'Ach ja,' zei McSwain. 'Dat meisje dat beweerde dat de presidentskandidaat impotent was. Moeilijk voor te stellen als je Dandy kent.'

'Ze heeft één keer te veel gekust en gekletst,' zei Joe met enige voldoening.

'Laat me één ding duidelijk stellen,' zei McSwain. 'Wat jullie doen om de presidentskandidaat te beschermen is jullie zaak. Er staat heel wat op het spel. Niet alleen veel geld, maar vanzelfsprekend ook de hoop en verwachtingen van de overgrote meerderheid van de Amerikanen, die een waardig, welvarend en vrij leven wensen te leiden, vertrouwend op de integriteit van hun leiders. Soms moeten we het misschien wat hard spelen. Daarvoor zijn jullie ingehuurd en wees ervan verzekerd dat jullie alle steun krijgen die jullie nodig hebben. Desondanks moet ik jullie erop wijzen dat de kwestie met betrekking tot mevrouw Rust uiterst gevoelig ligt, en dat ik nog niet van jullie gelijk overtuigd ben.'

'U moet weten,' zei Pete, 'dat we voortdurend overleggen met een team psychologen van het IFPC. Naar hun idee is de psychische toestand van mevrouw Rust uiterst labiel en kan ze ieder moment volkomen instorten. En ik zeg u nogmaals, je hebt insinuaties en je hebt feiten. We kunnen niet toestaan dat een vrouw in het openbaar gaat verklaren dat haar kind de zoon is van de president van de Verenigde Staten.'

'Laat me die foto nog eens bekijken,' zei McSwain, en liep met een vergrootglas naar de schoolfoto van Jason. Mevrouw Pelotti glimlachte stralend op de achtergrond. Jason stond naast haar.

'Waarom heeft die vrouw haar hand op de nek van dat kind?' vroeg hij.

'Ze heeft haar handen vol aan hem,' zei Joe, 'net als wij aan zijn vader.'

Ze lachten allemaal.

'Mocht ze besluiten om het te zeggen,' zei McSwain, 'dan moet ik haar gelijk geven. Niemand kan het ontkennen. Er is geen twijfel over mogelijk, ze lijken sprekend op elkaar.'

'U weet ook,' zei Pete, op het verkeerde moment, 'dat als het kind uit de weg is, de moeder met rust gelaten kan worden. Met kinderen kan er van alles gebeuren.'

'Dat wens ik niet meer te horen,' zei McSwain, toen hij zich van zijn toorn hersteld had. 'Het IFPC voert geen oorlog tegen kinderen. Je hebt het over de zoon van de president, en dat is niet de eerste de beste.'

Hij merkte dat dit argument, hoe overtuigend het hemzelf ook in de oren klonk, voor Joe en Pete waarschijnlijk niet voldoende doorslag zou geven. Ze maakten hem bang. Misschien had hij wel, als een soort Frankenstein, een tweelingmonster geschapen. Ze hadden Vera ook met andere methoden tot zwijgen kunnen brengen. Een man kon zich op talloze manieren van de loyaliteit van een vrouw verzekeren. Zij hadden voor de dood gekozen omdat ze daar genoegen in schepten.

'Dat kind komt misschien nog eens van pas,' zei hij, en die taal verstonden ze wel.

'Ik vraag uw toestemming,' zei Pete, 'om inzake de moeder snel tot handelen over te gaan. Direct gaat ze beseffen dat ze in reëel levensgevaar verkeert. Om haar kind en zichzelf te beschermen zal ze dan vast en zeker besluiten om de waarheid aan de wereld, of in ieder geval aan het Britse publiek te verkondigen en dat komt dan overal met grote koppen in de krant te staan.'

'Martha Mitchell heeft dat vóór Watergate geprobeerd,' zei McSwain. 'Martha met de grote mond. Niemand luisterde. Ze hebben haar opgeborgen in een kliniek voor alcoholverslaafden.'

'Liddy heeft haar wel eens over de knie gelegd en haar volgespoten met barbituraten,' zei Pete, 'zodat ze vierentwintig uur lang in een coma lag. Dat was het enige wat ze konden doen.'

'De vergeten heldinnen van de vrouwenbeweging,' zei Joe.

'Vindt u niet,' zei Pete, 'dat we tegenover Pippa gewoon de plicht hebben om dat soort onaangenaamheden te voorkomen? Een man moet vrij zijn om in een wereld te leven waar zijn verleden hem niet nagedragen wordt. Dat lijkt me een heel fundamenteel recht.'

Hij dacht dat McSwain dit soort praat wel zou begrijpen, en inderdaad nam McSwain zijn toevlucht tot poëzie, zoals hij wel vaker deed wanneer hij het gevoel had dat hij aan het kortste eind trok.

'Arme mevrouw Rust,' zei hij. 'Ik geloof dat ze echt van hem hield. Wat voor zin heeft het leven nog voor een vrouw als de liefde vergaan is? Wanneer de liefde van een man haar teleurgesteld heeft?

Haar tranen vielen met de dauw des avonds;
Haar tranen vielen eer de dauw droog was;
Ze kon niet naar de wond're hemel kijken,
Noch des morgens noch als het avond was...
Ze zei alleen: "De nacht is somber,
Hij komt niet weer," zei ze;
Ze zei: "Ik ben moede, zo moede,
Ik was het liefste dood!" '

Waaruit Pete en Joe begrepen dat ze het pleit gewonnen hadden en toestemming hadden om te doen wat hun goeddacht, zeer tot hun tevredenheid.

Maar op dat moment hoorde Dandy, die in zijn appartement doelloos banden aan het afspelen was onder het drinken van een verboden bourbon met water en het knabbelen van zoutjes (een dubbel vergrijp waardoor de hoeveelheid natrium en calorieën die hij binnenkreeg enorm vergroot werd), toevallig wat er besproken werd. Zonder zich iets van de veiligheidsbepalingen aan te trekken (dat krijg je, met alcohol) pakte hij de telefoon, liet zich doorverbinden met McSwain en zei: 'Wat is er in allejezusnaam aan de hand daarbeneden?'

24

Isabel dwaalde door haar lege huis. De leegte zat uiteraard in haar en niet in het huis, dat net als altijd volstond met potplanten en kaplaarzen. En alleen was ze ook niet. Jason was er en hij zong en blies op zijn trompet, een onzalig cadeau van de Humbles uit Wales, wier dochtertjes Jason aan het huilen had gebracht. Maar de aanwezigheid van het kind, hoe lawaaierig ook, telt voor de verlaten ouder niet als gezelschap. Alleen 's nachts, wanneer het lichaam van het kind warm tegen dat van de moeder aanligt, wordt zijn aanwezigheid een bron van troost – meer nog dan de aanwezigheid van de echtgenoot, die weliswaar de oudste rechten heeft, maar er uiteindelijk, in een koud, opwindend en ongehuwd verleden, alleen maar van buitenaf is bijgehaald. Door de wil beschikt, niet door het lot.

Maar overdag is het kind voor de wrokkige en mokkende moeder een extra bron van ellende. Het ondermijnt haar kracht in plaats van haar steun te geven. De moeder snauwt, het kind jengelt en geen van beiden biedt de ander steun.

'In godsnaam,' schreeuwde de liftallige, vriendelijke, intelligente Isabel, die wel honderd kastelen van eierdozen gebouwd had, de muren vol had gehangen met kindertekeningen, 'Jason, houd je kop!'
  'Houd zelf je kop,' krijste Jason. 'Ik haat je. Ik snijd je aan stukken en stop je in de vuilnisbak, en dan nemen ze je mee en zie ik je nooit meer.'

En het afluisterapparaat in het keukenplafond hoorde alles en legde alles op de band vast, ongeveer zoals ongetwijfeld ooit God met zijn alziend oog, dat in het diepste innerlijk van de mensen, met name de vrouwen, kon kijken, alles in het grote Boek des Oordeels had vastgelegd, om op de Dag des Oordeels tegen de zondaar te gebruiken.

Isabel keek naar Jason en in haar hart werd ze hem ontrouw door te denken: 'Als jij er niet geweest was, zat ik nu niet in de nesten. Dan had ik nu en een man en mijn zelfrespect en de vrijheid om te doen waar ik zin in had.'

Dat haar verlangens en behoeften tegenstrijdig waren, daar wilde en kon ze geen moment bij stilstaan. Ze werd door angst, hartstocht en woede verteerd, en bovendien door de overtuiging, niet door enig feit gerechtvaardigd en ongetwijfeld het produkt van projectie – het idee: wat ik doe, doe jij vast ook – de overtuiging dat Homer er met een andere vrouw vandoor was en op datzelfde moment ergens in een slonzig bed lag. Het beeld dat ze van het bed voor ogen had, stemde opmerkelijk overeen met het bed waarop ze zo kort geleden nog met Elphick gelegen had, maar dat besefte Isabel niet.

Isabel bracht Jason naar school.

'Is Homer er niet?' informeerde mevrouw Pelotti.

'Hij is op zakenreis,' zei Isabel. 'Een buurvrouw komt Jason ophalen.'

'Het is maar dat we het weten,' zei mevrouw Pelotti. 'We geven de kinderen niet graag aan vreemden mee. Wat een blauw oog heeft u!'

'Ja, is het niet vreselijk?' zei Isabel.

Ik had, dacht Isabel op weg naar huis door met vuilnis bezaaide straten, moeten doen wat elke verstandige vrouw gedaan had, en het kind van Dandy niet moeten laten komen. Misschien had ik het gisteren, in mijn onderdrukte woede, wel bij het rechte eind gehad. Misschien hield ze helemaal niet van Homer en had ze ook nooit van hem gehouden. Misschien hadden noodzaak en wanhoop zich met elkaar vermengd en als liefde aangediend. En als ze niet van Homer hield, niet van haar man hield, dan ging er inderdaad, zoals ze gisteren heel kort had mogen aanschouwen toen de naakte Elphick naar haar toe was gekomen, een hele nieuwe, prachtige wereld voor haar open waarin de mogelijkheid om lief te hebben niet totaal onderdrukt was, maar zich voor haar, als een glinsterende stroom van emotie, genot en opwinding uitstrekte.

Maar als ze niet van Homer hield, waarom voelde ze dan deze venijnige, hongerige, knagende pijn? Alleen omdat hij er niet was, omdat hij er zonder haar toestemming vandoor was gegaan? Waarom voelde de stroom van vrijheid zo ijskoud aan?

Isabel draaide het nummer van dr. Gregory.
'Het is beter als u tussen tien vóór en het hele uur belt,' zei hij. 'Anders ben ik net met een patiënt bezig en niet in de gelegenheid om u te woord te staan. Gelukkig had er iemand afgezegd. Dat is de enige reden waarom ik nu de telefoon aanneem. Is er iets?'
'Ja,' zei Isabel.
'Je hebt de vorige afspraak afgezegd,' zei hij gepikeerd.
'Het spijt me,' zei ze, wat hem goed leek te doen, alsof spijtbetuigingen van zijn patiënten maar zelden voorkwamen. Hij kon haar de volgende morgen in zijn spreekkamer op Harley Street ontvangen.
'Ik neem aan dat het wel tot dan kan wachten,' zei hij.
'Misschien ben ik morgen wel dood,' zei Isabel.
'Dreig je nu met zelfmoord?' vroeg hij.
'Nee,' zei ze.
'In dat geval, tenzij iemand van plan is je te vermoorden, neem ik aan dat je het wel tot morgen uithoudt.'

Moord!

Isabel ging als een haas bij haar buurvrouw Maia langs. Haar kolkende gevoelsleven kwam tot rust als een pan kokende melk waar iemand een lepel koud water in gooit. Haar hoofd had gevaar aangekondigd en meedogenloos alle hartsaangelegenheden opzij geschoven, alsof wanhoop, verwarring en een gevoel van verlies louter luxe artikelen waren, in vredestijd wel aardig, maar in tijd van oorlog onbruikbaar.

'Maia,' zei Isabel, 'ik moet ineens aan iets denken. Aan wat de maîtresse van Soekarno is overkomen. Volgens sommigen was ze pianolerares, volgens anderen trad ze op in een nachtclub en er waren er genoeg die beweerden dat ze een kind van Soekarno had. Ze woonde in Manilla. Maar toen de jongen zes jaar oud was, begon ze geld te eisen. En erkenning van Soekarno's vaderschap. Moeder en kind kwamen prompt om het leven bij een verkeersongeval. En dat zou het eind van het verhaal geweest zijn, ware het niet dat er vragen over het ongeluk gesteld werden en handlangers van Soekarno probeerden om haar broer, die toch al meer wist dan goed voor hem was, de schuld in de schoenen te schuiven. Maar dat lukte niet, de pers kreeg er lucht van en de broer ging vrijuit. Soekarno werd, waarschijnlijk per ongeluk, vermoord, maar dat baatte moeder en kind natuurlijk niet meer. Die waren dood. Welke les leren we hieruit, Maia?'

'Dat je beter in het Westen kunt wonen dan in het Oosten,' zei Maia.

'Misschien is het wel,' zei Isabel, 'dat wanneer de macht en het prestige van mannen in het geding zijn, het leven en het geluk van vrouwen en kinderen er niet meer toe doen. Dat vrouwen naast alle dagelijkse zorgen, gewoon moeten leren om bommen, napalm, ontbladeringsmiddelen en dergelijke te ontwijken. Mooi dat ik daar geen genoegen mee neem.'

'Ze had zich gewoon koest kunnen houden,' zei Maia. 'Als ze zich niet zo had laten gelden, had ze nu nog geleefd.'

'En ik moet me koest houden tijdens mijn programma,' zei Isabel. 'Ik moet praten over gekleurde honing en vloedkeringen, terwijl de wereld om ons heen naar de vernieling gaat. Ik ben een inschikkelijk mens, Maia. Een tam vrouwtjeshuisdier. Ik doe mijn mond open en zeg wat het aardigst klinkt en de minste aanstoot geeft.'

'Het is jouw programma niet,' hielp Maia haar herinneren, 'het is hun programma. Jij mag er alleen maar bij van hen.'

'Toen ze haar eenmaal afgeschilderd hadden als iemand uit een nachtclub, keerde de wereld haar natuurlijk de rug toe. Dat betekende dat ze een prostituée was, en prostituées zijn meer dier dan mens, ze kunnen straffeloos afgeslacht worden. Ze worden gewoon levend verslonden. Alleen droeg zij het kind van de president en dus konden ze niet zomaar aan haar voorbij. Ze had een baarmoeder die functioneerde en ze droeg de kracht van de president in zich en bracht die tot leven, en er ging zelfs een gerucht dat ze pianoles gaf, dat ze kalm en geduldig aan een betere wereld werkte. Dat bracht iedereen zo in verwarring dat ze moest verdwijnen.'

'Ik denk dat ze gewoon politiek in de weg zat,' zei Maia.

'Dat was het niet alleen,' zei Isabel.

'Of misschien vroeg ze te veel geld. We zullen het nooit weten. In die tijd vond iedereen het ongetwijfeld heel belangrijk, maar nu het regime van Soekarno, ten goede of ten kwade, het veld heeft moeten ruimen, is de hele wereld haar vergeten.'

'Ik ben haar niet vergeten,' zei Isabel, 'en ook het kind van de president niet. De hoop van het heden en de hoop van de toekomst.'

Ze keek op haar lorloge.

'Ik zal Jennifer moeten vragen of ze Jason ophaalt,' zei ze. 'Alweer. Het is eigenlijk Homers beurt vandaag, maar meneer is niet thuis. Rechtvaardigheid en gelijkheid in het huwelijk zijn moeilijk voor elkaar te krijgen. Op dagen dat iedereen zijn verstand gebruikt, lukt het wel, maar dat komt zo weinig voor.'

'Het belangrijkste is,' zei Maia, 'ervoor te zorgen dat je in leven blijft.'

'Weet ik,' zei Isabel, met haar scheve lach en een tinteling in haar blauwe oog. 'Ik doe niet anders.'

25 ─────────

Met zijn handen op zijn rug, hangende schouders en zijn hoofd vooruit ijsbeerde Dandy door de kamer. Zo liep de kleine Jason ook. In Londen keek Jason onder het lopen naar Popeye op de televisie. Dandy keek naar andere flikkerende beelden op een scherm – van Elphick die zich in Isabel stortte en boven haar uittorende. De film werd te snel afgedraaid en kreeg daardoor iets zeer karikaturaals. En toch, toen Isabel het uitschreeuwde, zonder dat het Dandy's werk was, ging er een steek door zijn hart.

'We hebben genoeg gezien,' zei McSwain. Dandy liep roze aan en transpireerde. McSwain maakte zich zorgen over Dandy's bloeddruk. De presidentskandidaat zat steeds aan de hoge kant met zijn bloeddruk, en hoewel een normale seksuele aktiviteit zijn lichamelijke gezondheid altijd leek te bevorderen, maakte seksuele activiteit in combinatie met emotionele problemen de zaak alleen maar erger. Dandy's hart pompte, zijn bloed joeg door zijn aderen, de slagaders zetten zich schrap: de innerlijke strijd, de grote oorlog tussen prestatie en gemoedsrust, die elk hun bondgenoten in het lichaam vonden en zijn uiteindelijke ondergang bewerkstelligden. Voor McSwain was het een moeilijke beslissing geweest: de keuze tussen wat Dandy moest weten en waar hij liever onkundig van bleef. Het zou gemakkelijker zijn als Dandy zich helemaal onttrok aan de besluitvormingsprocedure, maar daar was de tijd nog niet rijp voor. En de bloeddruk was nog niet hoog genoeg om een echte fysieke bedreiging te vormen. Wel een politieke als er geruchten de ronde gingen doen. Hij deed zijn best het probleem te bagatelliseren, zelfs tegenover Pete en Joe.

'We hebben genoeg gezien,' herhaalde McSwain, maar niemand gaf de operateur opdracht de band te stoppen. De beelden waren fascinerend. Elphick rustte even uit en begon weer opnieuw.

'Waarom laten jullie me dit zien?' vroeg Dandy op hoge toon. 'Waar is dat goed voor? Het is een inbreuk op de fundamentele rechten van het individu op privacy en een fatsoenlijk bestaan.'

'Ten eerste,' zei Pete, 'zijn het geen van beide Amerikaanse staatsburgers en ten tweede leidt zij geen fatsoenlijk bestaan. Het overtuigende bewijs daarvan hebben we vandaag gezien.'

'Volgens mij leeft ze gewoon als iedereen,' zei Dandy.

'Niet zoals de meerderheid van de Amerikaanse moeders en dochters die hun vertrouwen in u gesteld hebben,' zei Pete.

McSwain schudde zijn hoofd naar Pete, die er het zwijgen toe deed.

Isabel ging op Elphick liggen, het hoofd naar achteren, de nek gestrekt. Dandy wist heel goed wat zijn achterban wilde. Ze wilden Isabel uit zijn ziel drijven, net zoals ze haar uit zijn gedachten verdreven hadden. Hij had haar lichaam laten gaan, omwille van een visioen waarvan zij onmogelijk deel kon uitmaken. Nu moest hij ook de herinnering aan haar laten gaan en daarmee het idee opgeven dat liefde en macht, man en vrouw, aarde en vuur op een of andere manier met elkaar verzoend konden worden. Hij moest Pippa Dee, glanzend nieuw en door de mens gemaakt, uit haar gietvorm loswrikken, haar afstoffen en het met haar zien te redden. Nu hij Isabel zo zag, was er geen reden om te geloven dat hij een even centrale rol in haar leven had gespeeld, als zij in het zijne.

'Alles goed en wel,' zei hij tegen niemand in het bijzonder, 'maar ze heeft het kind gehouden. Ze heeft het niet laten wegmaken.'

'Ze heeft het gehouden om u in diskrediet te brengen,' zei Joe, 'als haar dat zo uitkwam, en moge de Heilige Maria het haar vergeven.'

'Ze heeft het joch bij de buren gedumpt, ook dat nog,' zei Pete. 'Ik had niet gedacht dat ze zo diep zou zinken.'

Dandy kreunde. Superman en Lois, die op de muziek der kosmos door hoger sferen zweefden. Was het zover met ze gekomen?

'Doe wat jullie willen,' zei hij. 'Doe wat jullie moeten doen.'

'God verhoede,' zei McSwain, nadat Dandy was weggegaan, 'dat we radicale maatregelen moeten nemen. Maar we moeten wel gemachtigd zijn om ertoe over te gaan, mochten ze noodzakelijk blijken.'
'Dat is precies wat ik bedoelde,' zei Pete.

Dandy liep naar buiten en begon meteen aan te pappen met de vriendin van de operateur, die duizelig van verlangen in het operateurskamertje zat, onderhevig aan het dwingende, automatische lustgevoel dat pornografische beelden weten op te wekken en waar haar vriend – die in er in ieder geval meer aan gewend was dan zij – te druk bezig en te trots voor was om het te bevredigen.

Dandy nam haar mee naar het damestoilet en barricadeerde de deur met een stoeltje, bekleed met grijsbruin brokaat, dat hij onder de deurkruk klem zette. Ze stribbelde niet tegen, maar kleedde zich enthousiast uit. Ze voelde zich gevleid. Haar vriend had geen bezwaar gemaakt. Per slot was het de presidentskandidaat die hiermee bij volmacht werd geëerd. Dandy vlijde haar neer op het grijsbruine nylon tapijt, tussen de met glanzende spiegels afgezette muren, en slaagde er eindelijk in de geest van Isabel tot rust te brengen. Sex was fijn, en alle vrouwen waren geweldig en vergetelheid gewenst. Hij wiste Isabel uit zijn bewustzijn, zoals een nerveuze typiste een tikfout uitwist, steeds weer en weer en weer, lang nadat de noodzaak ertoe verdwenen en deze menselijkste van alle vergissingen vergeten was, en liet haar aan haar lot over.

'We zitten met een probleem,' zei Pete tegen Joe. Ze stonden geneerd buiten te wachten, terwijl leden van de staf van het IFPC, waaronder hele belangrijke, zonder aanwijsbare noodzaak op en neer liepen door de gang. Sommigen van hen lachten of grijns-

den. Verbijsterend hoe snel dit soort dingen bekend werd.
'Nou en of,' zei Joe tegen Pete.

Snotter, snotter. Voordat ik mijn gezichtsvermogen verloor, snotterde ik ook, ging ik volkomen verhuild bij heel Wincaster Row op bezoek, vroeg om raad, gaf met roodomrande ogen en vol zelfbeklag lucht aan mijn verontwaardiging over een of andere wandaad van Laurence, en beschouwde het gezelschap en de hulp van de buren als iets waar ik recht op had.

'Ik wou dat je dat soort dingen niet deed,' zei Laurence wanneer alles weer pais en vree was. 'Mijn moeder deed zoiets nooit. Zij hield het voor zich. Ze had haar trots. Ze bleef loyaal tegenover haar man, wat hij ook deed.'
'Ze is doodgegaan aan kanker. In plaats van dat het zich een weg naar buiten vrat, liet ze zich er door opvreten.'
'Er is nog nooit bewezen dat er een verband bestaat tussen kanker en discretie,' zei hij uit de hoogte. Maar ik vind mijn theorie zo gek nog niet.

Het is vreemd, maar nu ik mijn gezichtsvermogen verloren heb, gooi ik niet meer mijn hele hebben en houden over tafel bij de buren. Dat doen ze nu bij mij. Ik ben zeker in hun achting gestegen, of misschien komt het doordat ze voor mij niet kunnen doen wat ik voor hen kan doen: licht brengen in de duisternis van de wanhoop. En ik kan ook niet hun verhitte wangen en opgezwollen ogen en lopende neuzen zien. Maar ik hoor wel hun stemmen – stromen geluid die het wereldje van Wincaster Row in en uit kronkelen, zich door de fuchsiahaeg slingeren, zich om het hek van het plantsoen krullen en zich vermengen met gelach en lieve woordjes.

O, heb medelijden met me, help me, zorg voor me. Ik ben maar een kind, niet in staat om op eigen benen te staan! Niemand begrijpt me. Iedereen behandelt me slecht. Vooral hij, vooral zij. De enige in de wereld die volgens mij volmaakt was, de enige die ik vertrouwde. Kijk nou eens wat hij gedaan heeft, moet je horen wat ze zei. Kan ik dat ooit vergeven? Hoe moet ik in zo'n sfeer, na zulke beledigingen leven?

Ja maar, hij heeft mijn trouwfoto's verscheurd! Ja maar, zij heeft een minnaar! Zij stookt de kinderen tegen me op. Hij koopt hun liefde, hij houdt niet echt van ze! En we hadden nog wel zoveel verwachtingen. Voor ons, voor ons zou het allemaal anders worden.

Ja, en voor mij ook. Snotter, snotter in het donker, waar niemand me kan bereiken, ergens in mijn diepste wezen waar zelfs Laurence niet kan komen.

Snotter, snotter. Oliver is verkouden. Ik hoor hem niezen, nog voordat ik zijn voetstappen hoor. Oliver de architect van nummer 13. In de weekends zijn de kinderen bij zijn vrouw Anna. Door de week past hij op ze. Ze is tijdelijk het huis uit, of dat zegt ze tenminste. Anna is verliefd geworden. Ze heeft tijd nodig om in het bed van haar minnaar te onderzoeken wat dat betekent, terwijl Oliver de ontbijtpap klaarmaakt en onder de bedden van de jongens vandaan hun grijze schoolsokken en vanachter de boekenkasten hun schooltassen opvist. Hij betaalt de opvoeding van de kinderen. Anna zegt dat ze met zo'n ontwricht gezinsleven alle mogelijke kansen moeten krijgen.

'Waarom zou hij niet voor ze zorgen?' vraagt Hilary. 'Het zijn net zo goed zijn kinderen. Als hij niet bereid was om voor ze te zorgen, had hij ze nooit moeten nemen.'

Oliver is bijna doorlopend verkouden. Hij huilt met zijn neus in plaats van met zijn ogen. Hij houdt van zijn vrouw, die zich afvraagt of zij wel van hem houdt, dus dat zal wel niet. En hij maar niezen en snuiten en zijn neus afvegen. *Snotter, snotter.*

'Net toen het gezellig was,' klaagt Hilary vanmiddag, 'en we goed aan het kletsen waren, komt een man alles verpesten.'

Komt er een man! Hilary's overgrootvader heeft haar overgrootmoeder met een pook vermoord. Hilary's grootmoeder was er bij. Dat is pas een gebeurtenis – een groot rotsblok dat in de tijdsrivier tuimelt en de stroom in ongunstiger en armzaliger kanalen verdeelt. Er moeten generaties overheen gaan voordat zo'n gebeurtenis helemaal afgesleten en in het niets verdwenen is. Komt er een man! Ze had tien kinderen en wilde er geen elfde bij. Als ze er maar negen had gehad, was Hilary er niet eens geweest.

In heel Wincaster Row denken we allemaal goed na over dit feit en schudden het hoofd en vragen ons af of het mogelijk is door een wens te doen dit bestaan te verlaten, omdat ons hele wezen van zoveel zonden en verdriet afhangt, en van zoveel dingen die je maar het liefst zou opdoeken.

'Ga rustig zitten, Oliver, en luister,' zegt Jennifer, 'maar niet te dichtbij anders steek je ons aan.'
'Ik ben psychosomatisch verkouden,' zei Oliver, 'dat is niet besmettelijk. Wat heb je te vertellen?'
'Het is het verhaal dat Maia verzonnen heeft over Homer en Isabel van nummer 3,' zegt Hope.
'Een tijd geleden ging het verhaal,' merkte Oliver op, 'dat niet Homer maar Dandy Ivel de vader van Jason was.'
'Maia,' zegt Hope verbijsterd. 'Dat verhaal is toch niet wáár?'
'Jawel,' antwoord ik.

Snotter, snotter. Om Olivers gedachten van zijn vrouw en haar minnaar af te houden, moet er heel wat amusement geboden worden. Als de kinderen 's zondags bij haar zijn, zet ze ze voor de video en trekt zich dan met haar minnaar in de slaapkamer terug. Hoe slechter ze de jongens behandelt, des te meer lijken ze van haar te gaan houden, klaagt Oliver. Er is geen rechtvaardigheid in de wereld.

27 ───────────

Op verzoek van dr. Gregory ging Isabel op een glimmend leren bank liggen. Beneden in Harley Street raasde het verkeer. Ze vond zijn spreekkamer op St. John's Wood plezieriger. Daar voelde ze zich interessant en prettig gestoord. Door de associaties die deze ruimte bij haar opriep, voelde ze zich een patiënt die genezen moest worden.

'Ik zit liever,' zei ze. 'Waarom wilt u dat ik ga liggen? Is dat symbolisch voor mijn onderwerping?'

'Waarom houd je er niet van om te gaan liggen?' Hij had de gewoonte om iedere vraag met een tegenvraag te beantwoorden. Zijn stoel stond aan het hoofdeinde van de bank en dus kon ze hem niet zien.

'U zou me kunnen aanvallen.'

'Ben je vaak bang dat je aangevallen wordt?'

'Ja.'

'Alleen bij mij, of bij iedereen?'

'Bij iedereen. Betekent dat dat ik me schuldig voel?'

'Voel je je schuldig?'

'Ja.'

'Waarom?'

'Omdat ik overspel gepleegd heb. Klinkt dat theatraal? Het spijt me. Zo beschreef mijn moeder altijd wat mijn vader deed. Je vader? O, die heeft overspel gepleegd. Alsof dat hem volledig ontkende.'

'En nu voel jij je ontkend?'

'Nee. Ik voel me er wel goed bij.'

'Waarom moest je me zo dringend spreken? Je kunt me alleen tussen tien vóór en het hele uur bellen. Ik meen dat ik je dat al eens gezegd heb.'

'Omdat er iets mis is en ik niet kan achterhalen wat het is. Ik heb het gevoel dat mijn huis mijn huis niet meer is, en Homer mijn man niet meer.'

'Maar je hebt wel het gevoel dat Jason nog steeds jouw kind is?'
'Van mij en van Dandy, ja.'

Ze voelde dat hij glimlachte.
'Denkt u dat ik hem verzonnen heb?' Ze was kwaad.
'Ik denk dat je het wat kalmer aan moet doen tot we wat meer gesprekken hebben gehad. Als je fantasieën voelt opkomen over de afkomst van je kind, houd die dan voor je. Duik als het enigszins kan niet met collega's het bed in. Hecht geen geloof aan je eigen gevoel van almacht, het gevoel dat de wereld door jou gered moet worden. Dat hoeft heus niet. Psychotherapie haalt veel overhoop, en dat is ook de bedoeling. Bij neurotische patiënten passen de emoties en defensiemechanismen niet op elkaar, net als de tegels van een slecht gelegde vloer. De tegels moeten door elkaar gegooid, opnieuw geordend en gerangschikt en weer in het juiste patroon gelegd worden. Zolang de vloer opengebroken is, zachtjes lopen! Dat is de kunst. Mevrouw Rust, het heeft er alles van weg dat u met grote baggerlaarzen aan het rondklossen bent en ondertussen links en rechts een trap uitdeelt.'

Isabel zweeg even.
Dr. Gregory verbrak het stilzwijgen niet.
'Nu begrijp ik het,' zei ze na een tijdje, 'ik heb nooit een echt gezinsleven gekend en dus heb ik daar nu voor mijn gevoel geen recht op. Ik heb nooit een vader gekend en dus denkt een deel van mezelf dat ik maar beter geen echtgenoot kan hebben. Daarom heb ik niet het gevoel dat ze echt bestaan. Onbewust probeer ik van Homer af te komen. Ik sta ambivalent tegenover hem. Een deel van mezelf heeft het gevoel dat hij mij niet waard is, ik doe mijn best om hem te verloochenen. Ik sta niet toe dat hij de vader van Jason is. Ik wil niet dat hij dat is. En dus heb ik het hele voorval met Dandy bedacht. Dat ik het me herinner, wil niet zeggen dat het ook gebeurd is. Ik lig hier op de bank bij een psychiater in Harley Street en ik ben heel, heel gek.'
'Gek is waarschijnlijk te veel gezegd,' zei hij vriendelijk.

'Homer heeft geprobeerd me dit allemaal aan het verstand te brengen, maar ik wilde niet naar hem luisteren. Ik moest en zou iemand anders als vader hebben, en Dandy Ivel leek voor die rol geknipt.'

'Precies.' Dr. Gregory stootte iets uit waarvan ze aannam dat het een lach was. Een kort kreetje, als van een kip die midden in een kakel de nek wordt omgedraaid.

'En, wat gaat er nu gebeuren? Verdwijnen de waanvoorstellingen als sneeuw voor de zon? Als ik naar Jason kijk, zie ik dan Homer en niet Dandy in zijn ogen? Als Homers koude lichaam het mijne binnengaat, verdwijnt dan de herinnering aan Dandy's warmte?'

'Ervaar je Homer als koud?' Zijn belangstelling leek gewekt.

'Als ik dat gezegd heb, dan zal het ook wel zo zijn.'

'De lichaamstemperatuur verschilt bij mensen onderling nauwelijks. Het moet zuiver subjectief zijn. Arme Homer.'

'Zegt u dat wel,' zei Isabel. 'Arme Homer.'

'Als je paranoia voelt opkomen,' zei dr. Gregory, 'want daar lijd je aan, echt een uiterst onaangename kwaal, doe dan met de symptomen als met fysieke pijn en wacht rustig tot ze over zijn. Ze gaan namelijk gewoon over.'

'Ik ben bijna overtuigd,' zei Isabel, 'behalve dat andere mensen ook zien dat Jason op Dandy lijkt. Wat moet ik daar dan mee? Ik heb het ze horen zeggen.'

'Je denkt dat je ze gehoord hebt,' zei hij. 'Dat soort dingen kunnen innerlijke stemmen tegen een mens zeggen.'

'Heb ik echt een blauw oog?' vroeg ze.

'Ja nou!' Weer dat kakellachje. 'En of je dat hebt.'

'En heeft Homer dat gedaan?'

'Dat denk ik wel. Ik had je, denkelijk, in zo'n situatie ook geslagen.'

'Dat betekent misschien dat ik morgen het programma niet kan presenteren.'

'Ik had gedacht,' zei dr. Gregory gevoelloos, 'dat dat wel het laatste was waar je je zorgen over zou maken.'

Ze was laat met het ophalen van Jason. Toen ze bij de school aankwam, druppelden de laatste moeders en kinderen de straat uit. Binnen was Jason nergens te bekennen, niet bij de kapstokken en niet in zijn lokaal. Ze riep zijn naam en begon steeds meer in paniek te raken, terwijl haar stem weergalmde in de lege lokalen en gangen. 'Jason! Jason!' Een ijskoude angst sloeg haar om het hart.

De kindertekeningen aan de muren, de onafgemaakte sommen op de banken keken haar spottend aan. In een stil lokaal maakte een cavia, onderdeel van een 'Lief Dier'-project, snuffelende geluidjes. 'Jason! Jason!'
  Mevrouw Pelotti kwam in een oranje cape en met wapperende haren de gang door stuiven.
  'Mevrouw Rust, wat staat u daar te doen? De school is allang uit.'
  'Ik ben Jason kwijt. Ik kan Jason niet vinden.'
  'Uw buurvrouw heeft hem opgehaald. Dat heeft u me vanmorgen zelf nog verteld. Zegt u eerlijk, wat is er allemaal aan de hand?'

Ze pakte een fles sherry uit het medicijnkastje en schonk Isabel in.
  'U bent sowieso veel te laat,' zei mevrouw Pelotti. 'Dat had ik u erg kwalijk genomen als de arme, kleine Jason zolang had moeten wachten. Maar gelukkig is dat niet gebeurd.'
  'U gaat toch niet in het beoordelingsrapport van Jason zetten dat ik een neurotische moeder ben?' vroeg Isabel.
  'Als ik dat deed,' antwoordde mevrouw Pelotti, 'was het in het belang van Jason, en niet om u terecht te wijzen. Ik heb echt te doen met de moeders van tegenwoordig. Ze zijn hun kinderen aan het landelijk onderwijsstelsel kwijtgeraakt. Heel vaak zie ik ze door de school zwerven, op zoek naar hun kinderen die ze in hun verbeelding kwijt zijn, terwijl die veilig en wel ergens anders zitten. Maar ik ben moe en mijn verbeelding speelt me wel eens parten.'

Isabel vond Jason bij Jennifer thuis, waar hij televisie zat te kijken.
  'Ik heb hem zover gekregen dat hij ging zitten tijdens het

kijken,' zei Jennifer, 'en niet liep te ijsberen, zoals normaal. Ik weet dat je dat vervelend vindt, al heb ik geen idee waarom.'

28

Pete ging een bezoek brengen aan een zekere dr. Alcott, die in een aardig huis in Georgetown woonde. Dr. Alcott, een Engelsman die zijn vaderland de rug had toegekeerd, schreef populair-wetenschappelijke boeken over psychiatrie en verkeerde in permanente staat van oorlog met de officiële medische stand, die hij bij voorkeur van een primitieve en laffe houding ten opzichte van de chemotherapie betichtte. Dr. Alcott had een bulderende stem. De buren konden zijn tirades horen en de schilderijen aan zijn muren trilden. Het waren in hoofdzaak afbeeldingen van olifanten, dieren waar hij een zwak voor had. Traag en verstandig.

Pete verkleedde zich als journalist. Dat wil zeggen, hij deed zijn das af en van zijn overhemd, dat eigenlijk niet zonder das kon, maakte hij het bovenste knoopje los. Hij leende een paar suède schoenen van de broer van zijn vrouw en verliet het huis zonder zich te scheren of zijn nagels te borstelen.

'Ik wou dat je er vaker zo uitzag,' zei zijn vrouw, toen hij de voordeur uitging. Dat deed hem geen goed. Ze had kortgeknipt haar, dat alle kanten op stond. Vroeger had ze een glad en glanzend kapsel gehad, al zou hij het met geen mogelijkheid kunnen beschrijven, nu niet en toen niet. Iets in die trant zei hij tegen haar. Dat had hij mooi gevonden, dit vond hij afschuwelijk.
'O, Pete,' had ze gezegd. 'Dat is het hele probleem. Jij ziet alleen de dingen die je abnormaal vindt, nooit wat voor jou normaal is. Je staat ook buiten de werkelijkheid. Ik wou dat je dat eens inzag. Kan je niet een andere baan nemen?'
Dat maakte het alleen maar erger. Hij had zichzelf altijd voor een gelukkig getrouwd man gehouden.

Pete vertelde dr. Alcott dat hij een artikel aan het schrijven was over de positie van zedendelinquenten in de moderne samenleving. Hij bood aan hem voor zijn medewerking aan het onderzoek te betalen, maar daar wilde Alcott niets van weten.

'Kennis is gratis,' schreeuwde de dokter. 'Ik vraag geld voor het gezond maken van zieken, omdat een financiële transactie het genezingsproces versnelt. Dat is zo'n beetje het enige goede wat die dokter in Wenen heeft gezegd.'

'Welke dokter in Wenen?'

'Freud!'

'O, bedoelt u die.'

'Freud is een oplichter. Stelletje Europese warhoofden! Die van tegenwoordig zijn geen haar beter. Ze denken dat ze iets op depressies hebben gevonden. Komen ze aanzetten met de indoleaminetheorie. Ze denken dat de oorzaak van alle ellende ligt in het feit dat er te veel tryptofaan in de hersenen rondkrioelt. Volgens mij moet je het zoeken in de catecholaminen. Norepinefrine, dat is de boosdoener, dat is een afbraakprodukt van tyrosine. Kunt u me volgen? Ze geven hun depressielijders iets dat bedoeld is om manische patiënten te genezen. Volgt u me?'

'Zeker, zeker,' zei Pete, die druk aan het schrijven was op het notitieblok dat hij van zijn vrouw geleend had.

'Neem nou een gezond, normaal dier als de olifant. Hoe komt het dat het beest nooit gek wordt? Door zijn hersenen. Olifantehersens produceren geen norefrine. En niemand kan beweren dat olifanten fokken als konijnen. Volgt u?'

'Zeker. Dus hoe genees je een seksuele manie? Met tricyclische preparaten? Worden de patiënten daarmee behandeld?'

'Ja. Desipramine, imipramine, nortriptyline.'

'Lange woorden,' merkte Pete op.

'Dat is om de familieleden zoet te houden. Wat hebben die nog voor hoop? Het zijn mensen, geen scheikundigen. Tegenwoordig is iedere patiënt een levend geneeskundig laboratorium. En waarom niet? Gekken zijn geen mensen. De familie vergeet dat altijd.'

'Vertelt u me eens,' zei Pete, 'met wat voor middelen worden de zedendelinquenten in staatsgevangenissen behandeld?'

'Neuroleptica,' zei Alcott. 'Dat zijn de belangrijkste kalmeringsmiddelen. Chloorpromazine wordt vaak gebruikt om overprikkeling van de fallus tegen te gaan. Maar ook haloperidol. Zelf ben ik wel te porren voor haloperidol.'

'Nog contra-indicaties?' vroeg Pete.

'Het kan de bloeddruk te veel omlaag brengen, als de patiënt daar aanleg voor heeft. Duizeligheid, misselijkheid, flauwvallen. Ik geef haloperidol voor alle zekerheid meestal in combinatie met lithium, dat de bloeddruk verhoogt.'

'Lithium?'

'Lithiumcarbonaat. Een wondermiddel. Is uit de gratie geraakt. Niemand ziet er meer wat in. De naam is te eenvoudig.'

'Is het veilig?'

'O jee, ja. Voor iedere doorsnee Amerikaanse mannetjesputter die zijn grenzen niet kent en naar de zin van zijn vrouw te vaak zijn mannelijkheid wil bewijzen. Het smaakt niet kwaad ook. Ze kan het gewoon in de soep strooien. Soms denk ik wel eens dat mijn vrouw me tricyclische preparaten geeft. Ik heb de laatste tijd vaak hoofdpijn, voel me duizelig, hoor niet goed meer. Praat ik te hard?'

'Wat is de dosering?'

'Waarvan? Van haloperidol?'

'Ja. Met lithium.'

'Driehonderd milligram per dag, van allebei. Daar zit ik zelf ook op. Mijn vrouw houdt niet van sex, ziet u.'

Hij was harder gaan praten om de buren te laten meegenieten.

'Geef haar eens ongelijk,' voegde hij er op zachtere toon aan toe. 'Moet je me zien.'

Zijn buik lubberde, zijn gezicht was pafferig.

'Geen aantasting van het denkvermogen?' informeerde Pete.

'O god, nee! Moet je me zien!' Zijn handen beefden toen hij met een onnatuurlijke, rukkende beweging de deur openmaakte.

Waarschijnlijk een te hoge dosering, dacht Pete. Als Dandy dat ook gaat doen, geven we hem gewoon wat minder.

Joe liet door een scheikundige bruistabletten van haloperidol en lithium maken, die praktisch dezelfde vorm en smaak hadden als de vitamine C tabletten die Dandy iedere ochtend en avond innam. Dat deed hij op aanraden van Pippa. Hij respecteerde en bewonderde Pippa, maar haar liefhebben of begeren was er voor hem niet bij. Ze hoefde niet bang te zijn voor zijn satyriasis, als dat het was wat hij had. Joe en Pete hadden het idee dat Pippa aan hun kant stond. Om Pippa was Dandy minder gaan drinken, niet omdat het IFPC het hem gevraagd had.

Als hij president was, gingen ze trouwen. Het zou zoiets worden als prins Charles en Lady Di, en een tweede, een derde en een vierde ambtsperiode stonden vast. En daarna: koningschap en erfopvolging.

De enige die wel eens dacht dat het ook mis kon gaan, was Dandy.

Nu was het McSwain die ongeduldig werd.
 'Ga als de sodemieter die oceaan over en zoek eens uit wat daar aan de hand is,' zei hij. 'Er zitten daar, en hier trouwens ook, veel te veel mensen alleen maar op hun luie kont hun salaris op te strijken.'

Pete en Joe gingen als de sodemieter. Ze mochten de Concorde nemen, omdat er, zo zei McSwain, geen seconde te verliezen was, en dat beviel ze wel. Hun wapens werden, nadat de benodigde papieren en de werktuigen zelf door de veiligheidsambtenaren waren gecontroleerd, in de bagageruimte geladen, wat Pete en Joe een naakt en onwennig gevoel gaf.

29

Hoor! In het donker ritselt een blad, breekt een twijgje. Iets sluipt daar rond in het woud. *Stap, stap*. Het is vast en zeker een sabeltandtijger. Het vuur voor de grot dooft langzaam uit. Kinderen liggen op een hoopje te slapen in de as – verminkt, vervuild en verwilderd. De vrouwen kruipen dicht tegen elkaar aan en maken angstig kwetterende geluiden. Waar zijn de mannen?

'Ik weet wel waar de mannen zijn,' zegt Hilary. 'Die zijn allemaal stomdronken van het kauwen op betelzaden, of kennen elkaar stukken steen toe voor bewezen dapperheid in de strijd tegen de mammoet, of zijn in de grot ernaast de vrouwen en kinderen van andere mannen aan het vermoorden.'

'Ho es even!' zegt Oliver. 'Ik ben een man. Ik vermoord geen vrouwen en kinderen.'
'Op een of twee na dan,' voegt Hilary er onvriendelijk aan toe, 'die te verlamd zijn door liefde en lustgevoelens om zich bij de bende aan te sluiten.'

Stap, stap. Het gevaar nadert. Het is menens, geen spelletje Olleke Bolleke Rebusolleke, dat kinderen graag voor het vuur spelen. Jouw hand, mijn hand, steeds sneller, mannen en vrouwen, jouw mening, mijn mening. Buiten is het donker en koud, zo koud dat je doodvriest. Mannen hebben de grootste, de sterkste handen.
  Baf! Je vinger is gebroken.

'Ik vraag me af wat holbewoonsters deden als ze ongesteld waren,' zegt Jennifer. 'Als je het niet erg vindt, Oliver, dat we even over dit vrouwenprobleempje praten.'
  'Je gaat je toch niet verontschuldigen,' zegt Hilary razend.

'Doe niet zo zedig.'

'Niets,' zegt Hope. 'Ze deden hetzelfde wat vrouwen tegenwoordig doen als ze opgesloten zitten in isoleercellen van gevangenissen of gestichten. Ze laten het bloed gewoon lopen. Je hebt een hemd van stug zeildoek aan, geen ondergoed. Je blijft vierentwintig uur per dag in je cel. De cel is volkomen leeg, op jezelf en een toilet zonder bril na. Geen toiletpapier. Voedsel wordt drie keer per dag door een gat in de deur geschoven. Eén keer in de week wordt je je cel uitgehaald voor een wasbeurt. Als je in de tussentijd begon te bloeden, dan had je pech gehad. De enige die het weet, ben jij. Je kunt wel op de deur gaan beuken en bonzen, maar dan moet je alleen maar langer blijven. Dus doe je wat de holbewoonsters deden. Je laat het bloed gewoon lopen, over je benen en over de vloer.'

Iedereen richt zich verbijsterd tot Hope. Ze kijkt stralend, lacht met haar bekende zorgeloosheid.

'Ik heb in zo'n cel gezeten,' zei ze. 'Toen ik vijftien was, ben ik uit de band gesprongen. Ik stal en ging met mannen mee. Ik werd opgesloten in het huis van bewaring, probeerde te ontsnappen, klom over een paar muren, deelde een paar klappen uit. Pas na zes maanden lukte het mijn ouders om me vrij te krijgen. Ik heb zes weken in een isoleercel gezeten. En natuurlijk werd ik in die tijd twee keer ongesteld.'

Oliver verbreekt het stilzwijgen.

'Maar het is in mannengevangenissen net zo erg,' zegt hij.

'Mannen in eenzame opsluiting hebben, geloof ik, wel toiletpapier,' zegt Hope. 'Eenzame opsluiting! Wat klinkt dat romantisch.'

Stap, stap. Het gevaar sluipt rond. Mensen zien hun leven in een puinhoop veranderen. Hope ratelt met grote ogen, ongebreideld en risicoloos over de oppervlakkige kanten van haar leven.

'Volgens mij deugt jouw beeld van angstig kwetterende vrouwen niet,' zegt Jennifer op besliste toon. 'Ze hadden vast sprokkelhout klaarliggen en als ze dan een sabeltandtijger hoorden, stookten ze gewoon het vuur op. Anderen hadden puntige palen bij de hand om het beest, als hij aanviel, de ogen uit te steken. De kinderen lagen niet vervuild op een hoopje in de as, maar op echte nette bedden van mos en stro, keurig naast elkaar in de grot, met schoongeveegde gezichten en handen.'

Stap, stap. Hoor! Jennifer leeft in staat van beleg. Ze stookt het vuur op en slijpt, om op het gevaar voorbereid te zijn, scherpe punten aan de palen. Ze fatsoeneert haar kinderen, zoals een goede moederpoes haar jongen. Doe dit, doe dat! Voorzichtig bij het oversteken, niet met vreemde mannen praten, fluoridetabletten tegen gaatjes. Elk kind elke dag een appel, een sinaasappel en een ei, voor sterke botten, stevig vlees en een gave huid. Een huishouden met acht kinderen. Eén sinaasappel per kind per dag gedurende, laten we zeggen, vijftien jaar. Ongeveer veertigduizend sinaasappelen die gekocht moeten worden, naar huis gedragen, gepeld. Daarna moet de rommel opgeruimd worden en de schil weggegooid. Allemaal omwille van de vitamine C.

Stap, stap. Als je geen angst meer hebt om de kinderen, kun je altijd nog bang zijn dat ze verkouden worden.

Ik ben geen moeder met kinderen, maar ik heb ook angsten. 's Nachts word ik met een schok wakker, in de vaste overtuiging dat iemand of iets zich in de kamer bevindt. En ik kan niet eens het licht aandoen. Dus laat ik de angst binnen en praat ermee. Ik zeg: vertel me eens, waarom ben je zo groot in verhouding tot wat één iemand kan overkomen? En hij antwoordt: omdat ik al je angsten ben. Jullie zijn allen één, jullie zijn niet met zovelen als jullie denken, jullie moeten leren om me te delen. Het verlies dat door één vrouw geleden wordt, wordt door iedere vrouw geleden. De stem van de angst weergalmt in het donker, en ik neem het gevoel in me op en het versmelt met me, en wordt een deel van me, en verdwijnt, en ik val weer in slaap, van een zwart in een dieper zwart.

En ook geloof ik niet dat er ooit een einde komt aan het geluid van voetstappen in het donker. Het zachte aandringen van de angst buiten de lichtkring van het vuur. Ik geloof alleen dat ik van tijd tot tijd slaap, en het niet meer hoor.

30

Zoals iedereen, waaronder Elphick, Maia, Jennifer, Hope, Pete en Joe, de hele tijd had voorspeld, kwam Homer weer snel naar huis terug.

Had hij toch niet, zoals Hilary als enige had verondersteld, een huilende en afgedankte Isabel in de grote, deinende, machtige maalstroom van Alleenstaande Vrouwen geworpen? Nee. Homer kwam thuis toen Isabel sliep, met Jason naast haar, en lichtte haar met gevoelige mannenvingers uit het vreemde nieuwe land met zijn angst en onafhankelijkheid en plaatste haar weer in de eerzame positie van gehuwde vrouw, op het voetstuk van zijn achting en het algeheel respect. Vanaf dit hoge punt is het uitzicht weids en schitterend, en de zon beschijnt, op een manier waaruit de beste bedoelingen en bestendigheid spreken, de onwankelbare bergtoppen van goed gedrag en conventionele moraal.

Geen wonder dat zoveel mensen daar een goed heenkomen zoeken, en vechten om te ontsnappen aan de maaiende sikkels van opruiing, revolutie en opoffering.

Isabel sliep de slaap van een mens dat emotioneel en seksueel uitgeput is, een diepe heilzame slaap die geen belofte inhield voor de volgende dag, maar alleen een reactie op het voorafgaande was.

Homer moest over haar haren strijken, haar naam fluisteren, haar heen en weer schudden, voor ze erin toestemde om wakker te worden.

'Als ik een indringer was geweest, Isabel,' zei Homer verwijtend, 'dan had ik mijn gang kunnen gaan.'

Het was bijna één uur in de morgen.

'Ze zeiden dat je in New York zat,' zei Isabel.

'Dat klopte ook,' zei hij. 'Maar ik miste je. Ik ben weer naar huis gegaan.'

'Pas op dat je Jason niet wakker maakt,' zei Isabel. Ze kwam overeind, warm van de slaap. Hij sloeg zijn armen, in zijn jasje nog, om haar heen. Hij rook naar vliegtuig, een mengsel van zweet en hygiëne, parfum en machines. Heel even moest ze aan Dandy denken. Homer had zich niet geschoren. Zijn kin was ruw.

'Jongetjes van zes horen niet bij hun moeder in bed,' merkte Homer op. 'Wat zou dr. Gregory daar wel niet van vinden?'

'Geen idee en het kan me niet schelen ook,' zei Isabel, al was noch het een noch het ander waar. Ze wist heel goed wat dr. Gregory ervan zou vinden, want hij kwam altijd aanzetten met de vervelendste en ongunstigste theorieën die er waren. Dat ze haar moederrol verzaakte, liever troost ontving dan gaf en daarmee het kind in verwarring bracht. 'Maar ik zal het hem morgen vragen, als je dat wilt. Jason heeft trouwens toen jij weg was niet in bed geplast of iemand gebeten, dus misschien moest jij maar eens naar hem toe, en niet ik.'

Homer lachte.

'Laat hem nou zorgen dat je die fantasieën van je kwijtraakt. Dat is in ons aller belang. Ik word zo moe van al die vliegreizen.

'Waarom ben je zo opgewekt?' vroeg ze. 'Ik heb een afschuwelijke tijd gehad.'

'Omdat het ergens zo grappig is. Jij komt ineens met dat verhaal op de proppen dat Jason mijn kind niet is. Hij is zo overduidelijk wel een kind van me. Ik had het nooit serieus moeten nemen. Hij ziet eruit zoals ik, denkt zoals ik, voelt zoals ik. Hij gelooft zonder meer dat hij mijn zoon is en Isabel, als Jason ooit iets anders te horen krijgt en overstuur raakt, dan is de grap er wel meteen grondig af.'

'Natuurlijk,' zei Isabel. De tijd vloog, het kind groeide op, zijn levensdraden vervlochten zich tot een nieuw en verrassend patroon, de kleuren verdiepten zich, terwijl het levenspatroon van de moeder verschoot en verkleurde. Ze kreeg een gevoel van berusting. 'Natuurlijk,' zei Isabel. 'Het is jouw kind.'

Homer pakte Jason op in zijn tengere maar ijzersterke armen en droeg het slapende kind uit de verwarring van zijn moeders slaapvertrek naar de orde en netheid van zijn eigen bed. Jason kreunde en maaide wat met zijn armen, uit protest, maar werd niet echt wakker.
  'Hij is zwaar,' zei Homer.

Isabel bande de gedachte uit haar hoofd dat Dandy ook, precies zo, zwaar was geweest, dat hij, door zijn macht over haar, zwaar had gewogen als hij op haar lag. Homer woog, door zijn gelijkwaardigheid, licht.

Homer kleedde zich uit en kroop naast haar in bed. Hij schoof haar nachthemd omhoog en raakte haar borsten aan. Ze bleef stil liggen en verzette zich niet, merkwaardigerwijs toch op haar hoede, alsof hij door een plotselinge beweging van haar gevaarlijk kon worden, alsof zijn vingers, in plaats van te strelen, zouden knijpen en verwringen. De mokerslagen waarmee zijn lichaam in het hare beukte, konden aan kracht en snelheid winnen tot ze niet meer te stoppen waren en haar vernietigden. Ze was afhankelijk, dat begreep ze nu, van zijn goede wil en dat maakte de situatie zowel onheilspellend als precair.

'Rustig maar,' zei hij. 'Alles is in orde. Alles is weer normaal. Dr. Gregory heeft gewoon te veel in je losgemaakt. Dat komt wel weer goed.'

Hij praat te veel, dacht ze, voor iemand die in de ban van de hartstocht is. En ik voel ook niets. Waarom?

'Wat is er?' drong hij aan.
  'Ik ben zo hulpeloos,' zei ze. 'Je kan me pijn doen.'

'Je moet je wel heel erg schuldig voelen,' zei hij. 'Jij kunt mij ook pijn doen als ik me zo voor je bloot geef, maar dat doe je toch niet. Natuurlijk doe je dat niet. Isabel, ik ben het, Homer!'

Ze dacht aan het lijstje aan de keukenmuur. Ze deelden het leven, de tijd, de huishoudelijke taken. De gezamenlijke vastbeslotenheid om in eerlijkheid en billijkheid te leven. Homer. Ze wilde hem niet. Hij was als een broer met wie ze het niet bijster goed kon vinden. Ze kende hem te goed om een erotische band te voelen. 'Je bent veranderd,' zei hij. 'Er is iets veranderd.'

Ze dacht terug aan Elphick. Waar Elphick geweest was, daar kwam nu Homer. Ze had geen schuldgevoel, ze was alleen nog meer op haar hoede. 'Er is niets veranderd,' zei ze. Maar dat was er wel.

Homers gezicht bewoog zich boven haar, nu eens dichterbij, dan weer veraf. Ze moest bijna lachen. Als hij dichtbij was, wenste ze hem ver weg. Als hij ver weg was, was ze doodsbang dat hij niet terugkwam. Ze voelde hoe haar lichaam automatisch reageerde en vergat even alle verstandelijkheid. Hij was Homer niet, Elphick niet, Dandy niet, Grimble niet, en ook een dozijn andere mannen niet, die ze zich nauwelijks meer kon herinneren. Hij was ze allemaal, en hij voldeed.

Homer sliep, netjes en rustig. Isabel lag wakker en voor het eerst benijdde ze haar moeder en begreep ze waarom ze de pijn en verwarring in haar had laten afsterven en hoe ze, uitgedroogd door het hete, gele zand, voor altijd verder kon leven, en van een veilig afstandje Gods bestier kon gadeslaan, terwijl haar dochter zwoegde en ploeterde in het moeras van haar emoties, ambities en angsten.

In het huis ernaast, bij Maia, ging er licht aan. Misschien kan ze niet slapen, dacht Isabel, en besefte toen dat het Laurence moest zijn, en niet Maia, want Maia zou de moeite niet nemen om het lichtknopje om te zetten. Maia leefde in het licht van haar eigen bewustzijn, het enige licht dat haar gegeven was. Isabel voelde een flauwe trilling van dankbaarheid, als een ongeboren kind van binnen, en sliep in.

31

Homer bracht Jason achter op de fiets naar school.

'Niet te laat komen, hoor,' zei Isabel, 'mevrouw Pelotti doet moeilijk.'

'Wees jij maar niet te laat met afhalen,' zei Homer minzaam, terwijl ze weghobbelden in de lichte mist. Jason lachte over zijn schouder naar zijn moeder. Hij klampte zich met volle overtuiging aan zijn vader vast, zijn kleine handen ineengevouwen op Homers borst. Homers zoon. Isabel wuifde ze gedag en ging het huis weer in.

Vandaag werd haar programma uitgezonden. Ze zou van twaalf tot drie repeteren, naar huis gaan, om vier uur Jason van school halen en om zeven uur weer naar de studio teruggaan. Tegen die tijd was Homer terug van zijn werk en kon hij op Jason passen.

Alles was weer normaal. Zelfs haar oog zag er beter uit, minder opgezet, al vertoonde het nog steeds de vreemdste kleuren.

'God, wat spijt me dat,' had Homer gezegd, 'dat was echt mijn bedoeling niet.'

Toen ze de deur achter Homer en Jason dichtdeed, ging de telefoon. Het was Doreen Humble uit Wales.

'Isabel,' zei Doreen, en Isabel verbeeldde zich op de achtergrond het geluid van snuivend vee en hoestende kinderen te horen. 'Ik bel je even om te horen hoe het met je is, of je nog iets nodig hebt. Je kunt altijd bij ons onderduiken tot alles voorbij is.'

'Dat is erg aardig van je, Doreen. Tot wat over is?'

'De verkiezingen.'

'Wat voor verkiezingen?'

'De presidentsverkiezingen.'
'Waarom zou ik?'
'Je hebt het dus niet gelezen.'
'Wat gelezen?'
'De *Cosmopolitan*.'
'Die lees ik niet, nee. Ik vind het eerlijk gezegd ook geen blad voor jou.'

'Heus wel,' zei Doreen, lichtelijk beledigd. 'Je moet het echt lezen,' ging ze verder. 'Er staat een artikel in over echtparen uit de wereld van de media, en jij en Homer komen er ook in voor, met een mooie foto van Jason erbij. Sla de bladzijde om en je vindt een artikel van twee pagina's over Dandy Ivel, en Isabel, de gelijkenis is onmiskenbaar. Hoogst ongelukkig allemaal. Hadden ze het niet tegen kunnen houden? Isabel, loop je geen gevaar? Je zult er wel niet over willen praten, al heeft verder iedereen het over niets anders. Ik wou alleen maar zeggen: mocht je willen onderduiken, dan kun je altijd bij ons terecht. Alleen word je natuurlijk afgeluisterd – nou ja, wie niet – dus valt deze mogelijkheid ook weer af.'

'Doreen,' zei Isabel. 'Als jij zegt dat iedereen het erover heeft, wie bedoel je dan? En wat zeggen ze dan?'

'Grimble praat erover en dat betekent dat zo'n beetje elke kroeg in Fleet Street zijn omzet ziet stijgen. Hij zegt dat jij een verhouding hebt gehad met Dandy Ivel en dat Jason een kind van hem is. Jij hebt zijn plaats ingenomen op de eerste vlucht van de Concorde en dat heeft hij je nooit vergeven. De krant had alle mogelijke moeite gedaan om voor hem een zitplaats naast Dandy te bemachtigen. En jij stuurde al die flauwekul over Alabama naar de redactie, terwijl je je ondertussen met Dandy in een hotel schuilhield. Ik zal daar niet naar vragen, want zo ordinair ben ik niet. Maar ze zeggen dat hij tegenwoordig niet van ophouden weet, maar er weinig van terecht brengt. Niemand kan beweren dat wij hier in Wales van toeten noch blazen weten. Volgens mij zijn wij beter van alles op de hoogte dan jullie stadsmensen. Ik vraag me af of de *Cosmopolitan* die foto's per vergissing naast elkaar heeft gezet, of heeft iemand gedacht grappig te zijn?'

'Ik bel je nog wel, Doreen,' zei Isabel. 'Er is iemand aan de deur.'

Er was natuurlijk niemand aan de deur, maar ze moest even zitten. Na een tijdje belde ze naar het huisadres van dr. Gregory. Een vrouw, vermoedelijk zijn echtgenote, zei dat hij net naar zijn praktijk in Harley Street was.

'Kunt u een boodschap aan hem doorgeven,' zei Isabel, 'als u hem ziet? U moet hem zeggen: het feit dat je denkt dat je achtervolgd wordt, wil nog niet zeggen dat het niet ook zo is.'

'Zoals u wilt,' zei mevrouw Gregory aarzelend. 'Wacht, ik pak even pen en papier.' En even later herhaalde ze: 'Het feit dat je denkt dat je achtervolgd wordt, wil nog niet zeggen dat het niet ook zo is.'

'Precies,' zei Isabel. 'Zegt u hem dat maar. Zodra ik tijd heb, maak ik wel weer een afspraak.'

Bij de angst en onrust kwam nu het triomfantelijke gevoel dat ze van alle blaam gezuiverd was. Zij had gelijk gehad, hij ongelijk. Ze leed niet aan schuldgevoel, paranoia, overspannenheid, seksuele fantasieën of obsessies. Ze was meer dan alleen het produkt van een problematisch verleden, meer dan een droevig hoopje neurosen, geobsedeerd door gefingeerde, meelijwekkende en overdreven herinneringen, een bron van gevaar en verdriet voor haar man en kind. Ze was de moeder van Dandy's zoon. Ze had niet alleen in haar verbeelding maar ook in werkelijkheid van Dandy gehouden.

Een sleutel werd omgedraaid in het slot van de voordeur. Ze was bang. Alleen zij en Homer hadden een sleutel van het huis. En Jennifer, die er een had voor het geval er iets gebeurde of ze zonder sleutel de deur uitgingen. Maar Jennifer belde altijd aan, of klopte, of riep iets.

'Isabel!' Het was Homer, met Jason. 'Ik kreeg onderweg een lekke band. Net nieuw notabene. Onbegrijpelijk. Misschien is het sabotage.'

'Maar nu komt Jason te laat.'
'Anders ik wel.' Hij was kwaad. 'Bel de school maar. Zeg maar dat hij eraan komt. Bezwaar maken kunnen ze toch niet. Bestel even een taxi voor me, jij moet Jason maar wegbrengen.'

Isabel pleegde beide telefoontjes en ging Jason naar school brengen. Ze nam de kortste maar niet de veiligste route. Mevrouw Pelotti is vast boos, herhaalde Jason steeds. Ze hield zijn hand in de hare geklemd. Ook zij had nu plotseling het gevoel dat Jason een bijzondere betekenis had, dat ze niet alleen zijn moeder, maar ook zijn beschermster was. In de loop van de dag zou ze wel bedenken wat haar te doen stond, wat de beste handelwijze was. Misschien persoonlijk contact opnemen met Dandy, met de verzekering dat ze een discreet stilzwijgen in acht zou nemen? En Grimble maar vergeten, als ze dat konden, en wilden. Dat was de bekende laffe, vrouwelijke aanpak. Van jezelf een passief, onzichtbaar en meegaand mens maken.

Ze naderde het grote kruispunt van Camden Road, waar zware tientonners een verkeersader verlieten en een veel te smalle stadsweg op draaiden. Er was voor een zebrapad gezorgd en voor een geregelde onderbreking van de verkeersstroom, voor mensen die zo overmoedig waren om de oversteek te wagen. In het midden van de weg was een smalle vluchtheuvel, met een knipperbol, ten behoeve van voetgangers die halverwege verrast werden door het weer op gang gekomen verkeer. Eén stap naar achteren en je werd neergemaaid door voertuigen uit zuidelijke richting, één stap naar voren en je werd even vakkundig geschept door het verkeer uit noordelijke richting.

Vandaag stonden Jason en Isabel vast op de vluchtheuvel. In haar haast om hem naar school te brengen had ze zich misrekend bij het oversteken. Ze hield zijn hand in de hare geklemd. Op de vluchtheuvel werden ze platgedrukt door een vrouw met een kinderwagen, die ze voor de veiligheid schuin moest zetten, en door een man met een mooi pak aan en een hoed op. Die hoed trok haar aandacht, want hoeden zag je niet zo vaak. De man dacht dat hij een gaatje in het verkeer zag en schoot naar voren, veranderde toen van gedachten en sprong terug om zich in veiligheid te brengen, waarbij hij Isabel op de weg achter haar duwde. Instinctief liet ze Jasons hand los.

De vrachtwagen die op haar afkwam, toen ze achteruit de weg op wankelde, liet de remmen gieren en week uit. Chauffeurs vloekten, auto's toeterden. Ze was met de schrik vrijgekomen. De man lichtte zijn hoed en glimlachte naar haar. 'Pardon, mevrouw.' De stem klonk Amerikaans. Het gezicht kwam haar bekend voor. Het angstaanjagende, donkere gezicht met de zwarte ogen van Joe. Hij glimlachte, schoot tussen het verkeer door en bereikte deze keer soepeltjes en veilig de overkant. De vrouw met de kinderwagen keek haar met nederige, eerlijke ogen aan. Het was een Indiase vrouw, in een sari, verdwaald in een vreemd, gevaarlijk land waar één stap voorwaarts of achterwaarts een zekere dood betekende. Toen de verwachte onderbreking van het verkeer plaatsvond, hielp Isabel haar oversteken.

'Bedoelen ze dat met een "een ongeluk zit in een klein hoekje"?' vroeg Jason.
   'Zo zou je het kunnen noemen,' zei Isabel.
   'Wat gebeurt er met mij als jij doodgaat?'
   'Dan zorgt papa voor je, of kennissen. Er is altijd wel iemand.'
   'Okee,' zei Jason gelijkmoedig.

'Mevrouw Pelotti,' zei Isabel, 'u geeft Jason toch aan niemand anders dan Homer of mij mee?'
   'Natuurlijk niet,' zei mevrouw Pelotti. 'Het probleem met kinderen van beroemdheden is dat je je zorgen moet gaan maken over ontvoeringen. Alsof het al niet erg genoeg is dat kinderen worden weggehaald door ouders die zich niet bij de echtscheidingsregeling kunnen neerleggen.'
   'Zo'n beroemdheid ben ik nu ook weer niet,' zei Isabel.
   'Beroemd genoeg,' zei mevrouw Pelotti. 'En natuurlijk zijn alle moeders beroemdheden voor hun kinderen, en omgekeerd. In de betere milieus tenminste. Probeert u nou gewoon op tijd te

zijn, mevrouw Rust. U komt hem toch nog wel halen?'
'Jazeker.'
'Ik dacht dat u en uw man misschien van beurt gewisseld hadden. Meestal komt zijn vader hem namelijk op deze dag brengen en nu doet u het.'
'Hij had een lekke band. Zo werkt ons systeem niet, mevrouw Pelotti. Ik kom hem gewoon als altijd halen.'
'Ik zal het proberen te onthouden.'

In keurige lokalen waren kleine kinderen vlijtig aan het werk of aardige wijsjes aan het spelen. De zangerige tonen van de blokfluiten volgden haar tot buiten de school. Mensen volgden haar niet. Waarom zouden ze? Iedereen wist maar al te goed waar ze heenging, en dat ze toch geen andere kant op kon. En misschien was het trouwens toch Joe niet geweest, de man die haar bijna gedood had. In de gegeven omstandigheden lag het erg voor de hand om te denken dat elke Amerikaan Joe of Pete was, en elk onaangenaam voorval hun werk.

Ze belde dr. Gregory en liet de boodschap achter dat ze om vijf uur bij hem zou zijn. Ze verlangde van hem een bevestiging van haar geestelijke gezondheid. Ze wilde dat hij haar zei wat ze moest doen. Een beslissing die alleen haarzelf betrof, was gemakkelijk te nemen. Een beslissing die ook voor man en kind gevolgen had, kon alleen maar moeilijk zijn. Dat pleitte duidelijk tegen huwelijk en moederschap. Het eindeloze in evenwicht brengen van goede en slechte dingen, geluk en ongeluk, het ene iets verder de wipplank van hun leven opschuiven, het andere iets terughalen, zodat de onvermijdelijke schokken en stoten zo min mogelijk pijn of ongemak gaven. Vrouwenwerk. Wat ze nu ook deed, de klap zou hard aankomen. En ze mochten blij zijn als ze het er levend afbrachten, want de speeltuin zelf bleek plotseling vol gevaren – in twee kampen verdeeld door krachten waar de mensen al jaren over spraken, maar die niemand ooit serieus had genomen.

'Wilt u aan dr. Gregory doorgeven,' zei Isabel tegen mevrouw

Gregory, 'dat het feit dat er een complot tegen je gesmeed wordt, niet wil zeggen dat je het je niet ook kunt verbeelden.'

'Heeft u een minuutje?' zei mevrouw Gregory, 'ik pak even een potlood.'

'Ach, laat ook maar,' zei Isabel en hing op.

Joe en Pete brachten Elphick een bezoek. Ze gingen eerst naar de afdeling televisie van de BBC, waar hun de toegang geweigerd werd door de veiligheidsambtenaar aan de poort. Ze droegen allebei een mooi pak, een das en glimmend gepoetste schoenen, maar hun manier van optreden had zo onderhand iets gekregen dat eerlijke mensen angst inboezemde. Ze hadden het niet altijd gehad, het was hun in de loop van de tijd aan blijven kleven.

'Jullie lui van de documentaires kennen wel meer rare mensen,' zei de veiligheidsambtenaar over de bedrijfstelefoon, 'maar voor ik deze twee binnenlaat, moet er heel wat gebeuren.'

'Ik ben van een andere afdeling,' zei Elphick, 'toevallig. Maar ik kom wel even beneden.'

'Ik laat ze niet binnen zonder ze gefouilleerd te hebben. Wilt u ze dat wel zeggen.'

Het leek Elphick eenvoudiger om ze mee naar zijn flat te nemen, dan te proberen de veiligheidsman om te praten.

'Jullie mogen je zegje zeggen en dan weer vertrekken,' zei hij tegen hen, toen ze eenmaal op hun gemak zaten, met een witte martini met ijs in de hand en hun benen omhoog – gelukkig op de wrakkige stoelen en niet op de met velours beklede bank van Harrods.

'Weest u zo vriendelijk uw tekst af te draaien en het toneel weer te verlaten.'

Dat eerste deden ze. Ze keken om zich heen, zagen het schilderij van Braque, de tafel van onyx en de albasten lamp, en feliciteerde hem met zijn keuze van investeringsobjecten. Hij kon niet op geld van hen blijven rekenen, waarschuwden ze.

'Je dacht toch niet dat ik van jullie afhankelijk was,' zei hij. 'De laatste tijd heeft het Rode Gevaar zijn dreiging verloren. Jullie enige echte argument tegen is dat het zijn schrijvers in de gevangenis stopt. Sinds het begin van onze samenwerking heb ik met een hoop schrijvers te maken gehad en ben ik tot de vaste overtuiging gekomen dat er nog lang niet genoeg in de gevangenis zitten.'

Hij lachte. Het was niet zo serieus bedoeld. Pete en Joe keken mateloos geschokt.

'En wat jullie idee van vrijheid betreft,' zei hij, 'dat blijkt neer te komen op het recht om elkaar naar wil en willekeur af te schieten.'

Pete en Joe, Beertje en De Klus, voelden hun vuurwapen warm en groot onder hun oksel zitten. Elphick wist heel goed dat ze daar wapens hadden. Het liet hem blijkbaar koud.
  'Drie dagen geleden heb je nog vijfduizend dollar van ons aangenomen, en je tegenprestatie geleverd,' merkte Pete op.
  'Uiteraard,' zei Elphick. 'We hadden dezelfde belangen. Wat lette me? Maar wat willen jullie nu?'
  'We willen niet dat ze vanavond in de uitzending komt.'
  'Hoe zit het met volgende week, en de week daarop?'
  'Dat is onze zaak. Zorg jij nou maar dat het vanavond niet doorgaat.'
  'Ik wil niet dat haar iets overkomt,' zei Elphick. 'De televisiewereld heeft al een tekort aan goeie mensen.'
  'Natuurlijk niet,' zei Pete.
  'Wij voeren geen oorlog tegen vrouwen,' zei Joe.
  'Hoeveel?' vroeg Elphick.
  'Tienduizend,' zei Pete.
  'Dollars of ponden?'
  'Ponden,' zei Pete, na enige aarzeling.

Elphick dacht even na.

'We hebben een interessant, intiem filmpje van u en mevrouw

Rust,' zei Joe, die zijn geduld begon te verliezen.

'Je meent het!' zei Elphick. 'Mijn telefoon afgeluisterd, camera's en microfoons in het hele huis. Ik had het kunnen weten. Ik hoop dat jullie er plezier aan beleefd hebben.'

'Je vrouw heeft misschien wel belangstelling,' zei Joe.

'Mijn ex-vrouw,' zei Elphick.

'Je werkgever dan.' Joe's stem kreeg iets smekends.

'Huur een bioscoop,' zei Elphick. 'Ik ga wel achter de kassa zitten.'

Pete fronste naar Joe, ten teken dat hij zijn mond moest houden.

'Een man moet enig idee hebben in wat voor maatschappij hij zijn kinderen wil laten opgroeien,' zei Pete, 'en ervoor vechten dat zo'n samenleving er komt. Hij kan niet de kat uit de boom blijven kijken.'

'Jawel hoor,' zei Elphick. 'Hoeveel zei je ook al weer?'

'Vijftienduizend pond,' zei Pete.

'Dat is niet veel,' zei Elphick, 'met een inflatie van vijftien procent.'

Maar hij nam het geld aan van Pete, die de biljetten een voor een uit zijn portefeuille plukte.

Elphick liet hen uit.

'Ik had haar het programma toch niet laten presenteren,' zei hij. 'Dat blauwe oog van haar ziet er afschuwelijk uit. Je moet de kijkers nooit laten weten dat tv-persoonlijkheden van vlees en bloed zijn. En ik heb als altijd alleen het beste met haar voor. Maar toch bedankt.'

Toen ze weer op straat stonden, keken Pete en Joe elkaar aan.

'Stelletje Europese warhoofden,' zei Pete. Hij was erg kwaad.

33

Hoor! Het is erg vredig hier, in het donker. Kom erbij. Brand je ogen uit met een gloeiende pook, word net als ik! Nee echt, ik meen het. Het is het waard. Jullie zienden, jullie energieke en achterdochtige mensen zullen versteld staan van de barmhartigheid van je medemensen. Ze zullen je helpen met oversteken, het vlees voor je snijden. Mannen geven je wat ze seksueel te bieden hebben, vrouwen doen je haar. Je mag als eerste het zinkend schip verlaten, jij krijgt voorrang bij de reddingsactie als het tehuis voor gehandicapten afbrandt. Je kunt niet lezen maar, mijn God, wat kun je praten. Toegegeven, je kunt niet veel, maar naar verhouding hoef je ook weinig. Je hoeft je om niemand zorgen te maken, alleen om jezelf.

En denk eens aan de taferelen die je bespaard blijven. Je hoort de moeder tegen het kind krijsen, maar de klap hoef je niet te zien, of de blik in de ogen van het kind. Je hoeft niet te ervaren hoe verwachtingen de bodem worden ingeslagen. Je hoeft niet te zien hoe je geliefde naar een andere vrouw kijkt. De geringschattende blik van de ober gaat aan je voorbij. Je hoeft niet te merken dat je beste vriendin grijs wordt, dat het been van je grootvader steeds duidelijker symptomen van olifantsziekte gaat vertonen. Als je met de metro gaat, heb je altijd iemand bij je en blijft je de aanblik bespaard van junkies, huilende vrouwen, hoeren, pooiers, en de verpakkingen van hamburgers en friet, de plakkerige smeerboel van braaksel en urine, en het roet dat zich in de hoeken ophoopt. Je zult niet zien hoe groot de neerslachtigheid en de doodsdrift in de straten van onze stad zijn.

Je leeft bij de gratie van de welwillendheid van maatschappelijk werkers, dat wil zeggen, van de burgerij met haar vriendelijkheid. Je bent voor hen geen bedreiging. Ze kunnen vriendelijk zijn en dat zijn ze dan ook. Zo zijn mensen. Mijn grootvader is tachtig jaar en altijd gezond geweest. Alleen het laatste jaar gaat het slecht met zijn been. Dat moet je als een achtste procent tegenspoed beschouwen, niet als een compleet debâcle. De junk was een heel zachtmoedige jongen. Zijn leven is niet bijster mooi geëindigd, maar wel mooi begonnen. Het is niet allemaal even slecht, dat beloof ik je. Ik kan het weten. Ik leer je hoe je gracieus de grote lichtbakens van de tegenspoed kunt omzeilen, die met hun schelle signalen de loop van ons leven markeren. Want ik zie niets, ik word niet door dat licht verblind. Ik vind mijn weg wel.

Natuurlijk zie ik niets. Ik wil niets zien. Jij wel dan?

34

'Isabel,' zei Elphick, toen ze bij de grimeur zat, met felle lampen op haar oog gericht om te zien of de dikke laag gekleurde pancake op haar wangen en voorhoofd de toets der kritiek kon doorstaan, 'je kunt vanavond het programma niet presenteren.'

'Ik moet wel,' zei Isabel. 'Wie anders?'

'Alice,' zei Elphick, en Alice werd binnengeleid, met een triomfantelijke lach op haar gezicht, vol van haar succes, vol van liefde, en van het gevoel dat al die jaren van strijd en opoffering niet voor niets waren geweest.

'Je vindt het toch niet erg, Isabel,' zei Alice. 'Het is per slot maar voor één uitzending.' Maar Isabel wist dat ze er binnen de kortste keren door Alice, of een vergelijkbaar iemand, uitgewerkt zou worden, en dat het feit dat ze met Elphick naar bed was geweest niet in haar voordeel was. Integendeel, ze stond nu in Elphicks ogen op één lijn met Alice. Een wezen van vlees en bloed, geen levend mysterie.

'Het heeft met dat blauwe oog eigenlijk niks te maken, hè?' zei ze tegen hem in de opnameruimte, want hij vond het nodig dat ze bij hem in de buurt bleef.

'Het heeft met een aantal dingen te maken,' zei hij. 'Je bent te slim voor dit programma en dat is te zien ook. Je zit onder je niveau te werken. Alice is er geknipt voor, die is net zo stom als de mensen die ze interviewt.'

'Word ik ontslagen?'

'Alleen voor je eigen bestwil,' zei hij. 'Volgens mij moet je je een tijdje gedeisd houden en even nergens met niemand over praten.'

Hij draaide zich om en gaf haar een lachje waaruit, voor haar gevoel, oprechte genegenheid en bezorgdheid sprak.

'Je kunt de wereld toch niet redden,' zei hij. 'Probeer maar alleen jezelf te redden, net als ik.'

Daarna flitsten de lampen, snorden de monitoren, zoemden de koptelefoons en hadden ze het te druk om nog een woord te wisselen. Alice deed het fantastisch, vond iedereen, en om te tonen dat ze zonder rancune was, voelde Isabel zich verplicht om langer dan gewoonlijk na te blijven voor broodjes en koffie.

Pas om tien voor vier stond ze op het perron van het metrostation. Ze zou weer te laat zijn met het ophalen van Jason. Ze dacht er even over om Homer te bellen en te vragen of hij het wilde doen, maar besefte dat dat in tijd niet uitmaakte. Ze vroeg zich af of ze misschien niet beter een taxi kon nemen, maar het was bijna spitsuur. Met de ondergrondse was ze er sneller. De metro kwam het station binnen. Ze stapte in. Om in Camden Town te komen, moest ze direct overstappen op de noordelijke lijn. Ze bedacht dat ze misschien wel gevolgd werd, maar omkijken had iets onwaardigs. Toch keek ze om, één keer, en zag niets bijzonders, alleen de gebruikelijke grijze menigte forensen, zwart en wit door elkaar, gekleed in alle mogelijke kleuren, wat zich allemaal samen, net als op een kinderpalet, tot één effen moddertint vermengde. Juist het anonieme van de mensenmassa beangstigde haar. De wereld bood geen bescherming. Het geheel was uit zoveel delen samengesteld dat het verlies van één deeltje nauwelijks opgemerkt zou worden. Ze keek niet nog eens om.

Haar armen en benen bewogen zich alsof ze niet bij haar hoorden. Het uitzonderlijke karakter van de recente gebeurtenissen had deze handelingen iets volstrekt onwerkelijks gegeven. Ze had altijd gedacht dat, wanneer ze in levensgevaar verkeerde, haar reactievermogen en waarnemingsvermogen aangescherpt zouden worden. In plaats daarvan leek ze half verdoofd, als een vlieg vlak voor de spin hem opeet. Ze voelde zich afgestompt, wezenloos en intens sloom. Een niet zo goed publiek bij haar eigen leven, dat niet weet wanneer er geklapt moet worden en wanneer niet, wanneer er iets te lachen valt of wanneer het om te huilen is, en dat eigenlijk het liefst gewoon naar huis wil.

Ze praatte hardop en luisterde naar wat ze zei.

> 'Al wie langs een verlaten weg
> Met angst en beven gaat,
> En eenmaal omgezien heeft maar
> Een tweede maal het laat,
> Een vijand vrezend dien hij zich
> Dicht op de hielen raadt.

Een gedicht,' zei ze tegen de mensen. 'Van Coleridge.'
 Om haar heen ontstond een kleine kringvormige leegte, omdat de forensen niet aangestoken wilden worden door de gek. Het gaf haar een veiliger gevoel.

Ze stond op perron vier. Het was druk. Ze probeerde zo ver mogelijk achteraan te blijven staan, maar steeds meer mensen stroomden toe van de zijkanten en ze raakte gevangen in de kolkende beweging en werd naar de rand van het perron gestuwd. Ze vroeg zich nu meer dan ooit af waarom er zo weinig mensen, door eigen onachtzaamheid of andermans moedwil, op de rails de dood vonden

Nog terwijl ze daaraan stond te denken, voelde ze sterke handen om haar middel, doelgericht en doortastend, en ze duwden, en toen haar bovenlichaam naar voren ging, krulde een voet – vast en zeker van iemand anders – zich om haar enkel en gaf die een ruk naar achteren. Ze begon haar evenwicht te verliezen. Er kwam een metro aan. Ze hoorde het geluid. Geraas en gerommel. Nog even en ze lag eronder. 'En Jason dan?' dacht ze verontwaardigd, alsof moeders van kleine kinderen gewoon niet mochten sterven, en het volgende moment merkte ze dat ze naar achteren bewoog, vastgepakt door een uitzonderlijke sterke hand, eerst bij de schouder, toen bij de arm, en daar stond ze dan, rechtop, op het perron, terwijl de metro op luttele, verontrustende centimeters van haar neus het station binnengleed, en de hand zich ontspande.

Het was een benige, verschrompelde hand, bezaaid met bruine

levervlekken. Een vrouw op leeftijd, met een geprononceerde
neus, staarde haar in de ogen. Ze keek verbijsterd, angstig en trots
tegelijk.

'Ik trok je gewoon weg,' zei de vrouw. 'Iemand gaf je een duw, je
viel, en ik ving je op. Ik ben van mijn leven niet zo sterk geweest.'
'Dat komt door de adrenaline,' legde Isabel uit. 'Ik heb een keer
een vrouw een auto zien optillen waaronder een kind vastzat. Ze
tilde de wagen op en zette hem opzij. Maar heel erg bedankt,'
voegde ze eraan toe, uit angst ondankbaar te klinken. Maar de
vrouw vond het voorval duidelijk te opmerkelijk en te gênant om
er nog verder over te praten en ging weer op in de menigte. En
degene die de duw had gegeven, wie het ook was, zou nu wel ver
weg zijn.

Isabels kalmte leek een verwarrende uitwerking te hebben op het
kleine groepje mensen dat van het voorval getuige was geweest.
Ik moet natuurlijk schreeuwen of gillen, dacht ze, maar het enige
wat ik wil, is weer gewoon zijn, net doen alsof er niets bijzonders
gebeurd is. De metrodeuren gingen open. Iedereen stapte in. Het
incident was gesloten.

Isabel, die die morgen wakker was geworden in de overtuiging
dat het leven in alle oneindigheid voor haar lag, zag nu dat het idee
hopeloos optimistisch was. Je moest dankbaar zijn voor iedere
tien minuten dat je nog leefde.

Ik moet het aangeven bij de politie, zei ze bij zichzelf. Zo doen de
mensen dat. De politie zal me geloven. Zij weten dat dit soort
dingen vaker gebeurt. Homer zal het niet leuk vinden, maar er zit
niets anders op. Als ik Jason heb gehaald, ga ik naar het politiebu-
reau. Ik breng hem wel even naar Jennifer. Bij haar is hij veilig.
Hoe kunnen mensen zoveel van me weten? Wie vertelt ze dat
allemaal? Mevrouw Pelotti misschien?'

Maar dat was waanzin. Dat er van één kant gevaar dreigde, betekende nog niet dat je overal gevaar moest zien. Ze voelde het lepe,

loensende oog van dr. Gregory op zich rusten en haar angst nam af. Ze wilde haar moeder. Ze wilde de stoffige verveling van de gele horizon, het vlakke, hete landschap.

Ze was vijftien minuten te laat bij de school. Het gebouw was stil en galmend, alsof het sliep. Ze voelde zich een insluiper. Ze ging rechtstreeks naar de kamer van mevrouw Pelotti, waar licht brandde en waar ze wist dat ze Jason zou vinden. Iets anders durfde ze niet te denken.

Mevrouw Pelotti zat onder een neon-bureaulamp te werken, te schrijven.
 'Ach, u bent het,' zei ze zonder een spoor van verbazing. 'Nog steeds aan het rondzwerven, op zoek naar de verdwaalde ziel van uw kind. Het is dat ik deze week de kinderen in de hoogste klassen toetsen afneem voor hun schoolkeuze, anders had ik hier helemaal niet gezeten, en dan was u een soort spook.'
 'Waar is Jason?'
 'Jason? Die is door uw man opgehaald. En dat is maar goed ook, nu u zo laat bent. Een glaasje sherry? U ziet erg bleek.'
 'Nee, dank u. Homer is Jason komen halen?'
 'Ja.'
 'Maar het is donderdag.'
 'Hij zal wel geweten hebben dat u te laat zou zijn. Misschien wist hij wel dat u opgehouden zou worden.'
 'Ja,' zei Isabel. Bij stukjes en beetjes begon de puzzel in elkaar te passen. 'Ja, dat had hij natuurlijk gedacht.'
 Het gevoel een toeschouwer bij haar eigen leven te zijn, werd sterker.

Homer. Een spion, wiens leven bestond uit het observeren, rapporteren en, waar en wanneer mogelijk, naar zijn hand zetten van omstandigheden. Betekende dat dat hij niet van haar hield, nooit van haar gehouden had? Natuurlijk. Homer speelde een spel, met allemaal woorden, kussen en aangeleerde manieren. Geen kunst aan. Kon je zes jaar met iemand getrouwd zijn zonder hem te kennen?

En of dat kon. Het overkwam mensen voortdurend. Voor vrouwen zal de ontdekking dat ze getrouwd zijn met een verkrachter, bigamist, oplichter of echtbreker altijd als een verrassing komen. Nee, edelachtbare, ik had geen idee. Hij had bloed aan zijn handen, maar hij zei dat hij op konijnejacht was geweest. Hij had oogmake-up op zijn hemd, maar hij zei dat het van een lekkende vulpen kwam. Ik geloofde hem. Het huwelijk was een broeinest van misleiding. Niemand was erop bedacht. Je zou toch verwachten, dat in bed – achteraf ja. Homers competentie die ze pas sinds kort als gevoelsarmoede had weten te duiden. Hij had haar altijd het idee gegeven dat er nooit meer iets nieuws te ontdekken viel. Ach ja, hij wist toch alles al, of niet soms?

Homer, die door Joe en Pete erop uitgestuurd was om haar in de gaten te houden. Het was haar nooit gelukt om te ontsnappen. Eens met Dandy, altijd met Dandy, al was het dan maar bij volmacht. Natuurlijk gebeurde het niet dat je, op de vlucht voor een vroeger leven, in het vliegtuig een man ontmoette en een ander leven begon. Je oude leven ging gewoon door. Sprookjesprinsen bestonden niet.

Het was geen actie, maar reactie geweest toen ze bij Dandy wegvluchtte. Pete en Joe wisten maar al te goed hoe ze haar bang moesten maken, hoe ze het tijdstip van haar vertrek moesten bepalen. Ongetwijfeld hadden zij Dandy's portefeuille met dollarbiljetten volgepropt, zodat ze terug naar Londen kon. Homer zat in het vliegtuig op haar te wachten. Dandy had er volgens haar niet veel mee te maken gehad. Dat zou beneden zijn waardigheid geweest zijn. Hij had haar waarschijnlijk gewoon gevraagd om weg te gaan.

Ze moest dankbaar zijn dat ze haar niet eenvoudig uit de weg hadden geruimd, hadden vermoord, maar zoveel energie en tijd en geld hadden gestoken in een welwillende poging om haar in leven te houden.

Had ze Jason, die de genen van Dandy in zich droeg, niet op de wereld gezet, was ze niet de moeder geweest van het kind van de toekomstige president, dan hadden ze zich, zo dacht ze, nooit voor zo lange tijd zoveel moeite getroost. Of misschien had Dandy er toch iets mee te maken gehad, en had hij voldoende genegenheid voor haar gevoeld om haar leven te willen sparen.

Homer aanbad Jason als het kind van Dandy, niet als zijn eigen zoon. Hij was bezorgd geweest om haar, Isabel, omdat ze de moeder van Jason was. Dat was achteraf zo duidelijk als wat.

'Kan ik u ergens naar toe brengen?' vroeg mevrouw Pelotti.
Ze was opgestaan en hield Isabel bij de arm. Het gebaar gaf Isabel een gevoel van troost.
'Moet u luisteren,' zei ze. 'Jason blijft waarschijnlijk een tijdje thuis. Ik moet een paar dingen regelen.'
'Maar natuurlijk,' zei mevrouw Pelotti. 'Tot de verkiezingen voorbij zijn, is dat misschien wel zo verstandig. Ik heb de verhalen gehoord. Iedereen had het als onzin afgedaan, tot de *Cosmopolitan* uitkwam. Zo vader, zo zoon. Jason heeft zo'n sterke persoonlijkheid. Hij is niet gemakkelijk, weet u, maar we doen ons best. Dat wordt volgend jaar een grote toestroom van kinderen uit de betere gezinnen. Als Jason bij uw man is, hoeft u zich geen zorgen te maken. Hij let wel op hem. Hij is heus erg dol op hem. Gelooft u mij maar.'
'Met alle plezier,' zei Isabel. Het had iets troostends, een lichtpuntje van zekerheid in een woelige duisternis. Een hand die je vanaf het podium vergevingsgezind en bemoedigend toewuifde aan het eind van de voorstelling.

Ze zou naar dr. Gregory gaan, op zijn bank gaan liggen en alles op een rijtje zetten. Ze was verdwaasd, geschokt en bang. Maar gelijk had ze. Dat wilde ze hem vertellen. 'Ik heb het niet aan mijn man verteld,' zou ze zeggen, 'omdat hij geen liefde uitstraalde. Ik rekende hem tot de categorie vreemdelingen, omdat hij ook een vreemde was. U had ongelijk en ik had gelijk.'

Ze nam een taxi naar Harley Street. Niemand liep tegen haar op en niemand gaf haar een duw.

De taxichauffeur was chagrijnig. Haar leven bevond zich in een crisis, ze was op een haartje na aan de dood ontsnapt, haar huwelijk met Homer – waarin ze geloofd had en waarop ze haar bestaan gebouwd had – was van het ene uur op het andere in rook opgegaan, maar wat kon zo'n man dat schelen? Zij was een vrachtje, geen persoon. Net zoals hij voor haar een chauffeur was, geen menselijk wezen. Het had iets rechtvaardigs. Voor hetzelfde geld kwam hij net uit het ziekenhuis, waar hij van de artsen te horen had gekregen dat hij ongeneeslijk ziek was.

'Alles goed met je, meid?' vroeg hij toen hij haar geld in ontvangst nam, waaruit haar ongelijk en zijn bezorgdheid bleek.
'Zie ik daar niet naar uit dan?'
'Nee.'
'Ik heb net niet zulk best nieuws te horen gekregen.'
'Van het huwelijksfront?'
'Precies.'
'Daar is maar één oplossing voor,' zei hij, 'ga nooit trouwen,' en terwijl ze daar op haar nieuwe, trage manier over nadacht, reed hij de avondschemer in zonder haar het wisselgeld terug te geven.

In het gebouw waar dr. Gregory spreekuur hield, kwamen de liften stampvol naar beneden en gingen bijna leeg omhoog. Ze vroeg zich af waarom het blijkbaar zo belangrijk voor haar was dat dr. Gregory wist dat haar ideeën over Homer juist waren en de zijne niet. Omdat ze, zo veronderstelde ze, de gebieden waarop ze succes had gehad of zelfs van bezonnenheid had blijk gegeven, zo plotseling voor een groot deel had moeten prijsgeven. Om de komende dagen, de komende weken te overleven, moest ze tenminste dit ene gebied, zo belangrijk voor haar zelfrespect, zien te behouden. En voor deze ene keer zou hij toch wel zijn principe van non-interventie laten varen en haar zeggen wat ze moest doen. Marionetten moesten touwtjes hebben, anders bleven ze voor dood liggen.

Ze was blij dat ze zo weinig voelde. De pijn zou ongetwijfeld gauw komen.

De assistente van dr. Gregory was al naar huis. De kapstok was leeg, de schrijfmachine toegedekt. De deur van zijn kamer stond op een kier, het licht was aan, het zachte geluid van muziek klonk in de middagstilte. Ze voelde zich veilig, alsof ze een kind was en de vader had gevonden die ze nooit had gehad: de bron van wijsheid, kracht en vriendelijkheid. Hoe zou dr. Gregory dat interpreteren? Ze lachte hardop. Een duidelijk en onmiskenbaar geval van positieve overdracht. Nou, hij zou het wel uit haar hoofd weten te praten, maar beetje bij beetje en op een vriendelijke manier.

Ze hield niet van Homer. Dat was de grote, de geweldige ontdekking. Ze had niet willen hebben dat hij haar op de gewone manier verliet, maar dat hij zomaar in één klap uit haar leven verdween, alsof hij er nooit was geweest, dat bedroefde haar maar ten dele. Ze had zich gegriefd, ontzet en vernederd gevoeld toen ze zijn verraad had ontdekt. Ze vond het zeer pijnlijk, niet alleen voor zichzelf, maar ook voor haar vrienden, collega's en bewonderaars en iedereen die met haar meeleefde, dat dit zeldzame en fantastische huwelijk tussen Homer en haar, deze verbintenis van gelijken, dit samengaan van man en vrouw op basis van gelijkwaardigheid, uiteindelijk bedrog bleek te zijn. Erger dan bedrog, een opzettelijke schijnvertoning.

'Dr. Gregory,' zou ze zeggen, 'toen ik tien was, had ik vaak een afschuwelijke droom. Ik was in een publieke gelegenheid en plotseling zakte dan mijn onderbroek op mijn enkels en al mijn vriendinnetjes draaiden zich om en lachten me uit. Ik herinner me de gevoelstoon, zoals u dat noemt, van die droom heel goed. Zo voel ik me nu ook. Zo diep vernederd dat ik het liefst dood wil zijn.'

Waarschijnlijk had ze een kreunend geluid gemaakt. Ze hoorde dr. Gregory's stem vanuit de spreekkamer.

'Ben jij dat, Isabel, die daar lacht en kreunt in het donker? Ik denk dat het beter is als je binnenkomt en me alles vertelt, en het niet voor jezelf houdt.'

Isabel ging zijn spreekkamer binnen, uit de poel van duisternis het warme licht in. Misschien gebruikt hij roze in plaats van de gewone parelwitte gloeilampen. Hij zat te schrijven achter zijn bureau.

'Ga liggen,' zei hij. 'Ik kom zo.'

Isabel ging liggen. Kort daarna hoorde ze hem met een vaag gekletter zijn pen neerleggen.
 'Ga door,' zei hij.

'Twee mensen hebben vandaag geprobeerd me te vermoorden,' zei Isabel, 'om me uit de weg te ruimen. Er is een spion in mijn leven. Ik ben er bijna zeker van dat het Homer is. Hij wist dat ik Jason niet zou ophalen, hij dacht dat ik dat niet kon doen omdat ik dood zou zijn.'

Dr. Gregory zweeg.

'Op zee gebeuren ergere dingen,' zei Isabel opgewekt. Dat had haar moeder vaak gezegd toen ze klein was. Het kind Isabel, dat pas toen het zeventien was voor het eerst de zee zag, geloofde haar maar al te graag. Op zee gebeuren ergere dingen. Op het land werd je door paarden getrapt. Haaien rukten hele ledematen af, vraten je soms helemaal op. Maar je kon natuurlijk altijd zorgen dat je niet in de zee terechtkwam, hoogstens even om te pootjebaden. Uit de buurt blijven van paarden was moeilijk, als je de wei door moest om bij je eigen voordeur te komen en je moeder zei dat je ze klopjes op hun bips moest geven om ze te laten merken dat alles in orde was. Met haar maag was het niet in orde en ze besefte dat het met Jason te maken had.
 'Het komt gewoon door Jason,' zei ze. 'Waar is Jason? Wat moet ik beginnen?'

Ze merkte dat ze huilde. Nog steeds geen woord van dr. Gregory. Achter zich hoorde ze een zacht geschuifel.

'Maak je over Jason maar geen zorgen,' zei Homer. 'Die is in goede handen. Jij en ik moeten gewoon eens even praten.'

Ze ging rechtop zitten. Homer en dr. Gregory stonden bij de vensterbank, als vrienden onder elkaar.

'Vrouw springt uit raam,' zei Isabel.

'Nee, nee,' zei Homer. 'Niet netjes genoeg, en meteen al verdacht. En Isabel, ik heb te veel respect voor je om je de dood in te jagen. Ik weet zeker dat dr. Gregory het ook zo voelt. Pete en Joe, je Amerikaanse vrienden van vroeger, zijn onhandig en ten einde raad en ongelooflijk dom, en ik heb mijn best gedaan om ze van je af te houden.'

'Dank je wel, Homer,' zei Isabel.

'Wat erger is,' zei hij, 'ze zijn in hun opzet niet geslaagd en het is nog maar kort dag.'

'Doet u zoiets nou om het geld, dr. Gregory?' vroeg Isabel. Ze liep naar het bureau, ging erop zitten, liet haar benen bungelen en bewonderde zichzelf nogal om haar zorgeloosheid.

'Iedereen werkt voor geld,' zei dr. Gregory. 'Zelfs psychoanalytici. Maar principes wegen zwaarder.'

'Had je dat verzonnen, Homer?' vroeg Isabel. 'Had je het verzonnen dat Jason mensen beet en in bed plaste? Want, nu ik er over nadenk, zelf heb ik er nooit iets van gezien. Behalve één keer, toen Jason Bobby beet. En die afdrukken op je enkel had je zelf gemaakt kunnen hebben. Ik heb je gewoon op je woord geloofd.'

'Ik wilde je zover krijgen dat je naar dr. Gregory ging,' zei Homer.

'Je hebt me bedrogen, Homer,' zei Isabel klaaglijk.

Een klein stemmetje, tegenover een reusachtig onrecht. De regisseur had het bij het verkeerde eind. Dit was geen rol die om zorgeloosheid vroeg. Ze zou het op een andere manier proberen.

'Isabel,' zei Homer geduldig, 'mag ik je eraan herinneren dat jij het was die mij bedroog. Jij deed alsof Jason een kind van mij was en je bent onder valse voorwendsels met me getrouwd. In een betere samenleving, in de samenleving die wij tot stand hopen te brengen, zou ons huwelijk natuurlijk niet rechtsgeldig zijn. Maar het is altijd al zo geweest, en zo is het nu nog, dat een dergelijk huwelijk op morele gronden onwettig is.'

De mond van Isabel ging open en vervolgens weer dicht. Ze voorzag dat als de noodtoestand voorbij was en ze weer in haar lichaam woonde, ze zware hoofdpijn zou hebben. De rechterkant van haar gezicht voelde plakkerig aan. Ze veegde restjes pancake van haar oog. Het zag er niet naar uit dat ze in een toneelstuk speelde, dat er plotseling applaus losbarstte en ze op een geslaagde voorstelling kon terugkijken. Ze herinnerde zich hoe levensecht ze eens had gedroomd dat al haar tanden uit haar mond waren gevallen. Toen ze wakker was geworden en gemerkt had dat het maar een droom was, had ze gehuild van blijdschap. Ontwaken was er nu niet meer bij. Misschien lag de enige mogelijkheid tot ontsnappen in een diepere slaap.

'Waar is Jason?' vroeg ze op hoge toon. 'Wat hebben jullie met Jason gedaan?' Ze voelde dat ze een gemene blik in haar ogen had, iets kwaadaardigs over zich kreeg. Sterk wisselende gevoelens overspoelden haar, warm en koud, en ongezond als bij een koortsaanval. Ze was blij met de kwaadaardigheid, de ergernis. Het gaf haar hoop. Als ze Homer als een nul, een stuk vuil behandelde, misschien werd hij dan weer wat hij vroeger was. Homer, veracht. Ja zeker, dacht ze, veracht. Een heel klein beetje veracht. Homo Afwasticus.
   'Jason zit beneden een milkshake te drinken,' zei Homer. 'Je kunt hem hier vandaan zien.'

Isabel liep naar het raam en keek naar beneden, en daar, aan de overkant, waar de achttiende-eeuwse gevels overgingen in een lage, betonnen winkelgalerij, zat Jason, haar zoon, aan een tafeltje voor het raam van een fonkelnieuwe ijssalon. Hij werd geflankeerd door twee mannen. Alle drie dronken ze milkshake met een rietje.

'Pete en Joe,' zei Isabel. Het gevoel begon weer in haar lichaam terug te keren, dat was het, zoals de pijn komt opzetten wanneer de verdoving van de tandarts is uitgewerkt. Echt leven, echte pijn.

'Te dik betaald, te zwaar bewapend en te hinderlijk aanwezig,' zei Homer. 'Ik heb geprobeerd ze tegen te houden. Zij passen wel op Jason. Voorlopig. Hij is de zoon van de president.'

'Dandy wordt misschien helemaal geen president,' zei Isabel vinnig, 'en als het aan mij ligt, wordt hij het zeker niet.'

Als je gedood kon worden, was het bewijs van je bestaan geleverd en kon je zelf ook gaan doden. Als ze je wilden doden, moest je wel gevaarlijk zijn. Dat was het geheim dat ze al zo lang had willen ontraadselen.

Ze had haar Australische accent weer terug. Ze hoorde het. Ze had contact met haar diepste wezen. Het fatsoen schilferde van haar af, als flinters van een beslagen chocoladereep, die door de wikkel bijeengehouden wordt.

'Homer,' merkte dr. Gregory op, 'daar hebben we de kern van het probleem. Ze zal nooit de woede op haar vader kunnen verwerken. Ze laat het verworden tot agressie tegen de wereld en de man. Als ik meer tijd had gehad, dan had ik dit misschien kunnen voorkomen. Maar ze kwam haar afspraken nooit na. De ergste vijand van de patiënt is altijd de patiënt zelf.'

Homer leek niet te luisteren. Hij lachte heel vriendelijk naar Isabel, klopte op de bank, en dus ging ze weer gedwee zitten. Hij zette zich naast haar.

'Isabel, ik doe een beroep op je betere ik. Dat is er wel, maar het zit verscholen onder dat slappe progressieve gedoe van je, die hysterie en die vrouwelijke irrationaliteit. Als je meewerkt, kan ik Jason redden. Ik kan hem bij mijn ouders onderbrengen en zijn opvoeding aan hen overlaten. Dan gaat hij naar een fatsoenlijke kapper, naar een goede school en vroeg naar bed. Hem zal niets overkomen. Hij krijgt normen en waarden mee en er zal een goed mens uit hem groeien. Hij heeft discipline nodig, Isabel. Daar kunnen jongens nu eenmaal niet buiten. Hij kan anoniem blijven. Daar zal ik voor zorgen.'

'Wat bedoel je met "meewerken"? Mijn mond houden? Jason afstaan? Dat meen je niet, Homer.'

'Dat houdt ze toch niet vol,' waarschuwde dr. Gregory. 'Vroeg of laat besluit ze dat het haar taak is om de wereld te redden, in naam van Hare Heiligheid de Vrouw. Erfelijkheid speelt hierbij waarschijnlijk een grote rol. Het is heel goed mogelijk dat ze psychologisch niet zoveel van haar vader verschilt. Hij heeft om politieke redenen vrouw en kind verlaten. Wat natuurlijk psychische moord is, als je kijkt naar de wrakken die achterblijven. Met dat soort gevallen heb ik dagelijks te maken. Ik hoop dat Ivel erin slaagt om zijn beloften ten aanzien van een strenge gezinswetgeving na te komen. Voor deze generatie is het te laat, maar de volgende zal ervan profiteren.'

Hij praatte tegen de muur. Homer had alleen ogen voor Isabel. Hij legde zijn hand op de hare. Ze voelde ineens een simpel, seksueel verlangen naar hem, veel vuriger en verrassender dan ze ooit tijdens haar huwelijksleven had gevoeld.

Hij schudde zijn hoofd naar haar. Blijkbaar wist hij wat ze dacht en wat ze voelde. Vermoedelijk had hij meer aandacht besteed aan wat er in haar hoofd omging, dan zij aandacht voor zijn gedachten had gehad. Daar werd hij voor betaald, tenslotte.

'Homer,' zei Isabel. 'Was er iets dat je er leuk aan vond? De meubels, het huis, de buren, het theaterbezoek, de boeken, wat dan ook?'

'Niet echt nee,' zei Homer. 'Ik heb wel geprobeerd om ervan te gaan houden, maar het heeft me nooit echt gelegen.'

'Trimmen?'

'O ja. Dat wel.'

'Vond je mij leuk?'

'Soms. Dan weer wel, dan weer niet. Natuurlijk. Je kon heel charmant zijn. Je ideeën, die bevielen me niet. En de manier waarop je Jason opvoedde ook niet. Jason! Wat een naam. Je kon echt je zin doordrijven. Maar, ik mocht je graag. Dan weer wel, dan weer niet.'

'Onze vrienden?'

'De meesten vond ik dom en onontwikkeld. De mannen waren slappelingen en de vrouwen lelijk, en werden met de dag lelijker omdat ze achter iedere nieuwe modieuze opvatting aanliepen. Ik kan het jou ook niet zo aanrekenen, Isabel. Jij bent het produkt van een verziekte maatschappij. Je hebt geen gezinsleven gekend, geen waarden meegekregen. Het tragische is dat je niet hoeft te zijn zoals je bent. Vrouwen zoals jij zullen in de toekomst, met Gods hulp, doen wat in hun vermogen ligt om de maatschappij vooruit te helpen, en haar niet te gronde richten.'

'God?' vroeg Isabel. 'Je wachtte zeker met bidden tot ik sliep?'

'Ja,' zei Homer. 'Ik ben niet zoals jij. Ik vertrouw niet op de medemens, ik vertrouw op God.' Hij had haar hand op haar arm gelegd, eerder om haar moreel dan om haar fysiek in toom te houden.

'Het was interessant. Ik heb er veel van geleerd. Je was heus niet dom, maar je blik was vertroebeld. Waar ik ellende en ontaarding en wanorde zag, zag jij iets dat het nastreven, het bereiken waard was. Met alle plezier liet je Jason in de goot opgroeien. Dat kon ik je maar moeilijk vergeven.'

'De school van mevrouw Pelotti? Noem jij dat de goot?'

'Het is een goed mens, ze doet haar best. Maar de ideologen hebben een veel te stevige greep op het onderwijsstelsel. Ze hebben het geïnfiltreerd. Er valt niets meer aan te doen. Natuurlijk zijn er relletjes op straat, er is totaal geen discipline meer. Dat is wat ze wilden, dat is wat ze hebben bereikt. Maar los van dat alles, Isabel, Jason is Dandy's zoon, hij verdient een beter lot. Hij moet gered worden uit de handen van mevrouw Pelotti en uit de verloedering van de stad.'

'En zolang ik leef,' zei Isabel.

'Precies,' zei Homer.

'Ah,' zei Isabel. Alles werd nu meer dan duidelijk. Ze mocht niet blijven leven, want ze was een bron van gevaar, moreel èn fysiek, voor haar zoon. Dachten niet alle vaders er in hun hart zo over? Dat de moeder schade toebracht aan de zoon, zijn kracht ondermijnde, zijn seksualiteit perverteerde? Misschien hadden ze wel gelijk. Misschien was de verzengende liefde die ze voor Jason voelde inderdaad ongezond. Maar dat was onzin. Deze twee mannen, die er samen van overtuigd waren dat ze wisten wat er in haar omging, wisten gewoon van niets. Op zichzelf zat de wereld eenvoudig en natuurlijk in elkaar. Een eind maken aan haar gewone genegenheid voor Jason zou weinig verbetering opleveren en nog minder resultaat. Het zou hem zeker doodongelukkig maken. Ze had een vrouw gekend die zelfmoord had gepleegd en haar dochtertje van vijf mee het graf in had genomen. Wat slecht van haar, zeiden sommigen. Dat waren de wat ontwikkelder mensen. Wat dapper van haar, zeiden andere, wat minder wereldwijze mensen. Het kind is het eigendom van de moeder. Als zij doodgaat, moet ze het kind met zich meenemen.

Jason was zes. Hij had zijn eigen leven, zijn eigen identiteit. De navelstreng stond strak gespannen, op het punt van breken. Een maand geleden had ze nog gezegd: nee, zonder mij kan hij niet overleven. Als ik doodga, gaat hij mee. Maar alles was in zo korte tijd veranderd. Jason gebruikte haar als een bediende, hij hield van haar, maar kon als het moest ook zonder haar. Als hij dood was, zou ze niet meer willen leven. De wond zou te diep zijn, haar bestaan zou teveel van zijn zin verloren hebben om verder te kunnen leven, zelfs al zou ze dat willen. Als het erop aankwam, had ze geen keus.

Haar twee wachters, de bewakers van haar bewustzijn, maar niet van haar ziel, dachten dat ze haar intimideerden en in verwarring brachten, maar ze had hun truukjes door, en kwam vreemd genoeg tot dezelfde conclusie. Zij moest sterven en Jason moest leven.

'Jullie willen zeker,' zei Isabel, 'dat ik naar beneden loop, de straat op ga en me laat vermoorden?'
   'Ja,' zei Homer.
   'Waar Jason bij is?'

'Dat lijkt me niet zo'n goed idee,' zei dr. Gregory. 'We willen niet dat de jongen er een trauma aan overhoudt.'

'Ik ben niet gek,' zei Homer kwaad. 'Ik heb met dat kind het beste voor.'

'Bijvoorbeeld,' zei Isabel, 'dat hij zonder moeder opgroeit.'

Homer leek even van zijn stuk gebracht.

'Dat is beter,' zei hij, 'dan dat hij helemaal niet opgroeit.'

'Is dat het alternatief?' vroeg Isabel.

'Dat zie je toch zelf ook wel,' zei Homer. 'Een leven in de anonimiteit is niet iets wat jij kunt beloven. Wij tweeën kunnen niet meer samenleven. En ik ben niet in een positie om Pete en Joe en hun vrienden in toom te houden, hoe graag ik dat ook wil. De enige die ik, in ieder geval voorlopig, uit deze situatie kan redden is Jason, en dan alleen als jij meewerkt. Als de geruchten die nu al over Jason de ronde doen, aan geloofwaardigheid winnen doordat er verdenking of twijfel rijst over de oorzaak van jouw dood, kan ik je kind niet helpen. We leven in een hachelijke tijd, en de levens van één vrouw en één kind leggen weinig gewicht in de schaal van de macht. Ik verwacht niet van je dat je het begrijpt. Je bent een vrouw, je laat je leiden door je gevoel. Vrouwen hebben niet hetzelfde vermogen tot zelfopoffering als mannen. Behalve als het om hun kinderen gaat, en dat is een kwestie van instinct.'

'Dat is zeker waar,' zei Isabel. 'Bij de lichte brigade in de Krimoorlog zaten maar weinig vrouwen. Aan hen is het waarom niet gegeven, aan hen is het slechts te sterven of te leven. Mag ik er even over nadenken?'

'Nee. Er is niets om over na te denken. Trouwens, jij hebt het vermogen om snel beslissingen te nemen. Dat vindt iedereen juist zo geweldig aan je.'

Isabel bevrijdde haar arm uit de greep van de wrokkige, moordlustige, afgunstige vreemde die naast haar zat.

'Was je jaloers?' vroeg ze. 'Is dat het? Omdat ik een beroemdheid was, èn een vrouw?'

'Nee,' zei hij, en lachte, en dat klonk bekend. Een kort, schamper lachje. 'De strijd tussen man en vrouw speelde bij ons eigenlijk nooit een rol, Isabel. Het was een façade, een spons die radicale energie opzoog. Je dacht toch zeker niet dat ik geïnteresseerd was in de bijval van dwazen of in serieuze discussies met idioten? Met concensus bereik je niets. Echte macht, echte invloed wordt in het diepste geheim uitgeoefend. Jij hebt nooit macht gehad, Isabel. Hoe kon het ook? Je opende je mond en zei wat je dacht, wat voor jou altijd hetzelfde was als wat je voelde.'

'Wat dat betreft lijk ik op Dandy.'

'Ja, veel te veel. Maar naar hem kun je ook niet terug.'

'En jij denkt dat ik echt zomaar mijn dood tegemoet ga lopen? Gaan jullie me neerschieten? Of overrijden, of wat is de bedoeling?'

'Het enige wat ik wil dat je doet, is naar rechts kijken in plaats van naar links en gewoon oversteken. Het is zo voorbij.'

'Ik denk niet dat ik dat kan,' zei Isabel. 'Zelfs al had ik besloten om het te doen.'

'Je hebt het besluit al genomen,' zei Homer, 'en je zult het uitvoeren ook.' Zijn stem klonk rustig en bijna vriendelijk. Er zat geen spoor van krankzinnigheid of opwinding in.

'Kan Dandy echt helemaal niets voor me doen?'

'Nee,' zei Homer, en Isabel geloofde hem.

'Er is met jou en Dandy iets interessants aan de hand,' zei Homer. 'Je hebt bij hem je weerstand verloren, je hebt een dodelijke ziekte opgelopen.'

'Liefde,' zei Isabel.

'Misschien,' gaf hij toe, en dr. Gregory, die zijn mond al open had, ongetwijfeld om een opmerking te maken over neurotische drang, deed zijn kiezen weer op elkaar. Het grote woord leek bij de grote gelegenheid te passen.

'Het is echt veel, veel beter enzovoort, enzovoort,' zei Isabel tegen Homer. 'Ik hoop niet dat je me alle edele gevoelens ontzegt.' Ze wilde nog altijd, merkte ze, zijn waardering hebben. Zoals vrouwen die de meest ellendige huwelijken ontvlucht waren nog altijd, lang nadat ze weg waren, hun echtgenoten toestemming om te vertrekken bleven vragen.

'Natuurlijk niet,' zei Homer. 'Ik hoop dat Jason ook zulke gevoelens meegekregen heeft.'

Isabel liep naar het raam en wierp een korte blik op Jason, beneden in de ijssalon. Niets, dacht ze, zal voor hem ooit helemaal zijn zoals het moet. Hij was verkeerd ter wereld gekomen. Misschien ging hij het zelf iets beter aanpakken en zijn eigen kinderen veilig op de wereld zetten. Meer kon een generatie, volgens haar, niet doen voor volgende geslachten. Vroeg of laat gingen moeders dood. Dat was iets natuurlijks. De dood van kinderen was een klap die doorwerkte in de tijd, een gruwelijk feit. Maar ze kon het kind van de president niet grootbrengen als de president dat niet wilde. Onder de druk van de macht kon ze zich niet staande houden. Ze kon niet leven als ze voortdurend lastig gevallen en geobserveerd werd. Nergens was er een veilig plekje. De afkeuring van de mannenwereld was zo fel dat ze onmogelijk in anonimiteit kon leven en een bestaan opbouwen. De macht van de pers, het weermiddel van de gewone man tegen het geweld van prinsen en vorsten, werkte in haar nadeel. Ze zouden haar niet met rust laten, net zoals zij, in een onbekommerd verleden, de onschuldige slachtoffers van toevallige omstandigheden niet met rust had gelaten, maar ze, ineenkrimpend en verblind, voor de schijnwerpers had gesleurd. Ze kon niet eens uitschreeuwen: 'Ik heb het niet geweten, ik heb het niet begrepen!' Ze had het wel geweten, wel begrepen. Toen Jason geboren werd, had ze tegen zichzelf gezegd: 'Hier komen moeilijkheden van, hier zitten risico's aan vast.' Maar nooit geloofde ze echt dat het waar was wat ze zei, dat ze zich niet, als enige onder de vrouwen, door een magische handeling voor de consequenties van haar daden kon behoeden. Dat kon niet. Wikken en wegen. Geven en nemen. De ene hand wint wat de andere verliest. Jason, door haar uit de marges van de rampspoed geplukt, leeft, is het leven geschonken. Isabel sterft. Zonder de vader, de president, was er geen leven genoeg voor twee.

Ze keek in haar toekomst, zoals die had kunnen zijn, en zag alle dingen die haar bespaard zouden blijven. Ze hoefde niet oud te worden, niet veracht en beklaagd. Ze hoefde niet te lijden onder het verval en de aftakeling van haar lichaam. Ze hoefde haar vrienden niet één voor één ten grave te dragen, niet de voosheid van ambitie, niet de dwaasheid van maatschappelijk welslagen te zien. Ze hoefde niet weer bedrogen, weer vernederd te worden door nieuwe Homers. Ze werd niet nog eens verraden door mannen als Dandy. En wat nog belangrijker was, ze hoefde niet te zien hoe Jason zijn huidige staat van volmaaktheid – een en al hoop, een en al belofte – ontgroeide en een volwassene met zwakheden en fouten werd. In feite bekeek ze de wereld met de ogen van een zelfmoordenaar. Ze moest wel.

'Ik wil niet dat Jason het ziet,' zei ze nog eens. 'Ik wil dat mijn dood iets theoretisch blijft, een kwestie van afwezigheid, niet iets anders. Voor hem moet het hetzelfde zijn als voor mij. Het feestje dat je moest missen.'

Als je gewillig de dood tegemoet ging, zo kwam het Isabel voor, erkende je eindelijk dat de anderen ook bestonden. Dat hun werkelijkheid even waar was als de jouwe, en dat je ze toch niet allemaal verzonnen had. Op het feestje dat je misliep, werden mensen verliefd en vervreemdden weer van elkaar. Levens namen een andere wending en kregen een nieuwe bestemming, of je er nu was of niet.

Homer trok haar mee naar het raam. Door hem aangeraakt te worden wond haar op, nu hij de Engel des Doods was en niet de slaaf van het leven. 'Kijk eens naar beneden,' zei hij.

Beneden in de ijssalon zat Jason nu met zijn rug naar het raam. Pete en Joe keken uit op de straat.

'Goed dan,' zei Isabel. 'Maar ik wil niet dat hij mijn lijk ziet. Je doet zo je best om kinderen geleidelijk aan het idee van de dood te laten wennen, ik wil niet dat al dat goede werk voor niets is geweest.'

Dr. Gregory zette de radio aan.

'Is dat om mijn geschreeuw te overstemmen?' vroeg Isabel en had onmiddellijk spijt van de opmerking, want hij leek niet gepast.

'We luisteren naar het nieuws,' zei Homer stijfjes. 'Er is altijd heel wat te doen over de Amerikaanse verkiezingen.'

Hij deed de deur voor Isabel open.

'Ga niet met de lift,' zei hij. 'Neem de trap.'

Hij gaf Isabel een vriendschappelijk lachje. Ik heb zo'n kleine rol in zijn leven gespeeld, dacht ze, en hij zo'n grote rol in het mijne. Hij werkte met zijn verstand en ik met mijn gevoel.

Tot de hal beneden was het dertig treden. Isabel stond boven aan de trap en telde ze. Eén voor elk jaar van haar leven.

Ze vond dat ze angst moest voelen, maar die voelde ze niet. Ze voelde haar pols. Haar hartslag was regelmatig, een beetje versneld, maar niet veel.

Twaalf treden naar beneden. Mijn leven in Europa is voorbij, een leven met een dozijn minaars, een kind, hoe onwettig ook, en een echtgenoot, hoe onbetrouwbaar ook. Vals leven.

Ze hield even de pas in, werd opstandig. Waarom aanvaardt iedereen, waarom aanvaard ik dat het leven van een kind belangrijker is dan dat van de moeder? Dat de nieuwe jonge loot meer waarde heeft dan de gespleten en gebleekte tak. Ik zou nog zes kinderen kunnen krijgen. Als ze al op de wereld waren, zou ik niet zo gewillig de dood tegemoet treden. Mijn verantwoordelijkheid jegens hen zou wel eens zwaarder kunnen wegen dan mijn plicht tegenover Jason.

Nog eens acht treden naar beneden, en ze was weer vijftien, en het laatste wat ze wilde, was doodgaan.

Ze ging op de tree zitten. Ze dacht aan Jason, aan zijn kleine ledematen, zijn zachtglanzende ogen, zijn trage lach. Voorafschaduwingen van mannelijke rijpheid.

Als hij een meisje was, dacht ze, zou ik dit niet doen. Ik zou praktischer zijn, minder ontzag hebben. Ik zou een dochter zien als een afstammeling van me. Ik zou minder bereid zijn mezelf op te offeren.

Vijf treden verder. De laatste treden, de laatste ademtocht. Trouwens, wat was het bestaan eigenlijk? Bewustzijn?

Iemand riep hardop: 'Mama!' en ze wist dat ze het zelf was. Andere kinderen noemden hun moeder mam of moe. Alleen kinderen van verfijnde Engelse komaf zeiden 'Mama'.

Was dit waar zoveel opoffering, zoveel toewijding toe leidde?

Het had iets glorieus. Nog een paar treden en ze was in de hal, en in verwarring. Ze had nooit gedacht dat ze zover zou komen.

Wat nu?

Stuurden ze een vrachtwagen op haar af of moest ze er zelf een uitkiezen? Hoe wist ze of ze snel doodging, hoe kon ze erop vertrouwen dat ze op hun taak berekend waren? Het leek alsof ze haar, zonder haar hulp, niet eens konden vermoorden. Ze ging ervan uit dat ze het wel zouden regelen. Zo niet op straat, dan wel in de ambulance, of achteraf in het ziekenhuis.

De conciërge lachte. Ze lachte en knikte terug. Meewerken. De mensen moesten zien dat ze opgewekt doodging.

Jason zat met zijn rug naar haar toe. Ze hadden zijn stoel verplaatst zodat hij niet hoefde te zien wat er zoal te zien zou zijn. Daar was ze blij om.

Ze bleef even staan aan de rand van het trottoir en keek voorzichtig naar links, terwijl van rechts een muur van auto's op haar afkwam.

Ze zag Jason aan de overkant naar haar zwaaien. Zijn gezicht was betraand. Hij schreeuwde iets naar haar. Ze hoorde niet wat het was, ze was bang dat hij naar haar toe zou rennen zonder op het verkeer te letten. Zoveel kinderen kwamen om het leven als ze in een vlaag van opwinding, omdat ze achter een bal aanzaten of ineens een vriendje zagen, alle voorzichtigheid uit het oog verloren. Maar Jason was goed opgevoed. Hij hupte op en neer aan de stoeprand.

'Voorzichtig mevrouw,' zei de conciërge, en hield haar tegen tot het verkeer voorbij was. 'Nu kan het,' en hij duwde haar de straat over. Zonder dat er iets gebeurde, bereikte ze de overkant. Jason rende naar haar toe en begroef, huilend en woedend zijn gezicht in haar rok.

'Ik kan niet betalen. Ze zijn weggegaan zonder te betalen. Ik heb helemaal geen geld.'

Ze nam hem weer mee de ijssalon in. Pete en Joe waren weg. Ze bestelde nog een milkshake voor hem.
  'Dat wordt dan zijn derde,' zei de serveerster met afkeuring in haar stem. Ze had zwart haar met groene strepen erdoor en een bleek gezicht. 'Ik wou net de politie gaan bellen. Ik vond het al raar, die mannen met zo'n leuk klein jongetje. Maar toen kwam u er net aan.'
  'Het zijn gewoon vrienden van zijn vader,' zei Isabel.

De serveerster trok haar wenkbrauwen op alsof ze wilde zeggen 'mooie vader'.
  'Waarom zijn ze weggegaan?' vroeg Isabel aan Jason.
  'Ze stonden op en liepen gewoon weg,' zei Jason. 'Het leek wel of ze ergens boos over waren. Niet op mij, geloof ik.'
  'Erg hè, dat van Dandy Ivel,' zei de serveerster, toen ze Isabel haar koffie bracht.

'Wat is er dan met hem?'

'Hij is dood,' zei de serveerster. 'Een beroerte. Ik vond hem altijd al zo roze zien, maar dat had ook aan mijn tv kunnen liggen. Toch was hij wel erg jong. Arme man. Misschien was hij wel aan de drugs. Dat zijn ze daar allemaal hè, in Amerika. Denkt u maar aan Elvis Presley.'

'Denkt u dat die mannen van daarnet daarom zijn weggegaan?' vroeg Isabel. 'Omdat ze dat nieuws over de radio hoorden?'

'Zou kunnen,' zei de serveerster. 'Dat was ook mijn idee. Ze keken elkaar aan, stonden op en liepen gewoon weg, en lieten die kleine jongen helemaal overstuur achter. Volgens mij moet u hem niet meer aan ze meegeven. Ik wil me er natuurlijk niet mee bemoeien.'

'Laat ik maar een slok koffie nemen,' zei Isabel. Ze rilde. Maar ze voelde dat ze leefde. Haar nagellak was gebladderd. Daar zou ze snel wat aan doen. Zij, die bijna niets was geweest, was nu weer iets geworden.

Homer en dr. Gregory verlieten het gebouw aan de overkant en liepen rustig en bedaard weg. Joe en Pete sloten zich bij hen aan. Ze gingen de hoek om en verdwenen, bestonden voor haar niet meer. Ze dacht niet dat ze hen ooit nog zou terugzien. Ze zouden weer nieuwe dingen te doen hebben, anderen op de troon moeten helpen, de oude wereld op een nieuwe manier moeten redden. Dandy zou nooit aan de macht komen. Jason was gered. Een kind zonder vader, zoals zovele andere.

Arme Dandy! Dood. Herinneringen verschrompelden in haar binnenste, keerden tot stof terug, werden betekenisloos. Alleen Jason had al die tijd echt bestaan.

Ze ging met Jason naar een film met Buck Rogers. Jason noemde de bioscoop altijd 'de grote tv'. Isabel meende zich te herinneren dat zij het altijd over de kleine bioscoop had als ze de televisie bedoelde. Zo verandert de wereld, dacht ze. Ze sliep bijna de hele voorstelling door. Een diepe, vaste, onontbeerlijke slaap.

Toen ze thuis kwam, was Homer verdwenen, met meeneming van alleen zijn nette kleren en zijn trimschoenen.

In de korte tijd dat hij nog thuis was geweest, had hij een pakje van de postbode aangenomen, en het op het tafeltje in de hal gelegd. Het was voor Jason, van haar moeder. Ze had het per expresse verstuurd. Er zat een koalabeertje in, van echt koalabont. Er was een briefje bij voor Isabel. 'Het wordt tijd dat het kind weet waar hij vandaan komt,' schreef haar moeder. 'Waarom komen jullie niet eens bij mij vakantie houden? Ik wil wel meebetalen aan de overtocht als je die te duur vindt. Ik heb een goede prijs voor het huis gekregen. Ze zeggen dat het historische waarde heeft. Ik woon nu in Sydney, met uitzicht op de haven.'

Isabel ging even bij Maia langs.
'Ik verkoop het huis,' zei ze. 'Ik ga terug naar Australië, mijn moeder opzoeken. Maar eerst wil ik je nog een verhaal vertellen, zodat jij het kunt doorgeven.'

35

Isabel en Jason zijn in veiligheid. Ze leven, ze zetten de strijd voort. Het was Dandy die stierf, de dood ingejaagd door de pillen die hem moesten redden. Jason mag verder leven, en hij loopt onder de strakblauwe Australische hemel te ijsberen, net als zijn vader, op en neer, heen en weer, en overpeinst de zin van het leven en schrijft zijn moeder de wet voor. Zijn voetje schopt het hete, gele zand omhoog, schuifelt niet meer over het tapijt, thuis in Wincaster Row. Misschien behoort hij tot een nieuwe generatie van mannen, die de kracht in zichzelf zoeken en niet in de uitbuiting van vrouwen en de plundering van de wereld, die hun koninkrijk vestigen in de innerlijke wereld en niet in de wereld daarbuiten.

En wat de ander betreft: ik wend mijn gezicht naar de hemel, omhoog naar de gloed, afkomstig van mijn berg van waarheid, maar zelfs die straling dringt nauwelijks door mijn duisternis heen. Ik vang hier en daar een glimp op. Pete en Joe werken voor wat bekend staat als de georganiseerde misdaad en voelen zich meer op hun gemak binnen een structuur die eenvoudiger loyaliteit en opvattingen vereist. Hij die de rijkste is, is de beste, en wat goed is voor de winst is goed voor Amerika, en omgekeerd. De vrouw van Pete ging er uiteindelijk met Homer vandoor, die ze nog van vroeger kende. Allebei waren ze binnen het bestek van tien jaar veranderd. Beschaving en vriendelijkheid zijn besmettelijke gewoontes – dat is zo goed als de enige hoop die we hebben. Nieuwe ideeën vallen als citroensap in de poedersuiker, en ziet, alles verandert, en is beter.

Vera is uiteraard, ver voor haar tijd, dood en begraven. Ze ligt op een onbekende plaats in een graf zonder gedenkteken. Haar jongere zusje Mariëlle, bang geworden door Vera's plotselinge en onopgehelderde verdwijning, verliet Rokende Schoorsteen, ging terug naar Nederland en trouwde kort daarna met een zakenman uit Amsterdam, bij wie ze een tweeling kreeg, meisjes, alsof ze het verlies van haar zuster zo snel mogelijk wilde goedmaken.

Uiteindelijk zal, denk ik, terwijl ik uitkijk op Wincaster Row, over de grasvelden waar vroeger puin lag en nu kinderen spelen, want de zondagse regen is opgehouden en de dag laadt zich op voor de komende week, de deugd overwinnen. Het lot spant met haar samen om dit doel te bereiken. Het zonlicht glinstert door de fuchsiaheg en vormt kleine, drukbewegende patronen op de gemaaide gazons. Jennifer, Hope, Hilary en Oliver leven weer hun leven van alledag – als er tenminste zoiets als een leven van alledag bestaat.

Dan denk ik, nee, het is een eeuwige en gruwelijke strijd. Er zal nooit vrede zijn. Het Goede zal nooit een onvervalste en volmaakte triomf beleven. Het is al erg genoeg dat armoede, ellende, nachtmerries en wreedheid voor alle eeuwigheid, vanaf een grijs verleden tot in de verre toekomst, het kalme en onbewogen aangezicht van God hebben geschonden. Zelfs al werden dit soort zaken aan ons bevattingsvermogen onttrokken, zelfs al zou dat gebeuren, al gebeurde dat, het zou nog onvergeeflijk zijn. We leven in een hel, voorgoed. Vuur, kwelling, eeuwigdurend, zoals de bijbel al beloofd had. Ik heb er de kracht niet voor, en geloof ook niet dat ik zomaar zal mogen sterven, er tussenuit mag knijpen. Dat zit er niet in.

Het zonlicht glinstert door de fuchsiaheg, het geluid van de bijen klinkt meer op de achtergrond. Het lijkt alsof er iets mis is met mijn gehoor. Dan besef ik, nee, wat vreemd, ik kan zien. Mijn gehoor is achteruitgegaan omdat mijn gezichtsvermogen teruggekeerd is. Ik ben weer beter. Ik was zojuist aan zo'n diepe wanhoop ten prooi dat ik mezelf heb genezen. Ik verloor alle hoop en herwon mijn gezichtsvermogen. Ze hadden al tegen me gezegd dat ik het kon als ik maar wilde. Maar ze hadden er niet bij gezegd hoe ik het moest doen. Dat wisten ze niet. Hoe konden ze het weten?

Ik ren de trappen op en af. Ik lach. Ik huil. De kleuren zien er vreemd uit, krankzinnig, lijken voortdurend te veranderen. Letters dansen voor mijn ogen: een vermoeden van betekenis, maar het is nog te vroeg, te vroeg. Ik roep Laurence. Hij klinkt geschokt, opgetogen en teleurgesteld tegelijk. Hilary is magerder dan ik me herinnerde, Hope mooier, Jennifer pafferiger en bleker. Voor mijn gevoel waren ze ineengevloeid, één geworden. De Vrouw. Het is niet zo. Nu spatten ze uiteen tot verschillende wezens. Ik bel Helen van de delicatessenzaak, met haar schuldgevoel, haar verdriet en haar aardappelsalade in de doosjes met strik, en ze is stil, door sprakeloosheid overvallen, zoals ik door het nieuwe licht in mijn ogen. Ik praat met mijn moeder: 'Moeder, ik ben genezen. Ik, je kind dat iets mankeerde, ben weer genezen.' Ik bel het ziekenhuis, de doktoren, de specialisten. Bellen rinkelen, remmen gieren. Laurence vindt het nummer van de automobilist die me overreden heeft, belt hem op, verlost hem van het schuldgevoel dat hij nooit had hoeven hebben. Hij barst in tranen uit. Iedereen lijkt te delen in mijn vreugde en blijdschap. Al die glimlachende gezichten! Ik was vergeten hoe dat was, een glimlach. Die maakt zo weinig geluid.

Waar zeiden ze dat het door kwam? Wat was de oorzaak? Een klap? Een schok? Een grap? Hoe moet ik ze de waarheid vertellen? God lacht me uit, slingert me door zijn universum. Het is Zijn geliefde vermaak.

De pers over de romans van Fay Weldon

'Een boek van Fay Weldon is als een glas champagne.' - *The Times*

'Haar humor is scherp en ongelooflijk onsentimenteel, maar haar inzicht in de vorming van de menselijke persoonlijkheid behoedt haar voor cynisme of wreedheid en maakt haar tot een van de best leesbare, helderste en boeiendste schrijfsters van deze tijd.'
- *The Scotsman*

'Fay Weldon's fantasie is volgens mij grenzeloos (...) Met een lekker directe stijl is dit weer een staaltje van Weldonkunst!' -*Viva*

'Precies, vol mededogen en dodelijk geestig.' - *Sunday Times*

'Een erg flatteus portret van de dames der schepping schildert Weldon niet, maar het is wel een schets die barstensvol zit met leven en vitaliteit. Ik ben in geen jaren van iets zo vrolijk geworden als juist van het werk van deze doorgefourneerde zwartkijkster.'
Emma Brunt - *Haagse Post*

'Wie haar boeken leest, weet dat ze wijs is en vol vlijmscherpe ironie. Ze beschrijft haar personages met een feilloos gevoel voor humor, vol begrip, met een alziend oog en vanaf een enorme afstand – bijna zoals een alwetend buitenaards wezen zou doen dat voor de eerste keer naar mensen keek. (...) Het lijkt vaak of ze nieuwe vormen, nieuwe schrijfwijzen vindt.'
Hannes Meinkema - *Zero*

Fay Weldon
LEVEN en LIEFDES van een DUIVELIN

'Koener en frappanter van ooit tev... s Literary Supplement

'Een duivels knappe parabel over de aard van de liefde en de aard van de macht, Fay Weldon is een van mijn lievelingsschrijvers en ze stelt me nooit teleur.'
— Erica Jong

OOIEVAAR POCKETS

Nr.

284	Peter Andriesse	Zuster Belinda
290	René Appel	Spijt
277	Eric Berne	Mens erger je niet
281	Rita Mae Brown	Rubyfruit Jungle
295	Herman Brusselmans	Prachtige ogen
278	Herman Brusselmans	Zijn er kanalen in Aalst?
279	Willem Bijsterbosch	Handlangers
286	Bruce Chatwin	De zwarte heuvel
282	Luciano de Crescenzo	Geschiedenis van de Griekse filosofie
289	Umberto Eco	De naam van de roos
297	Umberto Eco	De slinger van Foucault
268	Miep Gies	Herinneringen aan Anne Frank
287	Nadine Gordimer	July's mensen
267	Stephen Hawking	Het heelal
291	Gerben Hellinga	De terugkeer van Sid Stefan
294	Gerard Koolschijn	Plato, schrijver
269	Tim Krabbé	De renner
296	Tom Lanoye	Vroeger was ik beter
274	Ischa Meijer	Hoeren
273	Marga Minco	De val
280	William Least Heat Moon	Blauwe wegen
270	Anaïs Nin	Erotica
299	Susie Orbach	Van vrouw tot vrouw
276	Robert M. Pirsig	Zen en de kunst van het motoronderhoud
288	B.H. Slicher van Bath	Indianen en Spanjaarden
275	Patrick Süskind	De duif
266	Patrick Süskind	Het parfum
292	Amy Tan	De vreugde- en gelukclub
298	Fay Weldon	Het kind van de president
283	Fay Weldon	Leven en liefdes van een duivelin
285	Willem Wilmink	Het verkeerde pannetje
271	Jeanette Winterson	Passie
293	Tom Wolfe	Het vreugdevuur der ijdelheden
272	Gary Zukav	De dansende Woe-Li meesters